염혜정

1953년 마산 출생. 1972년 경기여고 졸업. 1976년 서울대 인문대 영어영문학과 졸업. 1978~
1981년 미국 코넬대 대학원 미술사학과 수료. 1992년 현대문학지로 등단. 1993~1994년
환기미술관 학예연구원. 미술평론과 수필을 씀. 한국문인협회 회원. 현대문예 수필 동인.
저서로 『바람이 켜는 노래』, 『아침장미』 등 다수가 있다.

어둠의 고개를 넘어서 가라

2000년 11월 30일 1판 1쇄 인쇄 / 2000년 12월 10일 1판 1쇄 발행

지은이 염혜정 / 펴낸이 임은주
펴낸곳 도서출판 청동거울 / 출판등록 1998년 5월 14일 제13-532호
주소 (135-080) 서울 강남구 역삼동 832-52 상봉빌딩 301호 / 전화 564-1091~2
팩스 569-9889 / 하이텔I.D. 청동 / 전자우편 cheong21@freechal.com

편집장 조태림 / 편집 문해경 / 북디자인 우성남 / 영업관리 정덕호

값 8,000원

ISBN 89-88286-36-7

어둠의 고개를 넘어서가라

어둠의 고개를 넘어서 가라

염혜정 지음

청동거울

책을 펴내면서

폭죽을 터뜨리고 팡파레를 울리지 않아도 21세기는 우리 앞에 닥치고 새 천년은 열렸다.

20세기 후반을 살아온 내 삶의 일부분을 이 책에 담는다.

감히 문학의 이름을 빌고 어줍잖은 散文 몇 편을 실어 시간의 강에 띄워 보낸다. 이 글들은 그러나 진실과 자유를 찾아 헤맨 삶의 궤적이므로 나는 당당할 수 있다.

수필은 산문이되 虛構가 아니라는 점이 많은 제약을 주었다. 일기, 수기와 수필은 다르다. 내 글에 허구는 없다. 삶이 글의 소재는 되었지만 産苦를 거쳐 태어난 글은 결코 삶 그 자체는 아니다. 글을 단지 글로써 평가해 주었으면 싶다.

1990년부터 쓴 글들 중 이것저것 빼고 나니 부족한 대로 얄팍한 책 한 권이 겨우 된다. 이제부터는 진정 쓰고 싶은 글을 맘대로 쓸 수 있을 것 같다. 〈부머랭의 시간〉과 〈浪人의 四季〉는 살아

가는 이야기를 쓴 것들이고, 〈그림 이야기〉는 늘 관심을 두어 온 시각예술에 대한 보다 쉬운 접근을 염두에 두고 쓴 글들이다. 읽는 분들의 반응이 궁금하다.

바쁜 중에도 귀한 글을 주신 하응백 선생께 감사드린다. 그리고 책을 출판해 준 청동거울 여러분들의 노고에 고마움을 표시하고 싶다.

이 책을 팔순을 맞으시는 나의 아버지와 어머니, 두 분의 한없는 사랑에 바친다.

2000년 가을

염혜정

부머랭의 시간

그림 이야기

낭인의 사계

제1부

부머랭의 시간

미라보 다리

역사적으로 중요한 사건이 발발하던 바로 그 시각에 자신이 어디서 무엇을 하고 있었는지 정확히 기억하는 경우가 몇 번이나 될까? 예컨대 미국인들은 케네디 대통령이 저격당하던 바로 그때를 곧잘 기억한다. 내게도 그린 일이 몇 있다. 아폴로 우주선이 달에 착륙하던 때, 육영수 여사가 총에 맞아 병원으로 옮겨져 몇 시간 후 죽음이 알려질 때까지의 시간, 또 바르셀로나 올림픽에서 황영조 선수가 마라톤 우승을 하던 순간들이다. 역사의 순간을 체험한다는 것, 그 시각, 그 순간이 생생한 현실감을 수반하며 떠올라 몇십 년이 지난 뒤에도 그 사건이 일어나던 때의 정황을 기억하는 것은 그때 받은 충격이 자신의 삶에 끼친 영향이 큰 탓이다.

아폴로 우주선이 달에 착륙하던 때 나는 고등학교 1학년이었고 친구의 집에 몇이 모여 영어인가 수학인가를 공부하고 있었다. 계절은 더운 철, 아마 7, 8월이 아니었을까. 시각은 낮이었으며 텔레비전으로 중계되는 모습을 공부하던 틈틈이 친구 집 안방에 들어가 보았다. 달에 도착한 우주인 암스트롱이 "지금 내가 내디디는 이 한 발자국은 개인으로서는 작은 일보이지만 인류에게는 거대한 비약의 거보(巨步)이다"라고 말하던 것을, 그리고 달 표면 위를 아폴로 우주인이 경중경중 뛰어다니던 모습을 기억한다. 그날은 내게 이토록 선명한 인상으로 남아 있다.

그건 토끼가 방아를 찧는 전설 속의 만월이 그려 주는 서정적 환상으로부터 내가 확 깨어나던 순간이었다. 바로 그때부터 밤 하늘에 둥실 떠서 가슴 설레는 꿈을 심어 주던 달은 인간이 이미 발을 디뎌 버린, 그저 좀 이상한 흙이 있는 우주의 또 다른 땅덩 어리로 전락해 버렸다. 달에서 가지고 온 돌, 달에서 떠 온 흙 한 줌이 우리 나라에까지 오기도 했다. 전설과 환상과 시(詩) 대신 과학과 기계문명과 우주공학이 우리의 삶에 구체적으로 자리잡 던 때였다. 이 세상은 신의 창조물이라는 종교가 말짱 거짓말이 라는 생각이 들었고 인간이라는 존재는 이 엄청난 크기의 우주 에 속한 작은 별에 하루살이처럼 났다가 스러지고 마는 생물체 임을 깨닫게 되었다. 그때까지의 내 일 년이란 학교의 개학, 중 간고사, 학기말고사와 방학의 연속이었고 나의 오늘은 어제와 같고 내일은 또 다른 오늘이기만 했다. 그해 여름 이후에 비로소 내가 살아가야 하는 몇 십 년의 시간을 어떻게 살아야 할 것인 가, 진정 나는 무엇을 위해 태어난 것인가, 나는 궁극적으로 무

엇을 추구해야 하는가 하는 여러 가지 고민에 빠져들지 않을 수
없게 되었다.

육영수 여사가 비명에 쓰러지던 날, 나는 대학 3학년이었고
영문과 연구실에서 있을 연극 연습을 하러 학교에 갈 차비를 하
고 있었다. 『오셀로』의 데스데모나 역을 맡아 나름대로 배역의
성격을 분석하며 스스로를 몰입해 들어가던 중이었다. 아침 10
시가 좀 지나서였을 것이다. 켜 놓은 텔레비전 화면이 갑자기 흔
들리고 삽시간에 아수라장이 되어 버린 광복절 기념식장을 기억
한다. 혼란과 충격에 싸여 가까스로 학교에 갔다.

그날 나는 뭐라 할 수 없는 참담한 기분으로 교문 앞에 걸쳐져
있는 미라보 다리 위에 서서 문리대 옆을 흐르는 개천을 내려다
보고 있었다. 아무 말도 할 수 없었다. 아직 말로는 형성되지 않
은 무수한 상념과 슬픔에 내 몸은 점점 잠겨들고 있었다. 동숭동
교정에서 멀거니 허공을 바라보고 서 있기도 했는데 그때 본 하
늘은 대낮이었음에도 황혼처럼 붉게 물들어 있었다. 보통 서양
은 서편 하늘만 물을 들이는데 그날은 하늘이 온통 붉었다. 하늘
도 피눈물을 흘리는 것이었을까. 불길한 예감에 내내 연극 대사
에 정신을 쏟지 못하던 날이었다. 누군가 대통령을 향해 저격을
하고 그 총탄에 대통령의 부인이 죽음을 맞는 이 비극, 우리 나
라의 실상. 아, 나는 그때 이 땅을, 우리 나라를 떠나고 싶었다.
벗어나고 싶었다. 유신(維新)으로부터, 그리고 짓밟힌 젊음의 이
상으로부터.

바로 그 전 해인 1973년 가을, 문리대 교정에서 스크럼을 짜

고 구호를 외치던 우리 동급생들은 교문을 열고 들어온 군인들에게 곤봉을 마구 맞고 쓰러졌으며 겁에 질린 나는 구관 3층의 작은 강의실에 숨었다. 또 그 전전 해 가을엔, 교양과정부에서 체육대회가 있을 예정이었던 날 유신이 선포되고 학교는 문을 닫았다. 집을 나서도 갈 곳이 없었던 당시, 은행잎이 교정을 눈부시게 뒤덮어도 매해 가을은 그렇게 지나가 버리고, 겨울이 들면 우리는 리포트로 학점을 받고 이리저리 다방과 술집을 떠돌았을 뿐이었다. 대학 4년간 제대로 학교를 다닌 것은 통틀어 2년이나 되었을까.

나는 떠나고 싶었다. 스스로 유배 가고 싶었다. 엄청난 시대를 제대로 파악하기엔 나는 이 시대가 생산해낸 연약한 갈대였고, 이 잘못된 세상을 어떻게 바꿔 보기엔 용기도 힘도 지식도 부족했다. 무력했다. 그리고 비겁했다. 신념이 있어 그에 따라 움직이는 사람들이 부러웠으나 도무지 그 신념이라는 것도 바로 믿어지지 않았다. 무엇이건 삐딱해 보였고 무엇에건 시큰둥했다. 나는 어디로 훨훨 날아가고 싶었다. 대학 시절 나는 연애에 대해 많은 고민에 빠지곤 했는데 이 엄청난 비극 앞에서 내가 괴로워하던 남자들과의 교제란 얼마나 하찮은 것이었나 새삼 깨닫는 것이었다. 학문의 탐구를 원하던 내가 배운 것은 셰익스피어의 희곡 몇 편과 영시 몇 수였을 뿐이었다. 나 자신 영문과를 다니지만 얼마나 영어를 못 하고 문학에 대해서 얼마나 무지하기 짝이 없는가 하는 자괴감에 괴로워했다. 육 여사가 피살되던 그날, 나는 내가 싫었고 나로부터 떠나고 싶었다.

나는 바르셀로나 올림픽의 마지막 날 황영조 선수가 마라톤을 제패하던 순간을 어두운 마루에서 새벽 세 시 반이 조금 지나 수상기 앞에서 지켜 보았다. 이건 아무래도 잊혀지지 않을 것이다. 하루 이틀 전에 손기정 옹이 바르셀로나로 날아간다는 말을 들을 때부터 이상한 예감에 맘이 설레었다. 황영조 선수가 김완기 선수와 한 팀이 되어 일본인 선수를 바싹 에워싸며 공략할 때 무형의 보물이, 그 무언가가 내 손에도 거머잡혀 오고 '실현'이란 말이 내내 입가에 맴돌았다. 얼마나 역사적이며 상징적인 순간이었던가.

나는 작은 방으로 가서 잠자던 아이를 흔들어 깨웠다. 아이는 눈을 비비며 마루로 나와 황영조 선수가 내리막길에서 일본인 선수를 따라잡고 앞서는 순간을 지켜 보았다. 어두운 시대를 끝내고 밝은 시대를 향해 끝없이 뛰어 주기를, 나의 어린 아이가 커서 대학을 다닐 때 겪을 좌절이 무엇이건 간에 그의 미래와 우리 나라의 앞날에 축복이 있기를 힘께 기도했다. 이 아이는 민 훗날 커서 어미가 그를 깨워 함께 지켜 본 마라톤을 기억할 것이다. 어미의 기원을 알아채고 있을 것이다. 그 작은 거인이 한 발 한 발 결승점을 향해 달려가는 것을 보며, 이 순간이야말로 우리 민족의 달 착륙이라는 생각이 들었다. 일장기 사건도, 국토의 분단도, 6·25 동란도, 수십 년 군사정권의 억압도 한순간에 사라지는 중이었다. 그간의 우리의 일본에 대한 가위눌림에서 벗어나 세계사에 이제 당당히 참여할 수 있는 위상이 달성된 것이었다. 일제의 잔영도 군사독재의 긴 그림자도 천천히 없어지고 있었다. 통일만이 남은 과제로 다가올 뿐이었다.

아이는 제 방으로 돌아가 다시 잠이 들었고 텔레비전도 껐다. 끄고 났어도 나는 이상한 흥분에 마음이 설레어 잠을 이룰 수 없었다. 그리고 처음 아폴로 우주선의 달 착륙을 지켜 보던 어린 소녀가 겪어 왔던 수십 년이 눈앞에서 바삐 지나갔다. 박 대통령의 피살이나 광주사태와 같은 일을 나는 먼 외국에서 뉴스로 보고 들었을 뿐이었다. 그때 이국 땅에서의 무력감은 별도로 치고라도 내가 우리 나라에서 직접 겪은 사건과는 그 충격을 견줄 수 없었다.

황영조 선수의 마라톤을 지켜 본 새벽은 문리대 교정에서 갑자기 붉게 물들었던 하늘을 볼 때같이 부끄럽지도 비참하지도 않았다. 이제 나는 부끄럽지 않았다. 그 몇 십 년을 발버둥쳐 온 지난날이 이젠 조금도 부끄럽지 않고 나는 진정 열심히 살아온 것임을 확인하는 중이었다. 시간이 흐르고 흘러 그때 엄청나게 멀게만 보였던 미래에 나는 이제서야 도달하여 또 다른 아침이 밝기를 고대하고 있는 중이었다.

사위는 아직 어두웠어도 나는 아침을 기다리며 천천히 어둠이 걷혀 가는 하늘을 우러르면서 내내 그러고 앉아 있었다.

강남역

강남역 근처라고 그의 아내는 말해 주었다. 전화를 거니 사무실 여직원인 듯한 젊은 여인의 목소리가 길을 자세히 일러 주었다. 사무실에 다다르니 김 시인은 아직 출근 전이었다. 그는 저녁 시간에 문학교실을 열고 있었다. 우리 시대의 이름난 작가들과 시인들이 그의 문학교실의 강사였다.

김 시인이 들어왔다. 이전에도 그는 새가슴에 키가 작은 편이 있지만 이젠 몸 평수가 옆으로 많이 늘어나서 뭐랄까, 반달곰 같다는 느낌이 들었다. 만나자마자 잠시 어색한 탐색의 시간이 흘렀다. 나는 은근히 긴장했다. 이십 년도 더 지난 다음의 만남이었다. 왜 그런 것 있지 않은가. 어느 날 문득 옛적에 알던 사람들, 자세한 소식도 모르지만 서울 하늘 아래 어딘가 살고 있다는 것을 확인하고 싶은 때가 있지 않은가.

이십 년도 더 지난 한 겨울날 오후 나는 대학시절 같은 과 동기동창인 김 시인을 만나러 갔다. 그는 시인이 되어 있었다. 대학 때, 그는 셰익스피어의 두꺼운 책을 옆구리에 끼고 다녔었다. 나는 철모르는, 소위 잘 사는 집 딸이었다. 관악 캠퍼스로는 자가용으로 등교를 했다. 학점은 늘 최고로 받아도 나는 시험 볼 때만 셰익스피어를 읽었지만 그는 학점을 잘 받는지 어쩐지는 몰라도 늘 셰익스피어에 대해 줄줄이 꿰고 있었다. 그 점이 내겐 경이로웠다. 나는 명동의 생맥주 집은 알아도 동급생들이 잘 가던 명륜동이나 동숭동의 막걸리 집은 몰랐다. 저항시인, 투옥, 민족문학운동. 그런 것들이 그 사이 그의 근황이었다. 가끔 그의 사집이 나오면 사서 내 책장 한 구석에 꽂아 두는 것, 그저 그것으로 나는 그를 간접적으로 만나고 있었다.

그를 마지막 본 것은 대학 4학년의 어느 날, 관악 캠퍼스의 도서관 앞 아크로폴리스에 가득한 데모 군중 속에서였다. 아니, 해산된 데모 학생들이 뿔뿔이 흩어져 저마다 도주하고 있을 때 강의실로 통하는 긴 복도에서였다. "돈 좀 있어요?" 그는 나를 보고 물었다. "어쩌려고 그래요?" 하며 주머니를 뒤져 지폐 몇 장을 건넸다. 그는 어디론가 사라졌다. 그후로 몇 달 뒤 동급생 하나와 그가 있던 고척동의 구치소로 찾아갔을 때엔 이미 아침에 면회자가 한 사람 다녀간 뒤라 만날 수가 없었다.

그는 천천히 담배를 한 대 피운 뒤 전화를 걸어 동창 두 사람을 더 불러내었다. 나는 당황했다. 1시간 이내로 나타난 그들은 이제 김 시인, 천 사장, 홍 교수가 되어 있었고 그간 서로 연락을 끊지 않고 만나던 중이었다. 나만 오랜 시간이 지나 이름 뒤에 아무 타이틀도 없는, 그저 염혜정 씨로, 뜬금없이 그들 앞에 나타나 다시 선 것이었다. 세월이 흘러 귀 뒤가 희끗희끗해져도 다들 모습은 그대로였다. 아마 나만 그들의 기억 속에 자리잡은 앳되고 여린 모습에서 엄청나게 몸집이 불어 버린 중년의 여인으로 변하여 그들을 엄청 실망시키고 있었을 것이었다.

저녁 식사 중에, 그리고 호프집에서 몇 시간을 이야기했다.

홍 교수는 부산 어느 대학에서 국사학과 교수가 되어 있었고 나의 여고 동창과 결혼했다. 대학교 3학년 때 홍 교수는 과 학생 회장이었다. 그때 영어연극을 남산 드라마센터에서 공연했었는데 과 회장이던 홍군은 연극 비용을 마련하느라 쩔쩔맸었다. '오셀로'였다. 나는 데스데모나였고 김 시인은 조연출이었다. 연습하며 대학로의 진아춘이라는 중국집에 곧잘 가서 밥을 먹었다. 짬뽕이라는 걸 처음 먹어 본 때였다. 그런 대로 맛이 있었다. 그런데 밥값을 아무도 내지 않는 것이 이상했다. 나는 누가 돈을 내나 보다 여겼을 따름이었다. 그 짬뽕이 빚이 되어 연극이 끝나고 홍군은 자신의 등록금으로 연극으로 진 빚을 갚고 군에 입대했다. 그때 내가 그걸 알았더라면 사업을 하던 아버지에게 말하여 돈을 얻을 수도 있었을 텐데…… 나는 세상이 돌아가는 것에 너무 무지했었다.

얼마 있다가 김 시인은 나의 친구이기도 한 그의 문학교실의 강사 한 사람을 불러내었다. 가까운 서초동에 살고 있어서 그녀는 금방 왔다. 그녀의 책 출판기념회의 사회를 김 시인이 봐준다고 했다. 유명한 여자 소설가 한 사람도 잠시 호프집으로 다녀갔다. 내가 미술관에서 일할 때 그 소설가를 만난 적이 있다. 김 시인은 이렇게 날 환대하고 있었다. 아니면 버거워하고 있었든가.

맥주를 상당히 많이 마셨다. 나는 내 주량이 그 정도나 되는지 미처 몰랐다. 그러나 취하지는 않았다. 이야기가 자연 심한 불경기와 노조의 파업 등으로 흘러갔다. 천 사장은 예나 지금이나 얼굴이 가무잡잡했다. 소심하고 내성적인 성격도 여전했다. 그는 대기업에 오래 있다가 사업을 시작한 지 꽤 되는 모양이었다. 처음에는 잘 벌었는데 최근에는 자금 압박으로 상당한 고통을 겪고 있는 듯했다. 역시 중소기업을 운영했었던 나의 아버지의 경우를 떠올리며 그와 맞장구를 쳤다. 임금 인상을 이유로 온 나라가 들썩이도록 노조가 시끌시끌하던 때였다.

"다들 간이 부었어요."

임금 때문에 파업하다가는 곧 회사가 망하는 것을 경험상, 그리고 해외 기업들의 동향을 전해 듣던 나는 어느 말끝에 내뱉었다. 실업이 중요한가, 임금 인상이 중요한가, 대기업의 착취가 우선인가, 중소기업의 생존이 우선인가. 이런 것들을 말하고 있었다.

"간이 부었다니, 그게 무슨 소리요."

김 시인이 내 말꼬리를 붙들고 늘어지기 시작했다. 나도 성질이 올라 대꾸했다. 김 시인은 기분이 몹시 상한 듯했다. 그는 곧 대기업들의 철면피함에 대해, 그 모든 모순에 대해, 정경유착에 대해 일장 연설을 늘어놓을 참이었다. 나도 알고 있었다. 다 알고 있었다. 그러나 앞에 있는 천 사장은 임금 착취하지 않는 수

많은 착한 기업인들 중의 하나였다. 그리고 그들이 자금난을 제일 겪는 것이었다. 나도 지지 않고 대들었다. 내 가슴에는 80년대 초에 쓰러진 내 아버지의 회사에 대한 한이 한 가득 담겨 있었다. 그리고 부도로 인한 우리 가족의 고난과 몰락을 떠올렸다. 정부의 장려정책을 믿고 따른 기업인이 바보인가, 아니면 기업하지 말고 고리대금만 하는 것이 옳은가. 기업을 하면 수백 명의 직원들과 그 가족들의 생계를 책임지는 일이 아니던가. 기업이 무너지면 얼마나 큰 재앙이 닥치는가. 그걸 김 시인은 아는가 모르는가.

홍 교수와 천 사장이 말렸다. 그리고 다른 이야기로 넘어갔다. 같은 학년이던 이 아무개는 미국에 가서 부동산 중개업자가 되었고 오셀로 역을 하던 설 아무개는 어느 대학 영문과 교수이고 한 아무개는 외교관이 되어 있고…… 간헐적으로 김 시인이 나를 다시 물고 늘어지려 했다. 그때마다 두 사람이 말렸다. 이러자는 것이 아니었는데, 정말 이러자는 것이 아니었는데.

우리는 옛 동창이라 하더라도 정말 상대를 알고 있는가. 어느 정도 알아야 안다고 할 수 있는가. 나는 미국에 가서 8년을 살고 돌아와서 다시 10년이 지났다. 김 시인은 도피 생활에 투옥에 힘든 시절로 그 많은 시간을 보냈다. 세월이, 그 젊은 시절 약간의 어긋남이 이토록 큰 거리를 만들고 있었던 것이었다.

11시가 지나 있었다. 홍 교수가 나의 귀가를 걱정해 주었다.

"버스 타고 가면 되요. 지하철도 있구요."

나는 큰소리를 쳤다. 모두 호프집을 나섰다. 겨울밤이었다. 나

는 긴 코트 깃을 올렸다. 날씨가 꽤 쌀쌀해졌다. 그러나 가슴에
뭔가 가득 끼어 있어서 추위를 느낄 수 없었다. 모두 걸어서 강
남역까지 나왔다. 지하철도 버스도 없었다. 나는 이 늦은 시각에
강남역에 나올 일이 없던 아낙이었다. 택시고 버스고 언제나 있
을 줄만 알았다. 길에는 택시 잡기 쟁탈전이 이미 벌어지고 있었
다. 모두 "염혜정 씨 먼저, 염혜정 씨 먼저" 하며 택시에 날 태웠
다. 예나 이제나 나는 공주였다. 그들 사이에 나는 여전히 스무
명의 남학생 안에 홍일점으로 보호받는 여학생일 뿐이었다. 홍
교수는 모범택시도 믿을 수 없다며 자기가 압구정동에 내려주겠
다고 했다. 나는 현대백화점 네거리에서 내렸다. 그리고 작별인
사를 했다.

　12시가 가까운 네거리는 인적이 드물었다. 나는 이들을 언제
다시 볼 수 있을 것인가. 이십 년 만에 혜성처럼 나타나 말싸움
만 하고 헤어지는 이 여자를 대체 어디다 써먹을 수 있을까. 집
으로 터덜터덜 걸었다. 횡단보도에 서서 신호를 기다렸다. 바람
이 불어 길바닥에 신문지 조각이 날고 있었다. 차도 드문 길에
서서 나는 한참 그 휴지 조각을 보고 있었다. 우리의 삶도 바람
따라 날리는 종잇장과 다름이 있을까. 나는 휴 하고 한숨을 쉬었
다. 길을 건넜다. 군고구마 장수가 자리를 걷고 있었다. 아파트
입구의 환한 불빛이 보였다. 그리고 오랜만에 일찍 들어와 평생
처음 12시나 되어 들어온 나를 잔뜩 책망할 남편이 기다리고 있
었다.

아루망과 르망

    태양의 계절, 달아오른 아스팔트에서 아지랭이가 피어 오르고 사람들은 자신의 체온마저 감당하기 힘들어한다. 베란다에 서서 주차장에 줄지어 서 있는 차들을 내려다본다. 차들은 더위에 헉헉대며 엎드려 있는 강아지들만 같다.

    햇살이 너무 뜨거워지기 전에 서둘러 챙 넓은 모자와 물통을 챙겨들고 주차장으로 내려선다. 화단 한 모퉁이에 삐죽 내민 수도꼭지를 틀어 물을 받는다. 파란 물통 속으로 소용돌이치는 물의 포말이 시원하다. 본네트 위에 비눗물을 끼얹으며 문지르기 시작한다.

    간밤에 비 내리는 야경을 바라볼 때만 해도 불빛에 반짝이는 아스팔트가 조용히 서정에 젖을 수 있게 해주었다. 아침에 내려와 보니 차는 산성비에 씻겨 내린, 대기 중에 부유하던 분진을 한껏 뒤집어쓰고 얼룩점박이가 되어 엎드려 있다.

몇 년 동안 나를 동반해 온 푸른색 르망을 닦으며, 어릴 적 비눗물을 풀어 털을 닦아 주던 강아지들을 떠올린다. 때로 출퇴근 시간 올림픽대로를 꽉 메운 승용차들을 바라볼 때마다 색색의 작은 강아지 수백 마리가 경주하는 광경을 연상한다.

〈꼬마 자동차 붕붕〉이라는 만화영화를 텔레비전에서 볼 때는 강아지와, 미국서 타던 노란 차의 모습이 눈앞에 중첩되곤 했다. 가슴이 저려오는 안타까움은 그 시절 그곳으로 돌아갈 수 없는 향수 때문일까.

어린 시절 친근하고 충실하던 강아지가 없어졌을 때 스며들던 허전함과 해 저물 때 흘러내리던 눈물을 잊을 수 없다. 강아지들은 수 년씩 우리와 함께 살다가 어디론지 사라지곤 했다. 여러 종류의 개가 우리 집을 거쳐 갔다. 대개는 죽거나 집을 나가 돌아오지 않음으로 우리와의 인연을 마감했다. 도둑이 풀어 놓은 극약을 먹기도 했고, 아주 어린것들은 횟배를 앓다가 죽기도 했다. 집 근처의 공터는 곧잘 그들의 무덤이 되고, 어린 막내동생은 눈두덩이 붓도록 울곤 했다.

그 중에서도 아루망은 기억에 남아 있는 아주 오래된 셰퍼드이다. 〈춘희(春姬)〉의 남자 주인공인 아루몽을 본떠 큰언니가 지은 이름이었다. 후에 작은언니는 고양이와 강아지에 각각 보니와 클라이드(Bonnie and Clyde)라고 붙이기도 했다. 써니(Sunny)도, 선희(善姬)도 있었다.

개가 늙을 때까지 살면 어느 날 갑자기 휘 하니 대문을 나서 돌아오지 않을 때도 있었다. 집을 찾아올 정신이 없었는지, 아니면 개 도둑에게 붙잡혔는지도 모른다. 그럴 때마다 밤이 이슥하도록 마당에 나가 혹시 닫힌 대문 밖에서 낑낑대지나 않나 기다렸다. 대문 저쪽의 불안한 어둠은 짙어 가기만 하고 개는 기척이 없었다. 개들은 그렇게 우리 곁을 떠나갔다. 그러나 또 다른 개가 집에 들어오고 그러는 사이에 우리는 커 갔다.

지붕, 앞뒤 뚜껑과 좌우 양 문을 차례로 문지르고 여러 번 물로 헹군다. 말끔해지는 차체를 지켜 보며 마음에 고여 있던 티끌도 함께 씻어낸다. 내가 무엇을 이처럼 정성들여 건사한 적이 있는가, 자조의 웃음을 웃는다. 뒤 창문 빗물받이 끝에 조그맣게 반점이 생겼다. 녹이 슬 날이 머지않다. 움직이다가 신호등에 걸려 잠시 서면 부르르 떨며 운전대와 앞판, 옆문까지 요란한 소리를 내고, 언덕을 오를 때는 힘을 잘 받지 못해 속력이 떨어진다. 4년 된 차가 40을 앞둔 내 몸처럼 부실해지는 것이 안쓰럽다.

미국에서 7년이나 타고 다니던 노란색 차가 있었다. 중소형의 닷지(Dodge)로 나중에 알고 보니 소비자 보고서에도 형편없는 실패작으로 판정이 난 차종인데 값이 맞는다는 이유 하나로, 냉방시설도 없고 색도 미음에 들지 않는 차가 우리 차가 되었다. 시골에서 차는 곧 발이었다. 우리를 다른 사람과 연결해 주는 없어서는 안 될 끈이었다. 미국 생활 첫 서너 달을 이집 저집 신세를 지다가 견디지 못해 결국 마련한 차였다.

아이가 생기자 노란 차는 나를 도와 함께 아이를 키웠다. 아이가 무거워 안아 재우기가 힘이 들어서 차에 태우고 몰고 나갔다. 아기의자에 앉히고 단단히 끈을 맨 다음 차를 움직이면 5분도 채 되지 않아 잠이 들고 마는 것이었다. 차를 천천히 몰아 학교 안에 있는 농대 실습림으로 가곤 했다. 실습림 한가운데 조그만 연못이 있었는데 채색하지 않은 나무다리가 하나 떠 있고, 부들이며 수초가 제법 성했다. 그 연못이 내려다보이는 건너편 언덕 위에 차를 세우고 아이를 재웠다. 차 양 문을 열어 바람을 통하게 해놓고 나는 도서관에서 빌려 온 소설을 읽었다.

시간은 모래알처럼 많았으나 가사와 육아의 책임을 떠안은 내게 자유로운 시간은 없었다. 아이를 안고 우유를 먹이고 있으면 만 가지 상념이 머릿속을 채우고, 그 평안한 몇 분간이 문득 영원인 듯, 깨고 나면 허망할 뿐인 백일몽 속을 헤매었다. 사랑이란 곧 책임을 뜻하는 것일까 자문하는 동안, 어느 결에 아이는 곤히 잠이 들어 배냇짓을 하며 웃는 것이었다.

훈풍이 불어오는 한적한 대낮, 아이는 잠을 자고 그 적막한 평화 속에서 나는 존 업다이크의 소설을 읽었다. 그때 〈소피의 선택〉이라는 영화가 한창 화제에 올랐다. 나는 나대로 할 수밖에 없었던 선택에 고뇌했다. 삶이란 결국 숨막히는 선택의 순간으로 단락 지어지는 기나긴 여로일까. 내가 진정 원하는 삶은 구체적으로 어떤 형상이었을까. 무력감 속에서 의식은 림보 속을 허우적대었다. 아침에 세수를 하면 손바닥에 괸 물이 손가락 사이로 천천히 빠져나갔다. 소중한 젊음이 그렇게 달아나고 있음에도 나는 그저 바라만 볼 수밖에 없었다.

잠이 든 아이를 태우고 아파트로 돌아와 자리에 누이면 건너편 건물 어느 집 처마에 매달린 풍경이 바람에 댕강거렸다. 살아 있음이 한없이 권태롭던 시절, 노란색 닷지는 나의 숨긴 오열을 담고 손에서 물처럼 빠져나가는 시간을 함께 지켜 봐 주었다.

우리가 살던 곳은 미국 동북부, 눈이 많은 지방이었다. 겨울에는 눈이 많아 무릎까지 빠졌고, 아침에 차를 움직이려면 지붕 위에 20센티 정도 쌓인 눈을 치워야 했다. 도로에는 제설차가 쉬지 않고 소금을 뿌리고 불도우저로 길바닥의 얼음을 밀어내었다. 5년이 지나면서부터 차는 조금씩 녹이 슬어 노란 차체 군데군데 붉은 흠이 번지기 시작했다. 마침내 구멍이 여기저기 뚫리더니 차는 서서히 울긋불긋한 고철덩어리로 변하여 갔다. 고장도 자주 생기고 돈이 많이 들어가기 시작했다. 늙고 병든 개나 마찬가지였다. 되돌릴 수 없는 시간에 노란 차의 종말이 다가오고 우리는 귀국을 서둘렀다.

떠나던 날 이른 아침, 마지막 버릴 짐을 싣고 구세군으로 갔다. 큰 컨테이너에 베개와 담요, 부엌 살림살이를 밀어넣고 돌아오며 나는 다시 한 번 실습림으로 차를 몰았다. 겨우내 덮여 있던 눈은 어디론지 사라지고 숲에는 봄기운이 완연했다. 나무다리 위로 아이를 설리며 다리 아래 얕은 수면에 퍼지는 구름의 그림자를 가만 들여다보았다. 올 때와 마찬가지로 빈손으로 그곳을 떠나는 것이었다. 그 연못과 언덕은 삶의 격랑을 지나도록 나를 지탱해 준 신성한 공간이었다.

아파트를 떠나며 친구의 차 뒷자리에서 돌아다보았을 때 주차장에는 노란 차가 등을 돌리고 가만 엎드려 있었다. 움직이는 차 안에서 호수의 햇살, 도서관의 시계탑, 박물관 꼭대기에서 듣던 웅웅 소리내던 바람, 그리고 자작나무 숲과 과수원에 차례로 이별을 고했다. 그러나 나의 일부분은 아직 그곳을 떠나지 못하고 있었다. 작고 녹슨 노란 차처럼.

외출 준비를 하고 시동을 건다. 물로 닦은 유리창으로 햇살이 눈부시다. 푸른 르망은 두 번째 차이다. 앞으로 몇 대나 더 차와 인연을 맺게 될까. 아이들은 커서 이 작은 푸른 르망을 기억할까. 내가 강아지들을 떠나 보낼 때처럼 그들도 차를 생각할까.

장미 꽃잎

마당에는 늘 장미가 가득했다. 시멘트 벽돌담에는 줄장미가 무성해서 회색 벽이 잘 보이지 않을 정도였다. 장미 줄기는 얼기설기 엉켜 있었고 땅바닥은 웃자란 잔디로 무성했다. 짙은 녹색의 이끼가 그늘진 담벼락 밑둥을 타고 너르게 퍼져 있었다. 그 축축한 잎새들의 풋내음 가운데 한 줄기 집요하게 코를 자극하던 장미 향기. 음습한 습지에 어울리지 않을 정도로 약간은 매운 듯한 고귀한 그 향기. 장미는 이렇게 시초부터 범상함과는 거리가 있었다. 유년시절의 기억은 늘 장미향이 그윽한 뜰에서 시작된다. 나는 그 덤불 속에 가만히 앉아 떨어진 장미 꽃잎을 줍기도 하고 눈부시게 흰 백장미 꽃잎이나 빌로드처럼 윤기가 도는 흑장미 꽃잎을 따 책장에 넣곤 했다. 이들 장미 꽃잎을 넣어 두는 데는 두꺼운 사전, 그 중에서도 국어대사전이 제격이었다.

어머니는 잘 핀 장미를 항아리에 수북 꽂으셨다. 키가 큰 어머니는 아름다웠고 멋을 잘 부렸다. 그때 어머니는 삼십대 후반이었을 것이다. 아직 가시지 않은 젊음이 성숙된 빛을 발하고 집안 살림도 안정되어 살림살이에 재미가 있던 때였나 보다. 어머니는 앉아서 책을 읽는 타입은 아니었다. 늘 여섯이나 되는 자식들과 일가 친척들의 일로 분주하셨다. 어머니는 장미꽃을 한아름 잘라 수반에 꽃꽂이를 하지 않고 둥근 백자 항아리에 듬뿍 담아 두셨다. 그런 어머니가 멋있어 보였다.

대학에 다닐 때 작은 영영사전(英英辭典)을 늘 들고 다녔다. 연구실에 앉아 예습을 하려고 사전을 들칠 때 책갈피에서 곧잘 누렇게 변색된 백장미 잎을 발견했다. 사전은 은은한 장미 향기를 그대로 머금어 주었고 장미잎이 책갈피 속에서 나오면 아주 짧은 순간 유년시절의 뜰을 생각하곤 했다. 다시는 되돌아갈 수 없는 그때 그 안뜰, 눅눅한 장미 줄기 사이의 나만의 비밀스런 작은 구석, 병치레가 잦던 그 어린 계집애가 마냥 그리웠다.

노년의 어머니에겐 지금 장미나무, 모과나무, 영산홍으로 가득하던 뜰이 더 이상 없으시다. 베란다에 놓은 몇 그루 화분을 밤낮으로 돌보신다. 대신 도자기 제품의 작은 장미다발이 많다. 장식장 유리 속에서 수백 송이의 장미가 내내 꽃을 피우고 종알거리고 있다. 지난 겨울 어머니 집에 갔을 때 로즈우드 반닫이 위에 예의 큰 백자 항아리에 흑장미가 한 가득 담겨 있는 것을 보았다. 장미는 너무나 싱싱해서 꽃잎에 물방울이 맺혀 있기까지 했다. 반가워서 손으로 꽃잎을 만져 보았다. 조화였다. 향기도 없는, 그러나 너무 그럴 듯하게 만든 장미였다.

"너는 글을 쓰니까 네가 가져가거라."

어머니 집을 줄일 때 이희승 편 국어대사전을 얻어 왔다. 그 사전은 어릴 때나 지금이나 여전히 크고 무거웠다. 아파트로 들어오는데 사전을 안은 내 코에 언뜻 향긋한 내음이 스쳤다. 갑자기 코가 시큰해져 왔다. 방에 들어와 책장을 하나하나 넘겼다. 거기, 몇 장마다 한 잎씩 장미 꽃잎이 그대로 들어 있었다.

한동안 서재에 멍하니 앉아 있었다. 무수한 나날이 내 앞에 나타났다 사라졌다. 또한 어릴 적부터 만났다가 헤어진 수많은 얼굴들이 눈앞을 달려 지나갔다. 그리운 얼굴들, 다시는 볼 수 없는 많은 얼굴들이었다. 잊고 있다가 책갈피에서 떨어진 꽃잎처럼 그들도 어디선가 문득 내 앞에 다가설 수는 없는 것일까. 향긋한 꽃바람이 불 때, 또는 낙엽이 지는 길목에서 우연히 마주쳐 웃으며 그들을 보낼 수는 없을까. 아아, 다시 그 시간을 돌이킬 수 있다면…… 어느새 나는 엎드려 울먹이고 있었다.

왜 쓰냐고 물으신다면

살림하는 여자가 집안 건사는 제대로 아니하고 매일 책이나 붙들고 이방 저방 다니며 늦은 밤 홀로 불 켜고 앉아 무슨 불후의 명작을 남기겠다고 글을 쓰냐고 물으신다면, 난 그저 허공이나 바라보겠어요.

인쇄매체의 홍수 속에 허우적거리는 게 우리네 삶인데 구태여 거기에 하나 더 보태려느냐고 채근하신대도 웃고만 있겠어요.

번개처럼 빨리 바뀌는 영상언어가 사람들의 일상을 주름잡고 있는 이 시대에 누가 이런, 절제의 미학이니 겸허와 고백의 문학이니를 거들떠보겠냐고 말하신대도 난 잠자코 원고지만 내려다보겠어요.

삶의 쳇바퀴 속에서 흔들리는 자신의 혼을 잃지 않기 위해서라고 항변할까요.

저마다 목청 돋우어 내뱉는 독백만이 어지러운 무대 옆에서

말없이 앉아 그 외로운 외침을 들어 주는 귀도 필요하다고 말할
까요.

그림을 그릴 줄도 노래를 부를 줄도 모르는 한 인간이 그저 엄
마 품에서 배운 옹알이와 초등학교에서 깨친 가갸거겨만으로 가
슴 저 깊은 곳에서 쉴새없이 솟아오르는 속삭임을, 머릿속에서
쏟아져 내리는 언어의 폭포를 주체할 수 없어 마치 영매(靈媒)가
뜻 모르고 읊조리는 영계(靈界)의 주문인 양 글로 풀어내는 말이
있다면 아실는지요.

아, 그 누군들 알까요.

마음속으로는 누구나 하루에도 여러 번 간음을 하고 살인을
하며 이간질, 도적질을 범하고 있다는 것을, 겸손보다는 자만을,
칭송보다는 시기를 일삼고 있음을 말이에요.

누구나 돌아보면 언뜻 사라지고 마는 꿈을 부여잡고 싶으며,
한밤중에 문득 깨어난 잠 끝에 밟히는 그리운 이들의 영상을 좇
고 싶은 순간이 살다 보면 찾아온다는 것을 말이에요. 길에 지나
는 수많은 사람들 가운데 한때 스쳐 가 버린 얼굴이 섞여 있지나
않은지 유심히 살펴볼 때도 있음을 알까요.

어두운 밤 부엌에 나가 밖을 향해 난 큰 창을 마주할 때면, 어
둠 속에 드러난 얼굴에는 허무와 고독이 검푸른 파티나가 되어
있다는 것도 알까요.

이럴 때면 더욱 절실히 '삶'이며 '죽음'이며 '의미' 같은 말들
이 벌떼가 되어 머리에 파고들어 날 어지럽게 하고 나는 머리감
듯 그 상념들을 떨쳐내는 것이어요. '덧없다'는 말을 누군들 모

르겠어요.

나는 그래도 책임져야 할 가족을 위해 매일 반찬값을 챙기며 살림도 하건만, 마음은 언제나 풍차가 도는 언덕배기를 향해 서 있음은 웬일일까요.

그리하여 어스름이 지는 저녁에 까닭 없이 콧등이 시큰해지기도 하고, 사람 많은 거리에서 이름 없는 여자가 되어 헤매다 돌아오기도 하는 것이어요.

나는 왜 쓸까요.

새로운 애인을 만드는 대신 글을 씁니다.

나의 삶은 항상 썼다가 지우개로 지우고 다시 쓸 수 있는 글과 같지 않기에 씁니다.

글쓰는 것은 사는 것보다도 덜 어렵기에 씁니다.

사는 것도 재미가 있습니다. 글쓰기는 그러나 나만이, 혼자 누리는 행복입니다. 오직 글을 쓸 때만 나는 내게 완전히 속한 분신을 창조합니다. 나는 전지전능한 조물주가 되어 원하는 형태로 사람을 빚고 생명을 불어넣어 움직이게 합니다. 그리고는 앉아 조용히 기쁨을 맛봅니다.

삶에서만큼 많이 좌절하기 싫어 글을 씁니다. 글을 쓰는 도중 겪는 절망이, 실제 살며 삭여야 하는 허무와 분노보다 극복하기가 쉬운 까닭입니다.

그러면 나는 늘 잘못 살고 있는 것일까요.

살아가는 일상의 나 안에는 언제나 가느다란 선으로 그어진 희미한 유령 같은 것이 있어, 몸 안에 잠자코 잘 있다가도 이따금 튀어나와 손짓을 하며 이리저리 나를 이끕니다. 그 안내하는 손을 따라 나는 곧잘 시공을 넘나드는 여행을 하곤 합니다.

꽤 자주 어릴 적의 나를 방문합니다.

빨간 고무장화를 신고 비 오는 날 학교 교실에서 선생님께 야단 맞던 날, 바나나를 받아들고 커다란 탁자 속에 들어가 몸을 움츠리고 앉아 있던 유치원의 강당, 장맛비를 맞으며 매일 무슨 주사인지 맞으러 다니던 축축한 여름, 우리 집에서 가까운 산에 오두마니 올라앉은 판잣집에 살던, 늘 쿰쿰한 냄새가 나던 친구, 미제 과자 껍질에 실물 크기로 그려져 있던 아메리칸 쿠키……나는 다시 살아 보듯 그 장면 하나 하나를 음미합니다.

나는 부모가 걷는 노쇠와 상실을 향한 이길 수 없는 줄달음을 지켜 봅니다. 어느 날 오랜만에 주무르는 어머니의 허벅지에 살집이 줄어들고 딱딱해진 뼈가 손에 잡힐 때 쿵 하고 가슴에 내려 앉던 시간의 추도 보았습니다. 아, 나는 글을 쓰며 미래도 미리 살고 있습니다.

나는 오랫동안 매일을 습관처럼 살았습니다. 그러다가도 아침이 밝아 오는 가로등에 외등이 꺼지는 시각이 다가오면 이 하루를 또 버티고 나아갈 용기가 아쉽습니다. 발을 질질 끌어 가며 쌀을 씻고 손에서 자꾸 물건을 떨어뜨리기도 하며 도시락을 쌉니다. 식구들이 아직 깨어나지 않은 마루에서 베란다로 나가 흐린 하늘 아래 벌써 우산을 받쳐 쓰고 지나는 행인들을 내려다봅니다. 이른 시간에 집을 나서는 그들의 일상을 상상해 봅니다. 가슴이 아려옵니다.

언제나 집 안에서 창 밖을 내다보는 삶에 염증을 내며 몸부림을 쳐 온 나를 돌아봅니다. 아주 가끔씩 창 밖의 생활을 맛보곤 합니다. 창 밖도 집 안도 전쟁터이기는 마찬가지입니다. 더 이상 성공이 무엇인지 경쟁이 어떠한지 묻지 않으렵니다. 성취보다도 현재 내가 누리고 있는 많은 것에 감사하겠습니다. 깍지 끼고 책상 앞에 앉아 과거와 미래를 종횡무진 오가며 나는 한 번의 삶을 몇 배로 부풀려 살고 있음을 압니다.

글을 쓰며, 지나고 보면 찰나일지 모르는 바쁜 삶을 잠시 멈추어 명상하는 시간을 누립니다. 글을 쓴다는 것은 선(禪)입니다. 비워내는 것입니다. 나의 구도(求道)입니다. 나는 아마 어느 낯선 피안에 다다르지 못할지도 모릅니다. 그래도 나는 끊임없이 구할 것입니다. 다른 모든 것들이 날 저버리는 그 어두운 시간에도 글은 내 곁에 머물러 줄 것이라고 확신합니다. 글은 내게 구원이 되어 주었습니다.

그러나 진정 왜 쓰냐고 물으신다면, 그건 쓰지 않으면 나는 살고 있는 것 같지 않기 때문입니다. 글을 쓰고 있는 순간이야말로 비로소 내가 심장이 고동치며 살아 있는 생명체임을 실감하는 것입니다. 글에 몰입해 있을 때 나의 존재는 어둠이 깔린 먼 우주의 한 귀퉁이에서 빛을 발하는 이름 없는 별에 가 닿는다고 믿습니다. 이것은 내가 낼 수 있는 단 하나의 불이며 나만이 그 속에서 활활 타오를 수 있기 때문입니다. 어쩌다 당신이 그 광휘를 보며 얼핏 나를 기억할 수 있을까요.

부머랭의 시간

― 窓으로 보이는 풍경

눈부신 봄 햇살 아래 올림픽공원에는 아침부터 많은 사람들이 모여들기 시작했다. 은발의 노신사로부터 유모차를 밀고 온 앳된 얼굴의 청년에 이르기까지 저마다 식구들을 이끌고 산책로를 일주하는 것이었다. 남편의 고교 동창회가 주선한, 이름하여 '同窓 걷기 대회'였다. 군데군데 자신들을 더 작은 동아리로 묶는 나무팻말을 높이 쳐들고 앞서거니 뒤서거니 하며 길을 걸었다. 오랜만에 대하는 얼굴을 알아보고 서로 악수를 청하며 등을 두드리기도 하는 모습이었다.

동창들이 그리워질 만큼 한숨 돌린 삶의 여로에서 변해 버린 모습으로부터 기억을 더듬는 작업이 부지런히 진행되고, 그 확인은 곧 한바탕 껄껄 웃음과 웃음 뒤의 공허한 메아리로 이어지곤 했다. 동창 가족으로 이루어진 밴드가 행진곡을 연주하고 곳곳에 마실 것이 놓여져, 친근과 풍요가 엮어내는 여유로움과 느슨함, 그리고 왠지 모를 나른함까지 공중에 떠다니고 있었다.

한 시간에 걸친 걷기 운동이 끝나자 다들 무리지어 기념촬영을 하고 점심을 먹는다. 나도 몇몇 얼굴을 알아보았다. 가족의 신분으로 나타난 잊고 있던 나의 동창들, 그들의 달라졌지만 여전한 얼굴을 찬찬히 뜯어보며 그간 거쳐 왔을 두서너 가지 사연을 읽어낸다. 그들의 얼굴에서 지난 세월을 읽는다.

언제였을까. 빛의 속도만큼이나 빨리 흐르는 시간의 저편에 정지하고 있는 그때는. 고등학교를 떠난 뒤 거의 이십 년이 되어 시도해 보는 그 시절의 재현이란 곤혹스럽기까지 한 것을.

실내경기장 한 곳에 들어가 노래를 듣는다. 간간이 터지는 웃음소리와 박수 소리가 귀를 아리는 마이크 소리와 어우러져 들려온다. 수천 명의 사람들로부터 끌어내는 동질성, 같은 고등학교를 나온 사람들의 모임. 그들이 확인하는 것은 무엇일까. 웃음과 소란스러움 속에 갑자기 떠오르는 정경이 있었다.

나의 모교, 어느 비가 그친 오후, 발에 사각거리는 굵은 모래가 깔린 운동장, 교정 한가운데 홀로 서 있는 아름드리 회화나무, 정적이 감도는 기나긴 복도, 그리고 늦은 오후의 햇살을 뒤로 받으며 교문을 나설 때 밟히던 자신의 긴 그림자.

나를 외톨이로 몰고 간 공부, 처절한 경쟁 끝에 오는 질시와 따돌림의 눈초리, 그래서 여자만 있는 학교엔 결코 가지 않겠다고 다짐한 맹세, 누군가 미워할 대상이 있어야 했기에 증오하던 선생님들, 그토록 벗어나려고 애쓴 여고 시절이 미미한 세부까지 선명히 눈앞에 그려진다.

다시 박수 소리가 커지며 동창 몇 분이 소개된다.

동창. 같은 창을 보고 자란 무리들. 그들이 형제나 친척 같은 느낌이 찾아드는 이 오후, 그것은 창을 바라보며 꾼 꿈이 같아서일까. 어슷비슷한 미래를 기대했던 환경이었을까. 그들이 간직하고 있는 학교에 대한 애증과 눈에 떠오르는 정경이 같아서일까. 정동에서 나는 교정의 화단에 매년 바꿔 심던 일년초와 회화나무 고목을 바라보며 등교했고 화동에서 그는 다른 수목의 군락과 교실의 배치와 운동장에 놓인 철봉을 몸에 익히며 하교했다. 몸과 마음이 따로 성장하던 그 어줍던 시절, 그 흙과 수목과 우중충한 건물의 습기 찬 구석에 대해 갖는 애정이 바로 동창의 의미가 아닐까. 마음속 한 구석에 자리잡고 있는, 몸으로 겪어 익히 아는 공간을 공유한다는 것이 아닐까. 이제 그들은 창으로 보이는 공통의 풍경을 간직하고, 경쟁과 시기가 이미 사라져 버린 나이 든 몸으로 지난 시절을 회상하며 웃음지을 수 있다.

옆자리에서 박수를 하며 즐거워하는 남편을 본다. 나도 그와 같은 동창일 수도 있다.

나는 산비탈의 계단 많은 집에서 중고등학교 시절을 보냈다. 종점에서 버스를 내려 집이 있는 산 쪽을 바라보면 그 120여 개의 계단 위에 덩그러니 앉은 집은 하늘과 맞닿아 있는 듯했다. 그래도 마당에서 내려다보는 탁 트인 경치는 일품이었고, 고개를 오른쪽으로 돌리면 해거름에 이대 뒷산과 면한 산 능선이 그려내는 검은 실루엣이, 자아가 움트기 시작하는 어린 가슴에 까닭 모를 외로움과 막연한 그리움을 안겨 주는 것이었다. 전망 좋은 집 맨 앞방에 책상을 놓고 앉아서 턱을 괴고 서산에 지는 해와 붉은 노을을 지켜 보곤 했다. 산 위에는 망루가 하나 있어 어둠이 지면 불이 켜졌는데 나는 해질녘이면 곧잘 책상 앞에 붙어앉아 그 '등대'에 불이 켜지는 순간을 붙잡으려고 애썼다. 그러나 깜박 공상에 잠기다 보면 불은 이미 들어와 있기 일쑤였다. 무지개를 잡으려고 하는 동화를 생각하며, 그때 미래는 끝이 없어 보였고, 나는 새장에서 나가 날고 싶었다.

그 무렵 그 동네에 나처럼 '등대'를 지켜 보던 어떤 사람이 있었고, 그가 내 글이 실린 우리 학교 교지를 읽었다는 사실을 후에 알게 되었다. 결국 그를 만나게 되었는데, 지금까지 같이 살고 있다.

행사가 모두 끝나 다들 제 가족의 이름을 부르며 뿔뿔이 흩어진다. 주차장에서 보이는 구름 너머로 붉은 해가 지고 있었다. 낙조를 바라보며 이 많은 사람들이 무슨 생각에 잠겼을까. 나도 발걸음을 옮겨 차로 다가간다.

인연

유난히 바람이 많이 부는 날 창가에서 밖을 내다보거나, 나가려고 엘리베이터 문 앞에 서면, 윙윙 하는 바람 소리가 들린다. 언제부턴가 그 소리를 들으면 아스라이 먼 태고적의 내 존재의 부름을 듣는 듯하다. 계속되던 염천의 더위 끝에 한 줄기 서늘한 바람이 지친 심신을 달래 줄 때나 색깔이 바래기 시작하는 잎새가 하나둘 떨어져 포도에 구를 때, 또는 자고 일어나 창밖에 쌓인 흰 눈을 볼 때, 나의 무수한 탈바꿈의 한 껍질이 부서져 내리는 소리를 듣는다.

시간이 흐른다는 사실은 내게 유한한 삶의 나머지 기간을 가늠해 보게 한다. 결코 짧지 않은 세월을 살아왔다. 그러나 때로 언뜻 이제껏 무엇으로 그 많은 나날을 지탱하며 살아왔는가 아득해질 때가 있다. 과연 나는 무엇으로 사는가.

태어남은 분명 내가 선택하지 않은, 내게 던져진 어쩔 수 없는 굴레였다. 나는 내 삶의 여로를 내가 조종하고 싶었다. 스무 살 때까지는 줄곧 내 환경에서 벗어나려는 시도로 일관하였다. '부모의 기대에 어긋나지 않게'라는 그때까지의 생활 신조를 곧 '내 인생은 나의 것'이라는 것으로 대치시켰다. 김춘수(金春洙)의 「꽃」이라는 시를 무척 좋아했다. 서로의 존재를 비로소 발견하고 알아준다는 믿음으로 나는 남편을 만났다. 내가 하는 말을 그는 알아듣는 것 같았고 그의 외로움의 한 자락이 내 고독에 닿았다. 인연을 만난다는 것은 선택이었다. 그러나 내겐 필연의 선택으로 다가왔다.

내가 선택한 이 인연은 끊임없는 노력과 투쟁의 연속이었다. 그는 그의 방식을, 나는 내 주관을, 서로 고집하면서 적응기를 거친 소용돌이 속에 보냈다. 나는 내 삶을 결코 조종할 수 없다는 것을 깨닫기까지 무려 10여 년이라는 시간이 흘렀다.

깨달음과 함께 내게 아이가 생겼다. 내 의지의 모든 것이 꺾이고 아무것도 남지 않은 황량한 가슴에 아이는 구원으로 다가왔다. 감사할 줄 알고, 겸허함을 배우고, 생명의 숭고한 사랑을 알게 되었다. 아이를 키우며 이 세상의 모든 어머니들이 다 나만큼 늦게 깨닫지 않기를 바랐다.

부모와 나, 그리고 나와 남편, 우리와 아이들을 모두 엮는 것은 인연이란 끈이다. 잠자는 아이들의 얼굴에서 내 부모와 그의 부모의 얼굴을 본다. 서로 닮은 얼굴들이 대물림을 하며 이 노후한 토양 위에서 서식하고 있다. 수천 년 전 이 땅을 오가던 얼굴

들은 바로 지금 길에서 지나다니는 우리들의 얼굴과 그리 다름
없을 것 같다. 영생이란 아마도 이렇게 얻어지는 것이리라. 바로
우리가 엮고 있는 이 끈이 시간을 극복하는 단 하나의 구원임을
날이 갈수록 되새기게 된다.

하루도 온갖 갈등과 고통에서 벗어날 수 없는 것이 우리의 삶
이다. 나는 이제 또 하나의 과제를 앞에 두고 있다. 가족, 친척
그리고 친구들까지는 인연의 테두리에서 받아들였다. 그들이 고
통을 당할 때 함께 아파하고 그들에게 기쁜 일이 있을 때 나도
감사한다.

그러나 한 발짝 더 나가서 길에서 마주치는 수많은 타인, 그리
고 멀리 딴 곳에서 사는 같은 민족과 다른 나라 사람들에게까지
공존의 지혜를 나누는 것이 참으로 쉽지 않은 명제이다. 조금 양
보하고, 진정으로 그들의 안녕을 바라기가 힘든 탓이다. 그들은
모두 이 시대를 함께 사는 지구 가족임에도. 태고적에는 오늘날
의 인류 어느 누구도 사람의 시조인 그 한 생명으로부터 시작했
다. 소인국 사람들을 내려다보는 걸리버의 시각이나 먼 곳에서
지구라는 별을 들여다보는 조물주의 시각을 느낀다. 개미나 하
루살이의 생애같이도 보이는 우리의 삶은 서로가 알아주고 기억
해 주는 소중한 실마리, 이 만남의 끈이 없으면 무의미한 세포분
열에 지나지 않는다.

나는 항상 내 의식을 가로막는 장벽을 뛰어넘고 싶다. 그리하
여 시간을 초월하더라도 살아남고 싶다. 바람이 웅웅거리는 속
에 어디선가 새 생명이 꿈틀거림을 알고 싶다. 그리하여 태초의

신비로운 부름에 화답하고 싶다. 나는 어디서 뚝 떨어진 독불장
군이 아니며 영겁의 인연과 수없는 탈바꿈 끝에 지금, 이 자리에
오게 된 것임을 안다. 나를 주고 싶다. 또 하나의 껍데기가 부서
져 내리도록. 그리하여 쉼 없는 시간의 질주 속에 미래의 어느
생명에 가 닿고 싶다. 바람결에 나의 목소리가 전해지는, 알 듯
말 듯한 존재의 부름이 되고 싶다.

대춘부 待春賦

소독 약품 냄새에 절은 응급실을 나선다. 탁하다 못해 뜬 공기 속에 저마다 생사를 한 짐씩 지고 누워 있는 환자들. 그 틈에 어머니를 남긴 채 무거운 발걸음을 옮긴다. 윤기 가신 피부, 염색할 시기를 놓친 머리칼, 키 크고 몸 크던 어머니는 지난날의 환영(幻影)이던가. 먼 한때 내가 들어 있었던 주름진 뱃가죽을 보듬고서 어머니는 손을 내젓는다. 아이들은 어떻게 하고 왔느냐. 어서 가거라. 아이 열은 좀 내렸느냐. 스크린에서 녹색의 전자추가 콩 튀듯 뛰며 그래프를 그린다. 삑삑삑삑. 언젠가 그 전자음이 삐— 하며 계속되는 것을 너무도 익히 보아 온 영화 장면이 자꾸 떠오른다.

영하의 밤 공기가 콧등에 닿아 신선하다. 잠시 심호흡을 한다. 발동을 걸고 후진(後進) 기어를 넣는 눈에 비친 음산한 불빛, 영안실의 팻말. 나는 고개를 젓는다. 괜찮을 거예요, 어머니. 차를 몰아 밤늦은 강남 거리를 달린다. 어둠이 소음을 삼켜 버린 거리에 신호등은 많기도 하다. 붉은 신호등 옆에 켜지는 노란 등. 나는 지금 어디로 가고 있는 것일까. 두 등이 꺼지며 켜지는 녹색 등. 엑셀레이터를 밟는다. 이 고요한 암흑과 끝없는 신호등에 정지와 진행을 거듭하면서 가는 곳은 어디인가. 시간을 거슬러 그 먼 시절, 병약한 나를 밤새 간호하던 아름다운 여인을 찾아간다. 뒷통수가 간질거려 뒤돌아보면 복도로 난 교실 창을 통해 미소로 지켜 보던 훤칠한 양장 미인을 그린다. 그녀에게 보람이며 자랑이었던 셋째딸의 입으로 수없이 뱉아낸 가시 돋친 독설이 그 생명줄을 긁어 놓았던 것일까. 참회하는 마르셀 프루스트가 되어 운전대에 얼굴을 묻고 만다.

어머니와 늘 함께 있고 싶은 그곳은 어디일까. 혜화동 윗집이었을까. 신문로 단층집이었을까. 목련이 피던 계단 많은 북아현동 집일까. 아니 아이를 낳던 호숫가의 이타카였을까. 어머니의 품을 떠날 때 영영 사라지고 만 그곳— 8년 만에 빈손으로 돌아온 이곳은 서울이 아니었다. 고향도 아니다. 이곳은 단지 낯선 건물의 회색 숲일 뿐, 후박나무와 연못이, 봄마다 일년초가 피는 그 정원은 결코 아니다. 낙원을 떠난 파랑새가 깃 부러져 알을 품고 돌아온 이곳은 옛 둥지가 아니다. 양광 속에 흩어지던 웃음소리는 꿈 속에나 존재하고 그 젊음은 기억 속에서나 빛난다. 너는 공명(功名)한다 했는데…… 한숨을 섞어 내뱉던 그 한마디, 비수가 되어 심장에 꽂힌다.

저만치 앞에 성수대교 진입로가 보인다. 무슨 다리이건 건너가 버리고 싶다. 붕 떠서 허공으로 날아가 사라져 버리고 싶다. 좌회전 깜박이를 켠다. 어머니가 위급한 순간에도 아이들 곁으로 달려가는 몹쓸 나—내가 태어날 때부터 어머니는 조금씩 죽어 가고 있었을까. 서정인(徐廷仁)은 우리의 삶은 한 번이 아니라 천천히 죽어 가는 과정이라고 했다. 우리는 아마도 부모를 묻기 위해 이 땅에 태어난 것인지도 모른다.

다들 제 집인 줄 용케도 알고 찾아드는 아파트의 불빛과, 불빛마다 숱한 드라마를 안고 잠드는 도시의 밤이다. 화단에 아직 녹지 않은 눈이 달빛에 차다. 현관을 들어서자마자 다시 몰려드는 일상의 나는 아이들을 찾아 약을 먹인다. 약을 받아먹는 아이들의 입이 제비새끼의 그것과도 같다.

옛날 내게 약을 먹이던 여인을 생각한다. 그 여인이 그러했듯 아이들의 이마를 짚어 본다. 방으로 들어가 작은아이를 재운다. 아이는 편안하게 잠을 잔다. 열에 들뜬 아이를 안고서 열이 내리기를 기다리며 밝힌 수많은 밤을 돌아본다. 여자로 태어난 숙명이 바로 이것이었나. 아이를 안아 누이며 중얼거리곤 했다. 자신이 책임져야 할 누군가의 생명불을 지키는 것이 숙명이었을까.

어머니를 간호하던 동생이 잠시 쉬러 낮에 왔을 때 둘이서 어머니 자리에 같이 누웠다. 천장을 응시하던 동생이 망연히 입을 뗀다.

"언니, 언제고 엄마가 돌아가실 때는 말야, 결국 심장병으로 가시겠지?"

할머니도 심장마비로 돌아가셨다. 너희들 반나절 사는 만큼도 평생 못 살아 봤다고 늘 말씀하시던 할머니. 어머니도 그러실까. 무엇이 삶을 그토록 처절하게 만드는 것일까. 너는 공명(功名)한 다고 했는데…….

또 한 번 회개하는 마르셀 프루스트가 된다.

요컨대 우리는 나이 들어 가면서 우리를 아껴 주는 모든 분에 게 걱정을 끼침으로써 또는 그 애정을 자극시키며 끊임없이 불 안에 떨게 함으로써 그 분들을 조금씩 조금씩 죽여 간다.

1년 전 이맘때 롯데월드에 갔었다. 아이들은 깡충거리고 어른 들은 일상의 무게에 짓눌린 마음을 덜고 환상에 젖고 싶어했다. 관악기의 소리와 심벌즈가 부딪는 소리가 공중에 가득하고 동화 의 인물들이 웃음 속에 행진을 한다. 하늘에서 작은 헬리콥터가 날아 내려온다. 천국에 들리기나 한 듯 어머니도 박수를 하며 좋 아하신다. 어머니는 화장실에 가자고 내 손을 잡아끄셨다. 한참 헤매다가 화장실을 찾았다. 가방을 받아 들려는 순간 눈을 찡긋 하며 "들어와" 하셨다. 민망해 하는 내게 "잠궈라" 하시더니 어 머니는 백을 뒤졌다. 휴지에 꽁꽁 싼 반지를 꺼내시더니 "황진 주다. 귀한 거다" 하셨다. 얼떨결에 받아 끼고 어머니의 얼굴을 쳐다보았더니 "나는 많이 살았다" 웃으시며 말씀하셨다. 가슴께 서 무언가 울컥 위로 치민다. 그날 밤 오랜 동안 잠을 이루지 못 했다. 아직 장 담글 줄도 모르는데, 어머니는 자꾸 내 손에 뭔가 쥐어 주려 하신다.

커튼을 걷고 짙푸른 새벽 하늘을 바라본다. 대학 시절 연극 연습을 하다가 동급생들끼리 토론이 벌어졌다. 인생은 연극이다, 아니다. 인생에는 연습이 없다, 있다. 나는 인생에는 연습이 없으므로 연극이 아니라고 단호히 말했다. 인생이 과연 연극이 아닌가. 연습도 없을 뿐 아니라 끝도 없는 단 하나의 드라마가 아닐까. 연출도 없고 오로지 저마다 주역 배우이기만 한 연극임을 이 새벽에 깨닫는다. 비극인 것을, 누구에게나 비극이고 마는 것을, 저 푸른 하늘만 알고 있어 온 것일까.

새벽 냉기에 서리 끼어 뿌연 유리창을 바라본다. 16mm 이중창을 사이에 두고 한겨울의 대기와 대치한다. 채 밝아지지 않은 하늘이 아름답다. 군청과 감청을 뒤섞어 풀어 놓은 하늘을 배경으로 회색 아파트 건물이 버티고 섰다. 그 착색된 미립자 틈으로 누군가 가쁜 숨을 토해내는지 거대한 굴뚝으로부터 흰 연기가 퍼져 나간다. 갑자기 등에 한기가 닿는다. 나는 몸을 떤다. 봄을 기다린다.

이내가 솟아오르는 강변을 고대한다. 퍼져 오르는 물안개 속에 대지가 다시 살아 숨쉬는 소리를 듣고 싶음이다. 푸른 4월을 기다린다. T.S. 엘리어트도 진정 4월을 고대했을 것이다.

도선사의 뜰

남들처럼 가슴이 저리도록 그리운 고향이 내겐 없다. 남해의 한 도시에서 태어났을 뿐 곧 부산을 거쳐 서울로 이주한 것이 여덟 살 때였다. 굳이 들자면 서울이 고향이겠지만 여러 번 다닌 이사 덕택으로 한 지역에의 지속적인 애착이 남아 있지 않다. 가장 오래 살았던 북아현동의 계단 많은 집도 지금은 들어갈 수 없는 남의 집이 아닌가. 미국에 살았을 때도 누가 물으면 서울 출신이라 무심히 대답했다. 그때마다 고향이란 무엇이며 내가 과연 어디서 왔는지 곰곰 생각하는 것이었다.

내 마음에도 한구석 고향처럼 비집고 자리잡은 곳이 있기는 하다. 삶이 고단할 때, 마음에 때가 낄 때, 눈을 감고 있으면 은은히 들려오는 독경 소리, 바람이 무성한 나뭇잎 사이를 스쳐 가는 소리, 꿈인 듯 망막에 어리는 지세 좋은 삼각산의 실루엣, 그리고 그 중턱에 들어앉은 도선사…… 세월이 지날수록 내게 평안을 가져다 주고 이따금 정신없이 돌아가는 세사를 잠시 멈추게 해주는 정경이다.

내가 그 산사를 신앙과 연계해서 생각하는지 잘 모른다. 오히려 어릴 때 가 본 쇠락한 절의 안뜰로서, 그리고 사세(寺勢)가 번창한 요즘도 가끔 찾아가 볼 수 있는, 내게는 언제나 열려 있는 추억의 공간으로서 존재하는지도 모른다. 산자락에 서서 꼭대기를 우러르면 성큼 한 발짝 더 솟는 푸른 산―바라보는 시각에 따라 청회색에서 진녹색으로 또 남색으로 옷을 갈아 입는다. 새벽녘에 언뜻 잠이 깨어 어둠이 걷혀 가는 도시의 희부연 하늘을 내다보면 하늘에 삼각산의 영상이 투영되며 잔잔히 나를 부르는 소리를 듣곤 한다.

열 살쯤 되었을 때였다. 아버지와 함께 도선사에 올랐다. 우이동 산기슭에서 한 3, 40분 산길을 걸어 올라가야 했다. 경사진 산길에 눈이 덮여 있어 소나무 등걸과 바위를 잘 짚고 올라야 미끄러지지 않았다. 발 밑에선 뽀드득뽀드득 언 땅이 부서지는 소리가 났다. 산은 적막했고 오로지 가쁜 내 숨소리와 눈을 밟는 발자국 소리만 귀에 가득했다. 균형을 잡으려고 술가지를 움켜잡으면 눈이 떨려 내려와 바람에 휘날려 내 얼굴을 차갑게 적셨다. 항상 이제 너무 힘들어진다고 느낄 때쯤이면 고개 너머로 절의 추녀가 살짝 보이곤 했다.

대웅전과 승방 사이의 뜰에서 주지스님이라는 깡마른 노승을 만났다. 아버지와 스님은 무어라 말씀을 나누셨다. 스님은 내 머리를 쓰다듬었다. 나는 그 스님이 짚고 있는 큰 지팡이가 이상하게 생겨 자꾸만 쳐다보았다. 법장(法杖)의 머리 부분에 원형의 나무 고리가 두어 개 매달려 있었다. 지팡이를 움직일 때마다 절그럭절그럭 소리가 났다.

큰스님은 이마가 훤한 상좌승 한 분을 대동하고 북아현동 산 꼭대기에 있는 우리 집까지 왕림한 적이 있다. 그때 우리 집 식구들은 귀한 스님이 지대 높은 우리 집까지 오신 것을 대단히 황송하게 여겼다. 도선사에는 사람 키의 몇 배나 되는 큰 마애불이 있는데 그 석불의 마모 방지를 위한 철제 구조물과 기도할 수 있는 너른 터, 새 법당의 건립을 위해 주지스님은 동분서주하는 중이었다. 어두운 밤길에 먼 우리 집까지 찾아온 그 스님의 심경을 이제야 헤아린다.

절에는 내 또래의 동자승이 있었다. 절 안팎에서 심부름도 하고 마당도 쓸었다. 나이가 들어갈수록 동자승의 표정은 근엄해졌고 낭랑한 음성으로 독경도 하게 되었다. 가끔 갈 때마다 조금씩 자란 그의 모습이 신기했다. 나와 같은 아이이면서 또한 스님이었기 때문이다. 그도 학교를 다니는가, 어찌해서 절에 들어와 사는가, 나이가 들어서도 절에 있을까…… 의문이 끝없이 솟아났다.

고등학교 3학년 가을이었다. 시골에서 집안 고모를 비롯하여 할머니들이 상경하셨다. 오셔서는 한방에 모여 앉아 쉬지 않고 바느질을 하셨다. 상복을 짓는 것이었다. 큰스님이 입적하셨다 했다.

입시 공부를 하던 나는 어머니를 좇아서 다비를 모시는 산으로 올라갔다. 나무더미가 높이 쌓여 있었고 불길이 이미 하늘로 치솟고 있었다. 활활 타오르는 불길 주위를 스님들과 신도들이 합장한 채로 맴돌고 있었다. 나무아미타불 소리가 유니슨으로 밤하늘에 메아리쳤다. 나는 가지고 간 국화 송이를 그 불길 속으로 던졌다. 검은 밤하늘로 불똥들이 튀어 올랐다. 숱한 물음이 내 머릿속을 채우고 있었다. 그 불꽃과 불똥들은 이상한 아름다움이 있었다. 소리내어 우는 사람은 없었으나 눈물을 훔치는 사람이 많았다. 소문은 누군가에게 습격을 당했다는 것이었다. 훗날 그 소문이 소름끼치는 사실로 밝혀졌을 때 나는 신도들의 소리 없는 눈물을 떠올렸다.

노승이 벗고 떠난 이승의 허물은 내게 명제 하나를 던진 것이었다. 죽음 뒤에 존재는 있는가. 나는 무엇인가. 나는 어디서 와서 어디로 가는 것인가. 사람들 틈에 떠밀려 불타는 장작더미 주위를 한없이 맴돌며 나무아미타불을 수없이 읊조려도 내 머리는 쉽게 가벼워지지 않았다. 어릴 적 그가 내 머리를 쓰다듬었을 때, 그의 체온이 내게 닿았을 때, 이미 그 명제는 내게 주어진 것이었다. 나는 비로소 자아, 죽음, 성장, 이런 것들에 깊이 빠져들기 시작했다.

그로부터 4년, 다시 가을을 맞았다. 여름에 돌아가신 외할머니의 사십구재를 절에서 지냈다. 하늘은 몹시도 푸르렀고 모든 것이 유난히 선명하게 보이는 맑은 초가을 날이었다. 큰 괘불이 뜰에 내어 걸리고 노승들이 모여 종이로 반야용선을 만들었다.

이제 주지스님은 청담의 제자였던 혜성이었다. 뜰에 펴놓은 큰 자리 한쪽에 나는 앉았다. 할머니를 극락 세계로 떠나 보내는 그 자리에서 나는 맘속으로 다른 한 사람에게 영원히 이별을 고하고 있었다. 아픔이었다. 인연이란 무엇이며 고통은 언제까지 이어지는가. 사념에 잠겨 있던 나는 독경하는 스님들 사이에서 한 젊은 스님을 발견했다. 예의 동자승인가, 아닌가. 닮은 듯도 하고 아닌 듯도 하였다. 머리 깎은 자리가 아직 푸른 젊음이었다. 아픔이었다. 절에 처음 온 이래 십여 년이 흘렀다. 예전의 동자승이 지금 어딘가에 있다면 저만큼 커서 어른이 되었을 것이었다. 독경 소리 목탁 두드리는 소리가 뜰로 퍼지는 가운데 나는 울고 있었다. 구도의 길만큼 속세에서의 삶도 고난의 연속이었다.

유난히 긴 올 장마의 틈을 타 무더위가 기승을 부리는 어느 날, 나는 도선사를 다시 찾았다.

"십 년 동안 통 오시질 않았군요."

사무원이 무심하게 한마디 내뱉었다. 신도 번호 250. 카드를 찾아 인등을 켜는 수속을 한다. 도선사는 이제 신도 수 이십만을 헤아리는 거대 사찰이다. 그간 집안을 휩쓸고 간 재난의 와중에 절을 멀리하게 된 나의 부모를 위해 인등을 켜고 기도를 한다.

석불전으로 오르다가 잠시 대웅전 앞의 뜰에 멈추어 섰다. 뜰은 장맛비에 패여 여기저기 물이 고여 있었다. 주위는 적막하던 예전과는 달리 사람들로 붐볐다. 만감이 교차했다. 청담, 혜성, 그리고 그 동자승도 모두 떠난 이 뜰, 내 부모도 더 이상 찾지 않고 아무도 내게 오라 하지 않는 이 뜰에 나는 왜 다시 와 서 있는 가. 이 뜰에 처음 올라 노승의 지팡이를 신기해 하던 어린 나는 또 어디에 갔는가.

가지고 간 쌀을 석불 앞에 바치고 향을 피운다. 절을 하고 석불을 향해 앉는다. 솔바람이 한 차례 지나간다. 언제나 같은 물음이 다시 떠오른다. 누군가 나는. 어디서 와서 어디로 가는가. 내가 겪었던 만남과 헤어짐은 다 무엇인가.

풍경이 운다.

바람이 또 한 차례 불고 지나간다.

바람 속에 언뜻 알아차린다.

내가 곧 석불이며, 청담이며, 그 이름 모를 동자승이었음을. 나는 극락 가신 외조모이며 내 어머니였음을. 그리고 다시 내 아이들임을. 이 절과 이 산이 곧 부처였고 나였음을. 영겁의 탈바꿈 끝에 비로소 지금에 이른 나의 존재임을 안다.

휘영청 밝은 달

혹서의 열풍이 선들바람으로 바뀌고 저만치 높아진 하늘이 푸르다 못해 비취빛을 띠게 되면 고속도로는 자동차 행렬로 메워진다. 민족 대이동의 추석이 돌아온 것이다. 그 자동차의 행렬은 몇 달 뒤 영하의 추위가 한창인 설날에 또다시 이어진다. 도로인지 주차장인지 분간이 힘들 정도로 지루하게 반복되는 정체를 겪으면서도 달이 가고 계절이 바뀌면 또 찾아 나서는 고향길. 귀향길은 극한 상태를 일부러 연출하여 귀향에 대한 우리의 열망과 인내를 시험하는 고문이다. 우리 국도가 좁다고 누가 말했던가. 이때만은 고향길은 열 시간도 아니 열다섯 시간도 족히 걸리고 대한민국의 땅덩이는 우리의 지친 머릿속에서 한없이 부풀어 커진다. 고향까지 걸리는 시간만으로 따진다면 이 작은 한반도는 미국 동부만큼이나 커져 버린다. 꼬리에 꼬리를 문 자동차의 행렬은 만리장성이 무색할 정도로 끝이 보이지 않는다. 명절이 돌아올 때마다 다시금 확인하게 되는 귀소 본능은 대체 무엇인가.

서울서 자라고 시집도 서울 남자에게 간 나는 명절 때 귀향의 고달픔이나 재회의 기쁨, 그리고 다시 발걸음을 돌려 떠나야 하는 아쉬움을 피부에 닿게 느껴본 적이 없다. 명절은 내게 그저 부침개와 송편, 떡국과 세배 정도였다. 몇 해 전 아이들의 할아버지가 돌아가신 후로는 차례를 지내는 일이 추가되었다. 솔직히 말해 음식 준비와 제례의 의무가 주는 압박감에 명절은 즐거움보다는 피로가 쌓이는 우울한 시간이 되고 만다. 고단한 허리를 잠시 펴고 식구들이 맛있게 먹는 모습을 물끄러미 지켜 보거나 밤늦은 설거지에 고개를 들어 밤하늘을 우러러보다가 눈에 한가득 들어오는 휘영청 밝은 한가위 달에 넋을 빼앗긴다. 보는 사람의 허퉁한 심정은 아랑곳없이 달은 언제나와 같이 크고 둥글고 아름답다. 아무 말이 필요 없는 완벽한 침묵의 둥근 형태. 그 신비로운 광채. 단지 보는 것만으로도 대자연의 엄청나게 너르고 큰 질서를 느끼게 해주는 한결같음. 밝은 달에 황홀해 있는 그 몇 초 동안, 내 영혼은 현실의 나로부터 멀리멀리 떠나 태고의 고요와 적막에 가 닿는 것 같다.

기억은 시간을 훌쩍 건너뛰어 추수감사절과 크리스마스에 다른 도시에 살던 남편의 누나 집, 그리고 나의 언니 집으로 차를 몰고 가곤 하던 미국 유학시절로 거슬러 올라간다.

우리네 추석이 9월이나 10월에 오는 것과는 달리 미국의 추수감사절은 11월 넷째 목요일이다. 추석은 첫 수확의 기쁨이고 추수감사절은 수확의 마감에 대한 감사이다. 이미 낙엽이 많이 떨어져 나뭇잎이 썩어 가는 냄새가 공기에 밴 늦가을, 들에는 붉은 호박이 뒹굴고 모든 밭작물이 풍성한 결실의 계절이었다. 한 해가 저물고 있다는 안타까움과 외로움이 향수와 더불어 엄습해 왔었다.

고향을 찾는 귀소 본능이나 고속도로를 메우는 차량의 이동은 동서양이 그리 다르지 않은 것 같다. 유학 초기에는 가을 학기의 중간고사를 마치고 차에 올라타 우리가 살던 뉴욕주 이타카에서 몇 시간이고 달려 올바니, 볼티모어, 피츠버그 등으로 갔다. 4시간이나 6시간, 때로는 10시간이 넘게 걸리는 거리라도 거침이 없었다. 형제를 만나는 것은 타국 생활의 고독에서 잠시나마 벗어나는 것이었다. 하루 종일 달려 어둠이 깔린 낯선 도시에 닿아 더듬더듬 찾아간 형제들의 집 창에 켜진 불빛을 발견했을 때의 안도감과 반가움은 형언하기 어려울 정도였다. 공부하느라 꺼치레해진 동생을 맞으며 칠면조를 구워 놓거나 때로는 갈비를 재워 놓고 기다리는 누나나 언니는 어머니 대신이었다.

미국에서는 크리스마스가 또 한 번 인구의 대이동 시기였다. 큰아이가 태어나고는 포대기에 아이를 싸안고 우윳병과 기저귀를 싸고 영하의 고속도로를 달려갔었다. 영하 25도가 넘는 추위에 눈보라가 몰아치는 길을 엉금엉금 기어 12시간 만에 피츠버그에 도착하기도 했다. 출발부터 무리였지만 악천후도 형제들의 모임을 막지는 못했다. 컴컴해진 고속도로, 사람은커녕 차도 눈에 띄지 않는 길, 눈보라 속에 차가 이리저리 흔들리고 미끄러지는 아슬아슬한 순간에도 차 안의 우리 부부는 침묵 속에 그나마 힘든 길을 함께 간다는 사실만으로도 위안이 되었다. 길에서 넣은 가솔린이 얼어 차 꽁무니에서 시커먼 연기를 내기도 하고 길가 정비소에 들러 임시로 차를 고치느라 덜덜 떨기도 했다.

아이의 우유를 데우느라 주유소 안으로 들어갔다 나올 때 고개를 들어 위를 보니 어느새 고요해진 밤하늘은 완전한 암흑이었다. 별도 달도 보이지 않는 절대적 어둠을 멍하니 바라보았다. 아무런 물음도 답도 묻지 않고 요구하지 않으며 그저 바라만 보던 짧은 순간. 그 하늘은 무심히 고요하고 적막하였다. 그때 그 순간이 십수 년이 지난 지금도 뇌리에 선명히 각인되어 있다.

혼자이든 둘이든 셋이든 어디에서 무엇을 하건 우리의 삶은 끝이 없어 보이는 어둠을 헤쳐 가는 여로이다. 삶의 갖가지 희열과 고통 속에 명절은 고독에서 잠시 벗어나고자 하는 염원이 표출되고 삶이란 엄청나게 고독한 여로임을 다시 확인하는 짧고도 소중한 시간이다. 올해도 텔레비전 화면은 추석이나 설날을 지내고 돌아오는 차들로 다시 가득 찬 고속도로를 비춘다. 밤늦은 귀경길에 줄지은 자동차 전조등이 마치 도도히 흐르는 시간의 강인 듯하다. 그 불빛 한 줄기에 우리의 삶이 송두리째 담겨 있다.

제2부

그림 이야기

그림 이야기

눈이 몹시 나쁘다. 안경을 벗으면 앞이 보이지 않을 뿐 아니라, 벗어 놓은 안경을 다시 찾으려 해도 다른 사람의 도움을 받아야 할 정도이다.

눈이 나빠진 것은 국민학교 4학년 때부터였다. 어른들은 만화 때문이라 하셨다. 그때 우리 집에는 육남매 말고도 대학에 다니는 사촌오빠들이 여럿 살고 있었다. 대학생부터 국민학생에 이르기까지 저녁이면 한 방에 모여 만화가게에서 십여 권씩 빌어 온 만화책을 돌려 보았었다. 물론 아버지의 호령에 내가 좋아하던 '라이파이'와 '제비호'가 들어 있던 만화책이 아궁이로 처넣어지기도 했다. 위채에서 아래채로 내려오시는 아버지의 발걸음이 들리면, 우리는 전등 아래 보던 만화책을 이불 밑에 쓸어 넣고 드러누워 자는 척도 했다. 아버지는 "험, 험." 헛기침을 몇 번

하시고 다시 위채로 올라가셨다.

중학교에 다닐 때엔 버스를 타고 하학을 했다. 여러 노선의 버스가 정류장에 닿으면, 이리저리 뛰어다니며 내가 탈 버스의 번호를 확인하는 것이 참 고역이었다. 수업 시간밖에는 안경을 끼지 않았다. 버스를 기다리며 눈을 가늘게 뜨거나 찌푸리면 인상이 얼마나 나쁠까 싶어 보이지 않으면서도 그저 서 있었다. 바로 앞에 와 있는 차를 놓치기도 부지기수였다. 내 눈은 커다란 동체로 달려오는 버스와 버스 앞 유리창 속의 어둠을 볼 뿐, 버스의 머리 부분에 씌어진 종점 표시나 유리창 바로 밑의 숫자판은 보지 못하는 것이었다. 안경을 끼지 않고 걸으니, 자연 앞에 오는 어른들의 얼굴도 못 알아봐서 건방지고 버릇없는 아이로 오해도 받았다.

중3 때 처음으로 콘택트렌즈를 끼기 시작했다. 렌즈를 끼고 길을 처음 걸을 때의 감격은 대단했다. 이렇게 선명하고 밝은 세상이 있다니, 그 동안 내가 보지 못했던 여러 가지가 새로웠다. 추운 날 밖에서 집 안으로 들어갈 때, 안경알이 갑자기 뿌옇게 흐려지던 것에 비하면 이것은 완전한 신천지였다. 세상은 내가 알고 있던 것보다 전체적으로 크기가 약간 작아졌을 뿐 아니라 훨씬 자세하고 명확했다.

눈은 계속 나빠졌다. 점점 나빠지는 시력에 비례하여 나의 보고자 하는 욕구는 증대하였다. 영화, 연극, 음악회, 텔레비전 그리고 무엇보다도 소설 읽기는 그 심도를 더해 갔다. 어른들은 어두운 곳에서 글을 본다고 야단치셨지만 나는 더욱 글에 탐닉했다. 글과 더불어 나를 자극한 것은 시력이 약한 눈에 비치는, 사물이 지배하는 자연 세계에 대한 외경심이었다. 그 중에서도 해가 지는 풍경이나 어둠이 차츰 걷혀 가는 대지가 내 눈앞에 펼쳐 보이는 장관은 뭉클 하는 감동을 안겨 주는 것이었다.

중·고등학교 시절 내가 살던 집은 계단을 백여 개 올라가야 했고, 그 높은 곳에서 내려다보는 탁 트인 경치는 그만이었다. 마당에서 오른쪽으로 바라보이는 산 능선에 망루가 하나 있었다. 해질녘 하늘엔 붉은 노을이 지고, 산과 망루는 검은 실루엣을 그려내었다. 나는 그 경치를 홀린 듯 바라보며 오랫동안 책상 앞에 앉아 꿈에 잠기곤 했다. 나는 눈에 잡히는 그림에 취하기 시작했다. 동시에 매일 꾸는 백일몽을 글로 옮기는 작업을 일기라는 틀 안에서 시작했다. 가장 알쏭달쏭한 물음이었던 '나'에 대한 탐구도 이때 움트기 시작했나 보았다.

어른이 되어 미국 시카고에 들렀을 때, 그곳의 미술관에서 모네의 「수련」이라는 엄청나게 큰 그림을 처음으로 대했다. 물론 화집을 통해서 그 그림을 본 적이 없는 것은 아니었지만, 벽면을 가득 메우며 크게 확대된 풍경을 마주하고 서서 어쩌면 내가 안경이나 렌즈를 벗었을 때 보이는 자연과 이토록 흡사한가 감탄했다. 그 경험은 시각 예술에 깊은 관심을 가지게 된 직접적인 계기가 되었다. 눈이 나쁜 사람의 보상 심리가 빚어낸 결과인지도 모른다.

나는 그림을 많이 보지는 못했지만, 그림을 구경하기를 좋아한다. 내게 있어 그림 구경은 본다는 것보다도 읽는다는 말이 더 정확할 것이다. 나는 그림 앞에 섰을 때 화가의 숨결이 느껴지는 그림을 좋아한다. 예술작품은 어차피 한 인간이 다른 인간에게 전하는 비밀스런 고백일 따름이다. 그 신비한 고백을 듣기 위하여 사람들은 전시회 카탈로그를 유심히 들여다보기도 하고, 화가를 직접 만나 보기를 고대한다.

흔히들 그림은 선, 색채 그리고 형태로 이루어졌다고 한다. 그러나 화면 위에 물감이 아닌 다른 매체가 들어갈 때도 있고, 캔버스가 꼭 네모라는 보장도 없다. 그리는 대상, 매체와 재료들이 오늘처럼 다양화된 시점에서 전시장에서 뭔가 안다는 듯이 고개를 주억거리기란 참으로 쉽지 않은 노릇이다. 우선 많이 보고 접하려는 노력을 감상자 측에서 하지 않으면, 어느 그림이고 쉽게 다가오지 않기 때문이다. 그런 의미에서 나는 미술작품을 감상하기란 암호 해독과 같다고 생각하게 되었다. 실마리를 어디선가 찾아내고 공감대를 형성하고 더듬어 나가면, 그림을 보는 것은 어느새 즐거움으로 변할 수 있다. 어느 순간 '아!' 하고 조용한 감탄사가 입에서 새어 나온다. 나는 그럴 때 한 예술작품을 이해하고 한 인간을 꿰뚫어 보았다는 기쁨을 맛본다.

어릴 때 처음 대한 매체가 만화여서 그럴까. 그림과 이야기가 동시에 들어 있는 만화는 요즘도 나의 흥미를 유발한다. 어른이 보는 만화의 연장은 비디오 영화일 것이다. 영화를 활동사진이라고 한 선인들이 현명하였다. 작은 화면 속에 쉬지 않고 움직이며 변하는 그림인 동시에 이야기로서의 영화, 더구나 집 안에서 볼 수 있는 비디오 영화를 나의 아이들에게서 구태여 빼앗으려

하지 않는 것은 그것이 가져다 주는 폐해에 대한 염려보다도
아이의 머릿속에 잠재하고 있을 상상력을 무한대로 키우고 싶
은 어미의 소망이 담겨져 있음이다. 아이들은 만화영화를 가끔
빌려 온다. 아이들이 다 보고 나면, 이번에는 어른이 나가서 영
화를 빌려 오는 것이다. 아이들을 재우고 나서 부부가 앉아 함
께 영화를 본다. 그러면서 저마다 실컷 꿈을 꾼다. 꿈이 있어
다행이다.

　지금도 나는 안경을 끼고 사물을 보다가 안경을 벗고 보다가
한다. 어느 쪽이 세상의 실지 모습인지, 실상과 나는 얼마나 떨
어져 있는지 알 듯 말 듯하다. 그래도 문이 있음이 얼마나 감사
한지, 볼 수 있고 느낄 수 있으며 무엇보다도 글을 읽을 수 있
다는 것을 가장 큰 복으로 여긴다.

생활 속의 그림 두 점

누군들 거실 마루의 벽에 한두 점 쯤 운보(雲甫) 김기창, 산정(山丁) 서세옥의 운필이나 따뜻한 유화를 걸어 두고 싶지 않으리오마는 나는 복제화나 판화, 전시회 포스터로 만족할 수밖에 없다. 그래도 내가 사는 공간에 그림을 두고 바라볼 수 있는 것만도 행운이라 생각한다. 그러나 꼭 표구된 그림만 그림이랴, 내가 나돌아 다니는 곳 어디라도 눈에 들어오는 정경이 아, 하고 감탄사를 발하게 하면 그건 곧 내 처져 있던 심기를 북돋우는 것이다. 길을 가며 혹은 집 안에서 그림이라고 부를 수 있는 순간의 영상을 눈여겨 살피곤 한다. 스냅 샷을 찍듯 찰나의 인상을 뇌리에 새겨 두고두고 음미한다. 각박한 시멘트 콘크리트의 정글 속에 살면서도 매일을 그럭저럭 견뎌낼 수 있는 것은 이런 생활 속의 그림을 보며 훨훨 사유의 여행을 떠날 수 있기 때문인지도 모른다.

　서울에 살면서 즐길 수 있는 으뜸의 그림은 바로 시청 앞에서 경복궁을 향해 나있는 큰길에서 보는 거대한 풍경화이다. 편도 팔 차선씩의 너른 대로에서 차량들이 정면의 광화문을 향해 질주해 가는 장면도 장관이거니와 길 한가운데 줄지어 서 있는 은행나무 가로수의 맨 앞에 이순신 장군의 동상이 마치 광화문을 지키는 기상인 것 같고 이윽고 점점 가까워지는 광화문의 뒤로 가슴아픈 일제의 총독부 건물이 이제 우리의 오천 년 문화 유물을 수장하고 있는 박물관이 되어 버티고 있다. 하지만 그 옛 중앙청 원형 돔의 어깨 너머 왼편으로 솟아 유유히 또는 담담히 자리잡고 있는 인왕산의 믿음직한 자태는 유구한 우리 나라의 역사가 아직도 굳세게 흐르고 있음을 보여준다. 큰 목수 신영훈님이 지적한 바와 같이 경복궁 뒤에 둥실 떠올라 보이는 북악은 흡사 용의 두 눈과 코, 혓바닥이 되어 우리의 민족 정기를 앗아가려는 일제의 건축물이 함부로 운신을 못하게 누르고 있는 듯하다. 이 한 장의 절묘한 풍경은 광화문과 현재 그 앞에 흐르는 차량의 거센 물결을 근경의 물로 보고, 고난에 찼던 금세기 우리 역사의 치욕의 현장을 중경으로 보고, 북악의 푸르른 산과 변함 없는 바위를 우리 민족의 영원한 뿌리가 담긴 원경으로 보아 손색 없는 오늘날의 산수화인 것을 나는 늘 느낀다. 이 거리를 달릴 때마다 시민들은 각기 무슨 생각들을 할까? 나는 우리 나라에서 가장 큰 이 길을 지나며 항상 우리 민족의 수난의 역사가 상기되어 가슴이 아파 오고 우리는 민족의 자존과 자립에 얼마만큼 다가서고 있는가 자문한다. 이 그림은 내가 사랑하는 그림이다. 근, 중, 원경이 모두 현재, 가까운 과거, 먼 과거이자 영원한 우리 나라를 대변한다. 찡 하며 다가오는 감동과 시각에 와 닿는 국토의 수려한 풍경을 함께 맛볼 수 있는 이 그림에, 아니, 요즘 들어 산 왼편 기슭에 들어선 청기와 지붕의 새로운 침입을 본다. 청와대의 일부분인 것이다. 산을 산으로, 아름다운 한 폭의 그림으로 보고자 하는 내 마음은 청기와 지붕을 못 본 듯 지나치고 싶어지나 중앙청 건물이 그러하듯 청기와 지붕도 거기 버티고 서서 아쉬움을 더해 준다.

또 하나의 그림은 바로 내가 사는 아파트의 발코니에서 볼 수 있다. 대단위 아파트 단지에, 그리고 14층 건물의 8층에 살기 때문에 발코니에서 바라보이는 풍경은 앞뒤 건물이 똑같이 그렇고 그런 토끼장이다. 저기는 계단과 승강기가 있는 곳, 그 옆은 문간방의 창, 그 다음은 거실의 큰 판유리, 그리고 나서는 안방, 화장실의 환기창이고 다시 그 옆은 역순의 구조로 붙어 있는 옆 아파트일 따름이다. 붉은 벽돌 외장과 시멘트로 이어 붙인 흔적이 그대로 드러나 있으며 때로 도장 공사를 할 때면 벽에 난 균열을 흰 석회로 땜질해 놓아 흉하기 그지없는 장면을 연출한다. 매력 없던 아파트 건물은 그러나 바야흐로 해가 지고 창에 하나둘 불이 들어오기 시작하면 단번에 숨겨 둔 아름다움을 드러내기 시작한다. 잿빛 하늘이 점점 어두워져 짙푸른 배경을 이루고 거대한 아파트 건물의 몸체는 그 입체감을 상실하여 모네의 루앙의 성당을 연상시키다가 검은 모노크롬의 캔버스로 변한다. 이때

▲ 김환기, 김환기 데생집 Ⅲ, 1970, p.119.

집집에서 밝히는 푸른 형광등과 노란 백열등은 건물 전체를 단번에 큰 벽화로 변신시키고 만다. 어둠이 짙어진 발코니에서 나는 그 광경을 홀린 듯 바라본다. 나는 누구를 생각하며 어떤 그림을 보고 있는가. 비로소 십 년도 더 지난 시절, 뉴욕의 한 친구 아파트 창에서 보던 불야성을 이룬 맨하탄의 엄청나게 높은 건물과 그 건물들의 창마다 가득 켜 있던 불빛을 회상한다. 그리고 아, 김환기의 〈어디서 무엇이 되어 다시 만나리〉를 그리는 것이다. 작은 네모마다 수화(樹話)가 찍어 넣던 색점들, 그는 나처럼 창마다의 수많은 불빛을 보았던 것이 아닐까. 시간과 공간이 압축되어 있는 그 작은 네모, 수화는 그 공간을 메워 가면서 무슨 생각을 하였을까? 발코니가 주는, 스러진 한 예술가의 고독과 치열한 혼이 내게 와닿는 그림이다.

겨울 소묘

연회색 석조 건물의 모서리로 흰 눈송이가 천천히 내려오고 있다. 눈은 내려서 쌓여 미술관 안마당을 흰 융단으로 덮는다. 회색 하늘 아래 두 그루 소나무가 서로 외로운 목을 빼고 검은 등걸로 용트림하고 있다. 며칠 계속되는 영하의 기온에 계단 아래의 자갈길은 얼어붙어 구둣발에 세게 저항하고 입에서 내뿜는 입김만 대기 중에 천천히 퍼져 나간다. 아무도 오지 않는 이 아침의 적막, 문득 소리치고 싶어진다. "나 여기 아직도 살아 있어." 백설의 계절, 아득한 시간의 사람들이 새록새록 생각난다.

미술관을 벗어나 비탈진 골목길을 따라 이십여 미터 걸어 올라가면 방앗간, 쌀집, 수퍼가 있고 길가 밥집 옆 골목에 놓인 쓰레기통을 귀가 쫑긋 선 흰 개 한 마리가 기웃거린다. 거기서 뒤를 돌아 산으로 난 아스팔트길은 스카이웨이로 통한다. 요즘도 사람들은 스카이웨이로 드라이브 가는지. 스카이웨이 입구에서 비껴 내려온 산 밑에 숨어 있는 이 미술관, 주택가 속에 선 희고 단단한 화강암, 겨울의 미술관을 지키고 있는 것은 돌을 던지면 떼그르르 구를 것 같은 고요와 고인이 된 지 이십 년이 더 된 화가가 미국 뉴욕에서 그린 엄청난 크기의 그림들이다.

귤 한 봉지를 사들고 돌아온다. 길은 아직 춥기만 하고 코를 훌쩍이며 다시 돌아오는 길바닥에 라면 봉지가 하나 떨어져 있다. 지난밤 불던 바람에 쓸려온 어느 처량한 인간의 배고픔. 라면 봉지의 주황색 도안을 물끄러미 서서 바라본다. 먹어야 사는 우리, 벌어야 하는 돈, 감래해야 하는 모욕. 이들이 삼각형을 이루며 살아가는 세상은 그래서 이 겨울에 더욱 쓸쓸하다. "이런 미술관에서 일하다니 참 좋겠어요." 관람객이 되어 찾아온 한 대의 나의 지인, 실소로 답하는 나. 아침 열 시부터 저녁 다섯 시까지 내가 얻는 작은 책상 앞의 고독, 혼자만의 시간, 이것을 얻기 위해 얼마나 애써 왔나. 내 영혼은 가사와 육아, 반찬거리와 짝짝이 양말 찾기에서 벗어나야 피기 시작하는 어떤 순순한 공간이 있다. 그 귀한 공간을 얻기 위해 일주일에 며칠 이리로 달려온다.

미술관 카페에서 커피 한 잔을 사 마신다. 서쪽으로 난 커다란 통유리를 통해 담장 너머 나뭇가지에 앉은 참새가 보인다. 하나, 둘, 셋, 넷, 다섯, 다섯 마리나 된다. 참새 식구도 체온을 모아 옹기종기 모여 있다. 재채기가 난다. 난방장치가 시원치 않아 춥기만 한 건물. 그 사이, 수화의 그림에 대해 뭣좀 배웠나, 스스로 묻는다. 출근할 적마다 퇴근할 적마다 늘상 나의 화두가 되어 버린 물음. 글쎄, 그도 나도 또한 누구도 종국에는 그가 물었던 물음을 내내 묻고 있는 것이 아닐까. 이렇게 나이 든 여자가 겨울 미술관 카페에 앉아 있는 이 순간, 이 순간을 그저 귀하게 생각하는 것, 그저 스스로를 자각하는 존재로 커피향에 취하는 이 순간을 어떻게 기록해 보고 싶다는 것이 아닐까. 한 개 한 개 점들이 모여 결국 밤하늘의 성좌를 이루듯 이 세상은 멀리 떨어져서 보면 아름답고 가까이서는 쉬지 않는 고통과 인내의 질곡이라는 것. 수화는 그것을 시가예술로 승화시켜 여기 수백 점의 그림으로 남았고 나는 언제나처럼 머릿속에서 끊임없이 솟아오르는 물음의 목소리를 어쩔 줄 몰라하며 주체할 수 없을 정도로 이 감동, 이 정념들이 넘쳐나는 것, 그것을 받아내는 것은 오직 글뿐이라는 것.

　흰 눈송이는 점점 커져 펑펑 쏟아져 내린다. 하늘은 이제 엄청나게 퍼붓는 눈발에 가려 보이지 않고 나는 더 마실 커피도 없다. 그래도 이 텅 빈 카페에 앉아 연신 재채기를 하며 창 밖을 보고 있다.

침묵의 소리

1

    숨가빠하며 일어나 보면 아직 밤, 숨을 몰아쉬며 잠 못 이루는 밤이 다시 생겼다. 눈은 충혈되고 입은 쓰디썼다. 삶은 엄청난 무게로 가슴을 짓누르고 있었다. 부엌 찬장에 술병을 있는 대로 세워 두었다. 무시로 삶이 괴물이 되어 엄습할 때마다 찬장 문을 연다. 그리고는 곧 알딸딸해지곤 했다. 한두 시간 잊을 수는 있었으나 이튿날 아침이면 다시 눈이 벌겋게 타오르는 악순환의 연속이었다. 뇌가 터져 앞이마 밖으로 쏟아져 내릴 것만 같았다. 진통제를 먹고 잠을 자도 일어나 한두 시간이면 골치가 아프기 시작했다. 바람이 선들 불면 거리로 나가 무수한 시간을 미술관, 박물관, 인사동 거리를 서성이었다. 때로 그날 누구를 만나 어떤 일을 해야 하는지 전혀 생각이 나질 않았다. 그나마 사람들을 만나고 있을 때는 아무 일도 없는 듯 웃음지었다, 속으로는 피눈물을 흘려도.

그러다가, 그러다가 어느 날 떠났다. "날아가 버리고 싶어, 새 처럼" 하고 입버릇처럼 되뇌이던 중에 정말로 비상(飛上)했다. 삶이 벼랑 너머로 나를 밀어내고 버티다 버티다가 나는 일상(日常)을 뛰어넘었다. 마치 액션영화에서 고층 건물 꼭대기로부터 건물 사이를 건너뛰어 옆 건물 옥상으로 올라서듯이 그렇게 훌쩍, 앞 뒤 보지 않고, '죽자' 하며 뛰어 버렸다. 일상이란 한 번 뛰어넘으면 참으로 아무것도 아닌 자기 최면 상태, 지나가 버린 지하철 역. 내리고자 하는 지하철 역을 놓치면 큰일나는 줄 알지만 사실은 별다를 게 없다. 되돌아가면 되니까. 무엇이 우리를 일상이라는 올가미에 넣어 옭죄이며 살도록 하는 것일까. 일상이란 내게 늘 그림자, 이 세상을 버텨내는 그림자, 없으면 모든 기틀이 무너지는, 그러나 여전히 그림자일 수밖에 없는 미혹(迷惑)이었다. 나는 내 진정한 삶은 이게 아닌데라는 생각 속에 기나긴 일상을 견디어 왔다.

2

간사이(關西)공항에 도착하고부터 침묵의 세계로 들어섰다. 몇 마디 일본어가 간간이 들릴 뿐 한국어는 내 귀에서 사라지고 있었다. 소리를 죽인 세계, 토오키가 끊어진 영화 화면이었다. 말이 들리지 않고 말을 하지도 않는, 사위에 꽉찬 침묵. 고통은 언어의 폭력으로부터 탄생하는 것. 한국어가 들리지 않는 순간부터, 한국이라는 문화로부터 차단된 그때부터 이미 은밀한 해방이 시작되고 있었다. 두통은 여전하고 눈앞에는 뿌연 안개가 서려 있었지만 새로이 발견한 침묵이 산소 캡슐이 되어 주위를 감싸주어 나는 자유로이 숨을 쉴 수 있었다. 그때부터 시간은 내 뜻대로 늘어나 슬로우모션으로 진행되는 세세한 정황이 하나씩 하나씩 분명히 포착되고 일상과의 단절 속에 머릿속을 차분히 정리할 수 있었다.

　교토(京都)행 쾌속열차 '하루까'에 올라 의자에 등을 기댔다. 창 밖으로 띄엄띄엄 '幸福銀行' 간판이 지나갔다. 서울엔 평화은행, 보람은행이 있는데…… 한국은 아직 전쟁이 없는 평화나 가난에서 벗어나는 보람을 찾을 단계이고 일본은 이미 선진국이어서 행복의 추구가 지상의 목표인 모양이다. 행복! 살다가 언뜻 언뜻 스쳐 지나가는 순간의 희열, 그 기억. 사랑하는 이를 위해 음식을 만들 때라든가 아이들이 웃는 낯으로 내게 달려올 때…… 행복은 사랑으로부터 우러나온다. 행복의 추구, 그것이 진정 살아가는 이유일까. '죽지 못해', '살아야 하니까' 살고 있지 않은가. 산다는 것은 그저 순간 순간을 버텨 나가는 것으로 변해 버린지 오래고 사랑은 머나먼 꿈 속의 사치이다. '최상'이나 '최악'의 의미를 묻지 않고 그저 순간 순간을 '살아야 한다'는 명제에 시달린다.

　"히도리데스까?"

　"에에, 히도리데스."

　기차표를 끊을 때, 숙소를 정할 때, 식당에서, 수없이 혼자냐
는 물음에 접했다. 우동 1인분, 버스표 1장, 1인실…… 혼자라는
사실을 다시 확인해 줄 때 가슴속에 요동하던 그 묘한, 아픔 같
은 것, 그건 이틀 밤을 지나고 나서야 진정이 되었다. 그리고 이
틀 밤을 자고 난 아침에야 겨우 두통이 가셨다.

　교토에서 맞는 첫 아침을 나는 숙소 가까이 있는 히가시혼간
지(東本願寺)라는 큰 절에서 시작했다. 불전함은 큼지막한 나무
궤짝 위편에 줄줄이 나무창살을 대어 동전이나 지폐를 창살 사
이로 던져 넣게 되어 있었다. 사람들은 너도나도 부지런히 동전
을 던져 넣고 합장했다. 건물의 기둥이나 천장에 단청을 입히지
않아 화려하다거나 장엄하다는 느낌은 없었다. 그저 널찍하고
높다란 공간이었다. 법당 안의 불단은 어두워 잘 보이지 않았고
그 중앙에 보일 듯 말 듯 조그만 여래입상이 있었다. 높이가 한
60cm쯤 될까. 절의 규모나 법당의 웅장함으로 미루어 지리산
화엄사에서 본 좌불 크기의 금빛 찬란한 불상을 기대했던 터라
좀 실망했다. 오히려 그 작고 잘 보이지도 않는 부처상이 나의
의식을 좀더 내부로 몰고 갈 수 있게 해주었는지도 몰랐다. 일본
의 절에서는 신앙의 대상은 눈앞의 금동불이 아니라 자기 내부
에 존재해 있는 또 하나의 자신인 것처럼 느껴졌다. 열성적으로
무언가 중얼거리며 수없이 절을 해대는 신도들로 찬 한국 절의
모습과는 딴판이었다. 신도들은 불단을 향해 절도 많이 하지 않
았다. 그저 앉아 조용히 경전을 외고만 있을 뿐이었다. 한국 사
람들에 비해 개기름이 빠진 듯한 보다 맑은 일본인의 얼굴, 그들

이 보여주는 절제된 표정과 목소리, 그리고 겸양이 보이는 태도, 표면적으로도 한국인과 무척 다른 이러한 느낌은 일본 전체의 인상과도 통한다. 사람들의 옷 색깔도 대체로 중간색이고 승려들은 회색이 아닌 검은 옷을 입고 있었다. 단청을 입히지 않아 기둥과 들보의 오래된 목재는 암갈색으로 변해 버려 더욱 가라앉은 분위기를 자아내었다. 선불교의 끈질긴 영향인 듯했다.

그 아침, 스산한 마음으로 낯설고 널찍한 법당에 앉아 있었다. 앞머리가 아직 아파 아무 생각도 하고 싶지 않았으나 시작도 끝도 없는 사유의 파편들이 머릿속을 어지러이 부유(浮遊)했다. 나는 지난날이 아닌 미래를 애써 생각하려 했다. 무엇을 삶의 목표로 다시 삼을 수 있을까. 이제껏 살아온 정신적 기반, 인간과 사회 일반에 대한 최소한의 신뢰와 기대가 뒤집혀져 혼란스러웠다. 현실 상황으로부터의 탈출, 그리고 새로운 가치의 설정과 추구, 이 두 가지가 나의 여행 목적이 아니던가. 그런데 하필이면 일본, 그리고 교토인가. 나는 한숨을 내쉬었다. 오래 전에 접어둔 공부, 하지 못한 답사를 하겠다고 내내 별러 왔으되 때늦은 지금에 와서야 실행에 옮긴 것이 묘했다. 교토는 살아 숨쉬는 도서관이었고 박물관이었다. 교토에 널려 있는 시대별로 잘 보존되어 있는 역사적 정원이 나의 도서관이었다. 내 눈으로 내 발로 직접 밟아 보고 싶었다.

뻔히 앞에 보이면서 내게 길은 끊어진 것 같았다. 로버트 프로스트의 시 〈가지 않은 길〉을 사람들은 곧잘 일컫는다. 나는 언젠가는 길이 갈라진 분기점으로 돌아와 다시 애초 목표했던 길을

▲ 가쯔라리큐의 정원 입구에 깔린 디딤돌.

갈 수 있으리라 늘 생각해 왔다. 그러나 살아오면서 그 믿음은 점차 사그라들었다. 끊어진 다리를 잇는 것, 꺼 놓은 초에 다시 불을 붙이는 것…… 한정된 시간 속에 살고 있는 내게 그런 것들이 가능한가. 시간을 늘릴 수만 있다면 그건 할 수 있는 과제인가. 이제 그 다리를 다시 만드는 것과 촛불을 밝히는 것이 현실적으로 내게 기져다 줄 이익이 아무것도 없음이 뻔한 지금…… 그래도 익은 감이 터지기 직전에 내 손에 들어온 것처럼 허겁지겁 이 기회를 거머쥐어 나는 교토로 날아왔다.

교토에서 맞는 두 번째 아침, 역시 멀지 않은 곳에 있는 니시혼간지(西本願寺) 법당에 앉았다. 골치도 가라앉고 괴로운 마음도 덜했다. 이제야 갖가지 상념들이 무차별적으로 튀어오르지 않아 나는 그저 앉아 있기만 할 수가 있었다. 앉아 있었다. 한참을 그러고 있다가 마침내 내 자신을 위해 조금 기도를 했다. 겸연쩍었다. 절에서나 교회에서나 나를 위해 한 기도는 몇 번 되지 않는다. 감히 하질 못했다. 버텨 나갈 힘을 달라고 기도를 했다. 내 자신의 깊은 내부에 있는, 내가 믿는 그 성스럽고 신비한 또 하나의 나에게.

3

교토역에서 서남행 버스를 타고 가쯔라리뀨(桂離宮)로 향했다. 러시아워가 지난 시각의 한산한 버스 안, 조용한 승객들, 비 오는 창 밖.

읽고 또 읽고 이 사진 저 사진을 비교하며 머릿속으로 그려온 것이 그간 몇 년인가. 요즈음 가지게 된 바람은 언젠가 이 놀음을, 이 가지 않은 길에 대한 회한과 성취에 대한 갈증을 그만 끝내야겠다는 것이었다. 그 언젠가는 지금이었다. 보고 또 들여다보아 다 외워 버린 가쯔라리뀨의 평면도. 고쇼인(古書院), 주우쇼인(中書院), 신고텐(新宮殿), 게파로(月波樓), 쇼킨테이(松琴亭), 쇼카테이(賞花亭), 소토노코시카께(外腰掛), 아마노하시다테(天橋立)……

17세기 도쿠가와막부의 기세에 눌린 하찌조미야가(八條宮家)의 1대 토시히토(智仁親王) 왕자(1579~1629)와, 그가 죽은 뒤

아들인 2대 노리타다(智忠親王) 왕자(1619~1662)가 2대 40여 년에 걸쳐 심혈을 기울인 역사의식과 문학의 향기가 깃든 가쯔라리큐. 두 부자는 중국과 일본의 고전과 시문에 통달하였다. 그들은 헤이안(平安) 시대에 무라사키시키부가 쓴 『겐지모노가타리(源氏物語)』에 그려진 헤이나 시대의 궁정 귀족의 세계를 동경하며 이 건물과 정원을 조성했다. 가쯔라리큐가 있는 시타가쯔라 지역에 토시히토 왕자 소유의 토지가 생긴 것은 1615년 전후였다. 이 부근은 시대를 거슬러 올라가면 헤이안 시대 실력자이던 후지와라 집안의 산장이 있었고 겐지모노가타리의 무대이기도 했다. 역사적 의미가 풍부한 이 지역에 하찌조의 2대 왕자들은 그들이 익힌 책에 나오는 정경을 이 회유(回遊) 정원에 상징적으로 재현하려고 애썼다. 정원 조성은 1620년경부터 1665년경으로 40년이 넘게 걸려 오늘과 같은 외양에 이르렀다.

20분쯤 달리니 가쯔라가와(桂川)가 나타나고 곧 가쯔라리큐 앞 정류장이었다. 정류장에서 비를 맞으며 걷기 시작한 지 5분도 채 되지 않아 대나무를 총총히 엮은 가쯔라 담장이 눈앞에 펼쳐졌다. 세우(細雨)가 내리고 있어 대나무는 더욱 싱싱하고 푸르렀다. 우산을 받쳐들고 검은 잔 돌이 깔린 길을 처천히 걸어 들어갔다.

이제서야 이곳에 닿았다. 16년 전이었다, 촛불이 꺼진 그때는. 서울에서 세 시간도 걸리지 않은 이곳에 16년 걸려 도달했다. 흥분 대신 잔잔한 슬픔이 밀려왔다. 그 동안 나는 꿈을 살아왔던가, 아니면 비에 젖은 쇄석길을 바작바작 밟고 있는 이 순간이 꿈인가. 그때 대나무보다 더 푸르고 댓잎보다 더 싱싱하던 나는 흐른 세월만큼 나이 먹어 몸은 쇠진하고 정열은 간 곳 없이 사위었으며 발길은 삶에 채여 지쳐 버렸는데 가쓰라는 푸르른 대숲에 싸여 17세기의 모습을 그대로 간직한 채 나를 기다려 주었다. 그 긴 시간 나는 뭘 하였던가. 무언가를 늘 하며 안간힘을 쓰고 살아왔지만 이제, 이 잔 돌이 깔려 있는 리큐(離宮)의 문 앞에 서고 보니 그 동안 내 마음은 내내 이곳, 이 순간에 머물러 있었음을 알았다. 그때 끊긴 필름이 다시 돌아가며 멈췄던 시계의 초침이 다시 움직이는 소리가 들렸다. 그때의 나의 미래, 나의 꿈, 그리고 손에 잡힐 듯 가까이 느껴졌던 성취, 그러나 물을 움켜쥔 듯 손가락 사이로 새어 나가 버린 모든 가능성, 그리고 어느덧 혜성처럼 멀어져 가 버린 젊음. '덧없다'는 말이 절로 입에서 흘

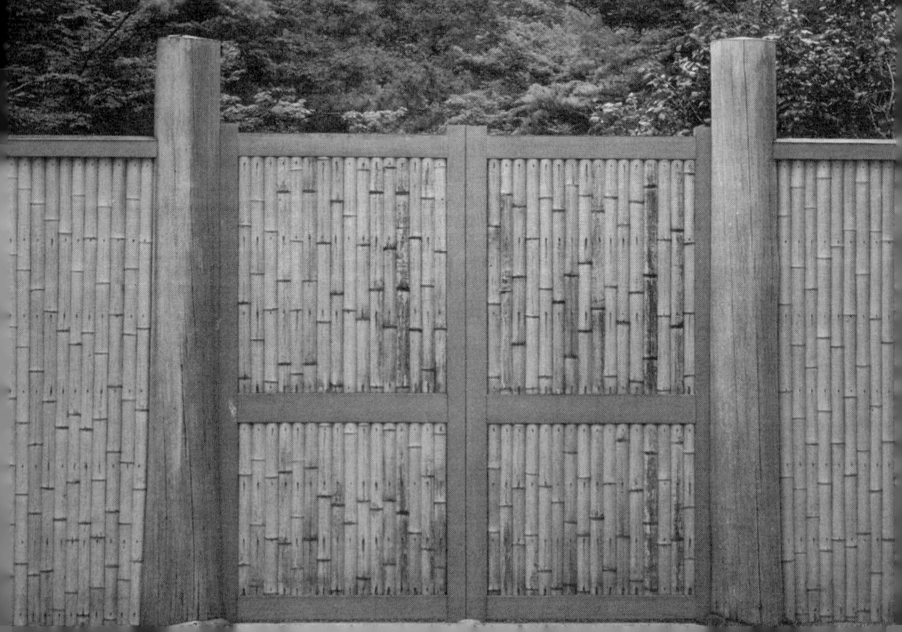
▼ 대나무로 이은 담장.

러나왔다.

삶의 덧없음. 헤이안 시대 궁정 귀족들의 생활을 풍미하던 것은 삶의 덧없음의 자각이었다. 궁정에서의 지위와 사랑하는 사람과의 만남들이 겐지모노가타리를 비롯한 문학 작품에서 그 시대 귀족들의 주된 관심사인 것처럼 그려져 있다. 16세기 모모야마 시대와 17세기 에도 시대 초기를 살았던 토시히토 왕자도 삶의 덧없음을 몸소 체험했다.

토요토미 히데요시(豊臣秀吉)로부터 도쿠가와 이에야스(德川家康)에게로 권력이 옮겨 가던, 그 어려운 시기를 살았던 왕자, 한때 토요토미 히데요시의 양자였었고 또한 천황이 되었을 수도 있었던, 실제로 107대 고요제이 천황(後陽成天皇)의 동생이었던 왕자, 왕족들의 결혼뿐 아니라 도성 내외의 출입마저도 막부의 간섭을 받던 시대, 도쿠가와 막부의 강해져 가는 통제에 밀려 권력에서 점점 더 멀어지고 소용돌이치는 정변의 한가운데서 늘 현실 참여가 거부되어 온 왕족의 운명. 이 별장을 짓고 정원을 조성하며 번득이는 지성과 기백을 삭여야 했을 토시히토, 덧없음의 자각 속에 흐르는 세월과 바뀌는 계절, 하루하루의 일몰의 순간을 지켜 보며 가꾸었을 가쓰라 별장. 그는 다시 그 시대로부터 수백 년 전 왕가가 좀더 권력을 휘두르며 평화와 안정을 구가했던 헤이안 시대를 동경한다. 겐지모노가타리에 그려진 옛 왕족들의 삶을 동경했던 토시히토와 그의 아들 노리타다. 국외자의 소외된 정열과 자신만의 완벽한 이상향을 구축하려는 염원이 이 가쓰라에 담겨 있다. 현실 도피라기보다는 일종의 수인(囚人)

의 통한을 시각화한 것이라고 할 것이다. 대신 그들은 이곳에 아무도 침범 못 하는, 자신의 뜻과 안목대로 통제할 수 있는 꿈나라, 이상향을 흙, 나무, 돌, 물, 건물 등 구체적인 사물을 사용하여 구현시켜 놓았다.

4

관람 예약 시간보다 한 시간이나 빨리 온 나는 대기실에 앉아 기다리다가 안내인을 따라 정원으로 들어섰다. 그 사이 비는 멈췄고 햇빛이 푸른 정원을 잘 비치고 있었다.

가쯔라리큐는 회유식 정원이긴 하지만 물을 쓰지 않는 고산수(枯山水) 정원 양식을 제외하고는 17세기에 이르기까지 일본에서 발달하였던 거의 모든 정원 양식이 망라되어 한곳에 조화를 이루며 집대성되어 있는 종합적 양식의 대표라 할 수 있다. 회유식 정원이란 중앙에 큰 못을 두고 그 주위를 사람으로 하여금 한바퀴 걸어 돌면서 감상하게 만든 정원이다. 가끄라에는 신선(神仙) 사상에 따라 못 안에 봉래, 방장, 영주의 전설적인 세 산, 즉 수중에 뜬 섬을 두는 양식, 유명한 해변이나 산의 자연 경관을 상징적으로 단순화시켜 재현하는 양식, 건물 안에 앉아서 밖에 조성한 정원을 감상하게 되어 있는 정적(靜的)인 관조정원, 차 문화의 발달과 함께 다실로 걸어 들어가는 작은 통로에 조성한 노지(露地)정원, 일본 문화에 뿌리를 둔 여러 가지 역사적 인용

과 중국 송대(宋代)에 뿌리를 둔 산수화의 삼차원적 재현, 문학
적인 연상 기술, 그 밖의 여러 정원이 발달하면서 축적된 노하우
가 다 함께 어우러져 있다.

　만 오천 평 넓이의 가쯔라는 쇼인(書院) 건물군이 동북에서 남
서로 지그재그로 기러기가 날아가듯 동남향으로 서 있고, 그 주
위를 방대한 크기의 못이 감싸고 있다. 본채 이외에 못을 중심으
로 하여 현재 세 채의 다실과 두 채의 간이 휴게 건물, 한 채의
사당이 있다. 못 안에는 본채 앞으로 중도(中島)가 둘 있고 건너
편에 크고 높은 섬(산)이 있다. 또 선착장도 있어 뱃놀이도 했다
고 보여진다. 정원은 숨겨 두었다가 갑자기 눈앞에 펼쳐 보이는
절경이 극적으로 계속 이어진다. 관람객의 주의가 연속적으로
긴장과 이완을 거듭하며 이어지도록 곳곳에 여러 가지 장치를

▼ 쇼인 본채에서 보이는 못의 정경.

쓰고 있다.

정원 관람은 본채 건물군의 북쪽에 난 작은 문으로부터 사람들을 들어오게 하였다. 긴 자갈길은 못을 향해 뻗은 작은 돌기로 이어지고 그 위 외로이 서 있는 난쟁이 소나무 한 그루를 초점으로 제시하면서 시작했다. 직선으로 전지한 좌우 두 줄의 생울타리 사이, 시선이 닿

▲ 디딤돌.

는 바로 그 자리에 작은 소나무와 그 너머의 못과 녹색의 수목이 눈에 들어온다. 스미요시 소나무, 『고금집(古今集)』에 나오는 지명으로 벌써 여러 층의 문학적 의미가 중첩된다. 다음은 중아의 못을 오른쪽에 낀 채 시계 방향으로 계속 돌며 걷게 된다. 작은 다리를 건너 자갈길을 더 걷다 보면 방향은 오른쪽으로 90도 꺾어진다.

자갈길에서 조금 벗어나 디딤돌 몇 개를 밟고 나면 곧 '소토노 코시카께'에 이른다. 이곳은 다실 '쇼킨테이'에서 다도(茶道)를 거행할 때 일종의 대기소의 역할을 하는 곳으로 손을 씻는 수세 바위, 석등, 직선으로 처리한 디딤돌의 군락이 있다. 이들은 노지정원, 즉 다실로 접근하는 길에 놓인 여러 장치이다. 손 씻는 바위, 석등, 그리고 자갈이나 디딤돌로 구성한 길 등은 다도에 임하는 마음을 준비시키고 사물 하나하나의 세부에 대한 지각을

▲ 시선을 모으는 못 안의 석등.

높이는 효과를 준다. 일본문화의 공통적인 요소이지만 일상의
행위를 이렇게 의식화(儀式化)한다는 것, 시간적인 진행 절차를
집어넣어 그때 그때의 인식효과를 극대화하는 것이 가쯔라에서
도 그대로 보인다.

가쯔라는 여러 개의 차정원—노지정원의 연결이라고 할 수 있
을 정도로 디딤돌이나 보도 자갈길 등으로 전체가 꽉 짜여 있다.
이 디딤돌은 관람객의 몸 동작을 효과적으로 통제하고 조영자
(造營者)의 의도대로 조종하는 마력적인 수단이 된다. 이 디딤돌
을 밟으며 정원을 일주하는 중에 알지 못하는 사이에 정원의 조
영자와 관람객 사이에는 절대적인 주객관계 또는 주종관계가 설
정되어 버리고 만다. 디딤돌이 전 영역에 걸쳐 놓여져 있어 관람
객이 어디를 가고 어디를 보며 얼마만큼 움직인다는 것까지도

다 계산되어 있다.

길은 다시 오이강을 묘사한 작은 폭포와 아마노하시다테를 지난다. 낮은 댐을 설치해 작은 폭포로 떨어지는 물소리가 청각을 예민하게 만든다. 못 쪽으로 얕고 길게 뻗은 일종의 반도와 그 끄트머리에 설치한 낮은 석등은 그 자체로도 아름답고 신비로운 정경을 연출하거니와 실지의 아마노하시다테를 연상시켜 이 정원보다 훨씬 드넓은 외부 공간으로 관람객의 심정을 이끌어 간다. 가쯔라리큐 정원의 우수성은 이렇게 상상력을 자극하며 시각, 청각, 후각, 또한 운동감각까지도 동원하여 감각적 경험과 인지 공간을 극대화한다는 점이다. 비록 자연물을 재료로 삼고 있기는 하지만 인공의 힘, 그리고 조영자의 의도를 수백 년 후에도 느끼게 만들어 관람객과 조영자와의 무언의 어떤 내적 대화가 이루어진다. 몇 백 년 전의 두 왕자의 존재는 그런 대로 영생을 취득했다고 할 수 있다.

'쇼킨테이'는 맞은편에 있는 고쇼인의 테라스나 게파로 이상으로 여러 방향으로의 감상이 가능한 곳이다. 아마노하시다테 쪽의 바다 풍경뿐 아니라 조금 왼쪽으로 중도의 두 섬과 섬 위의 석등이 건너편의 본채 건물과 함께 또 다른 풍경을 이룬다. 이어 디딤돌이 이끄는 대로 걸으면 커다란 지중도이며 높은 가산 위의 '쇼카테이'로 오른다. 이어 '쇼이켄'에서도 마치 전원의 소박한 시골집을 연상시키는 건축물과 정원이다. 드디어 본채에 도달하여 앞에 못 쪽으로 길에 내달아 낸 테라스는 달을 볼 수 있고 못 안의 중도를 바라보는 정적인 감상을 즐길 수 있다. 마치 꿈 속의 완벽한 별천지에 들어온 듯하다. 게파로는 한층 높이 물에 가깝게 지어 배를 연상시키는 다실이다.

가쯔라를 걸으며 누군가 보이지 않는 투명인간의 안내를 받는다는 느낌이 강하게 드는 것은 바로 이러한 정원 발달의 역사에서 취득한 조경의 테크닉이 잘 조화되어 있기 때문이다. 심심할 때면 하나씩 시선을 끌며 나타나는 작은 석등, 손질한 생울타리 끝에 서 있는 키 작은 소나무, 튀지 않으면서도 세부 형태에 변화를 준 받침돌, 무엇 하나 크게 요란 떨지는 않아도 분명히 사람의 몸과 시선을 끌며 인도하여 조영자의 의도를 확연히 알 수 있게 만든 뛰어난 배치였다. 이 배치는 모든 것을 함께 늘어놓아 전부 삼키라는 것이 아니고 마치 코스 요리처럼 시간 간격을 두고 하나씩 집중적으로 제시하여 인식의 강도를 높이는 한 수 높은 기술이다. 자연 경관의 정리된 축소라 하고 상징은 상징이되 분명히 구상적인 축소며 상징이었다.

정원 곳곳에 고보리엔슈(小堀遠洲, 1579~1647)의 영향이 엿보이는 것이 가쯔라리큐의 특색이다. 토시히토 왕자의 아마데가와 본저에 고보리엔슈가 여러 번 출입했다는 기록이 있고 특히 1641년 노리타다 왕자의 가쯔라 재건 당시 고보리엔슈의 조언 또는 그의 양식을 채택한 것이 많이 지적되어 왔다. 그러나 학식과 안목이 빼어난 노리타다 왕자가 엔슈의 조언과 영향하에 가쯔라라는 걸작을 만들어냈다는 것이 학계의 일반적이 통설이다. 고보리엔슈는 다이묘 계급의 사람으로 당시 교토고쇼(京都御所), 센토고쇼(仙洞御所), 니조조, 오사까조(大阪城) 등 대대적인 공사에 쇼군의 요청으로 참여했다. 센노리큐(千利休)의 엄격한 '사비'라는 개념을 궁정의 세련되고 단아한 양식과 절충하여 정원 등지에서 '아름다운 사비'라는 양식을 만들어내었다. 가쯔라리큐를 관통하는 격조는 고보리엔슈의 영향 아래 절제 속에 기품을 잃지 않으면서 깨끗하고 정리된 외양을 유지하는 데 있다.

가쯔라에서 받은 인상은 사진에서 보고 상상했던 것보다 실지로 느껴지는 거리나 규모는 훨씬 가깝고 작다는 것이었다. 한 지점에서 보이는 경물과의 거리는 보통 30미터를 넘지 않고 가장 먼 거리라 하더라도 60미터를 넘지 않는다. 바로 이것이 비교적 넓은 못을 여러 경관으로 세분화하여 친근감을 잃지 않고 연속적으로 배치한 기술이었다. 근거리 전력, 배치한 소품의 세부에 대한 조의는 비록 외부 경물을 감상하긴 하되 감상자는 보다 가까운 곳, 자신의 내부로 자꾸 주의가 기울어지고 자신의 존재와 주변의 경물과의 관계에 대한 인식을 높이게 된다.

또 하나는 조영자의 철저한 통제였다. 이 가쯔라는 왕족의 별장이기는 했으나 현실 정치에서 소외된 국외자가 꾸민 정원이었다. 높은 예술성과 문학성 이외에 소외된 왕족이 감래했을 아픔이 깃들어 있다. 조영자는 현실감에서 먼 환영(幻影)과도 같은 완벽한 이상향을 창조해냈다.

5

가쯔라를 관람하고 나온 나는 다시 대나무 담장 아래에 섰다. 별세계에 다녀왔다는 느낌이 들었다. 가쯔라리큐를 금세 떠나지 못하고 검은 잔돌이 깔린 문 앞에서 잠시 서성이었다. 세상을 움직여 가는 수레바퀴에서 물러서야 했던 많은 사람들을 생각했다. 옛부터 낙향하여 소박한 자연 환경에서 은둔하며 전원생활에 파묻혔던 사람들, 그들 중 어떤 이들은 나무를 가꾸고 돌을 놓고 물을 끌어들이는 그런 소박한 조경을 했다. 가쯔라와는 비교되지 않는 규모지만 그들이 겪는 아픔, 그들이 달래야 했던 쓸쓸한 마음을 되새겼다. 그러다가 가슴을 저미며 아버지의 시골 집이 떠올랐다. 나의 아버지.

아버지는 늘 정원을 열심히 가꾸셨다. 묘목을 거두어 마당에 심고 거름을 하고 소독을 하고 김을 맸다. 산기슭 돌밭을 일구어 한 해에 4, 50평씩 푸른 잔디를 입혔다. 아버지의 손이 닿자 척박한 돌무더기였던 그 땅은 깨끗한 정원으로 조금씩 변모해 갔다. 내가 어릴 때 아버지는 마당에 장미를 심고 어머니는 잘 핀 장미를 잘라 응접실 항아리에 수북 꽂아 두셨다. 나는 장미 잎을 주워 두꺼운 책갈피에 끼어 넣어 두곤 했다. 몇 년이 지나 가끔 사전을 뒤지거나 오래된 문학전집을 펼칠 때 책장에서 풍기는 향긋한 장미 내음과 노랗게 변색한 백장미의 꽃잎을 꺼내 보는 일은 그 자체가 하나의 추억이었다.

아버지의 사업체가 남의 손에 넘어가자 한동안 절망에 빠져 있던 아버지는 경기도 산골에 평당 100원씩을 주고 돌밭을 샀다. 그는 은행으로 넘어간 옛집의 문짝을 뜯어 시골로 옮겨 그 돌밭 한쪽에 헛간처럼 보이는 방 두 개의 작은 집을 지었다. 어머니는 건강이 좋지 않은 아버지를 따라 그 헛간 같은 집에서 밥을 지으며 개간을 도왔다. 나의 부모는 시외버스를 타고 다시 걷고 걸어 닿는 그 작은 집에서 그들의 앞에 끝없이 펼쳐진 실의의 세월을 그렇게 달래었다. 5년이 지나자 헛간 같은 집은 제법 깨끗하고 번듯한 시골집으로 변했다. 마당 한가운데 높은 후박나무가 자리잡고 대문으로 가는 작은 길가에는 장미넝쿨이 무성했

▼ 돌로 깐 길의 조형성.

다. 아버지는 어디선가 돌을 구해 와서 축대를 쌓고 석등도 세워 놓으셨다. 우리들이 아이들을 데리고 가면 숲이 우거진 산 밑 큰 나무 아래 고인 옹달샘으로 안내하셨다. 땡볕이 내리쬐는 한여름에도 개울물에 발을 담그면 시원하다 못해 서늘하다고 말씀하셨다. "참 좋다. 여기가 바로 낙원이야." 아버지는 웃으시며 말씀하셨다. 평생 성실히 분수를 지키며 살아오신 아버지의 노년이었다. 아버지는 진정 그곳에서의 삶이 낙원이라고 여기셨을까.

눈가에 물기가 괴어 왔다. 이제 발걸음을 돌렸다. 허탈하지 않았다. 오랫동안 기다려 온 보람이 있었다. 가쯔라를 보기까지의 오랜 세월 동안 내가 겪었던 삶의 파도가 없었다면 오늘 이곳을 이렇게 깊이 이해하지 못했을 것이었다. 미리 알고 간 구조를 확인하기보다 이 정원의 조영자인 두 왕자의 손길을, 그들의 의도를 좀더 잘 알아챌 수 있었다.

6

거기, 내가 앉아 있었다. 흰 여백과 검은 바위, 녹색의 수목이 어우러진 한 폭의 산수화 앞에 앉아 있었다. 그 흰 바탕은 가만 보면 바다이기도 했다. 하얀, 물결이 일고 있는 듯한 고요한 바다였다. 흰 잔돌이 바다를 이루며 깔려 있고 그 위를 아침마다 무수한 빗질로 새로운 화면을 만들어낸 이름 없는 정원사의 손길을 바라보며 내가 앉아 있었다. 이것은 꿈인가, 아니 분명히 현실이었다. 확실히 내가, 그곳에 가 있는 것이었다.

난젠지(南禪寺), 교토 히가시야마(東山) 기슭의 큰 절, 호조(方丈) 대청 툇마루에 앞뜰을 마주하고 앉았다. 시각은 오후 두 시. 며칠간의 나그네길이 거의 끝나 가고 있었다. 조금씩 그리고 천천히 마음이 가라앉았다. 편안해졌다. 네모난 앞뜰의 반 이상을 차지하며 펼쳐지는 작고 흰 쇄석의 밭, 그 너머로 큰 바위 몇과 수목이 저마다 이야기를 연출하며 모여 있었다. 보기에 따라 흰 자갈밭은 광활하게 퍼지는 우주 공간을 의미하는 것 같기도 했다.

앞에 펼쳐진 백색의 세계가 소리도 없이, 수선을 떨지도 않고서 한 발 또 한 발 나를 평정으로 이끌어 갔다. 평정은 물처럼 번져 조금씩 내 눈으로, 눈에서 가슴으로 스며들어 마침내 다시 눈으로 물기를 전해 주며 퍼져 왔다. 목이 메었다. 눈을 감고 고개를 숙였다. 그리고 다시 들어 17세기 어느 때부터 이 돌 정원의 작가 고보리엔슈(小堀遠洲)가 전해 온 메시기를 이제야 읽었다. 바위들은 어느새 산이 되고 호랑이가 되고 작은 언덕이 되어 가만 엎드려 있었다. 그저 말없이 엎드려 있으면서 말로 표현되기 이전의 무수한 지혜의 언어를 가만 속삭여 주는 것이었다. 온갖 생각들이 머릿속을 어지럽히며 산발적인 폭죽이 되어 솟아오르다가 눈앞에 펼쳐지는 백색의 장관에 그만 사그라져 가는 것이었다. 내게 필요한 것은 실타래처럼 엉클어진 생각을 하나씩 풀어 정리해 보는 것이 아니라 오히려 이렇게 생각 자체를 사그라뜨리는 것이 아니었을까. 그리하여 지친 내 정신을 쉬게 하여야 하는 것이었을까.

뭔가를 거머쥐려, 찾으러 나선 길이었다. 며칠 동안 발이 부르트도록 교토를 훑고 돌아다녔다. 보려던 것을 보았고 확인하려던 것을 확인했다. 이제 이 마루에 앉아 물 없이 돌과 나무로만 만든 소위 카레산수이(枯山水) 정원을 마주 대한다. 이제껏 내가 찾으려던 것이 무엇이었는지, 지금 내가 처해 있는 상황에 대한 해답보다도, 나의 존재에 대한 물음에 답할 수 있는 실체 아닌 실체가 손에 들어왔다. 내가 찾아왔던 손에 잡히지 않는 의문과 물음은 모두 다 연결되어 있다는 것, 나의 삶은 어떤 거대한 운행의 한 점, 한 과정이라는 깨달음이었다. 나는 이제 그만 멈추고 싶었다. 그리하여 다음 단계로 넘어가고 싶었다. 그것은 침묵이 가져다 준 귀한 선물이었다. 침묵 속에 마음으로 전해 오는 옛 사람들의 목소리, 오래 전에 누군가 말을 했고 전해 내려왔으되 내게는 이제 이곳에서야 들려오는 그 소리가 조용히 그리고 또렷이 내 귀에 들렸다. 침묵의 소리가 들렸다.

사무치는 고마움으로

소백산 기슭 부석사의 한낮, 스님도 마을 사람도 인기척이 끊어진 마당에는 오색 낙엽이 그림처럼 깔려 초겨울 안개비에 촉촉이 젖고 있다. 무량수전, 안양문, 조사당, 응향각들이 마치 그리움에 지친 듯 해쓱한 얼굴로 나를 반기고, 호젓하고도 스산스러운 희한한 아름다움은 말로 표현하기가 어렵다. 나는 무량수전 배흘림 기둥에 기대서서 사무치는 고마움으로 이 아름다움의 뜻을 몇 번이고 자문자답했다. — 최순우, 「부석사 무량수전」 중에서

안동 병산서원(屛山書院)과 영주 부석사(浮石寺)를 둘러보는 한 답사팀에 끼었다. 전세버스 한 구석에 앉아 흔들리면서 내 머리를 내내 떠나지 않는 것은 바로 고(故) 최순우 선생의 글귀였다. 부석사의 고려시대의 건물 무량수전(無量壽殿)이

'해쓱한 얼굴'로 반기다니, 또한 그 '사무치는 고마움'이란 무엇일까 하는 것이었다.

16세기 조선시대의 서원 건물인 안동 병산서원을 우선 맛뵈기로 보고 사과나무가 길가에 서 있는 구불구불 산길을 다시 더듬어 천등산 봉정사에 들러 고려시대 건물인 극락전과 최근 어느 영화에 나왔다는 영선암까지 보고 나니 갈 길이 바빴다. 부석사 마당에서 보는 일몰이 장관이라며 그걸 볼 수 있게 바삐 서둘렀지만 부석사 어귀에 닿고 보니 벌써 5시가 지나 있었다. 가을이라 길가 나무들은 어느덧 물기가 가셔 까슬까슬한 느낌이 들고 은행나무는 높은 곳에서부터 노랑으로 물들기 시작했다. 햇살이 느껴지지 않아 벌써 볼에 닿는 공기가 차가웠다.

절 입구에서 천천히 천왕문으로 오르는 길은 누렇게 물들인 아스콘 포장이 되어 걷기에는 편했다. 물론 흙과 돌이 적당히 섞인 옛길 같은 맛은 없지만 길다면 긴 그 오르막길이 나 같은 초보 문화유적 순례자에겐 고마운 배려였다.

천왕문을 지나니 길이 점차 가파르게 변했다. 건축물의 실제 위치와 상징적 위치를 일치시켜 단계적으로 지상에서 극락의 높은 세계로 오르도록 배치한 창건자의 의도가 몸으로 느껴졌다. 범종각과 안양루 모두 사람이 그 받침기둥 사이로 몸을 구부려서 계단을 몇 개 올라가야 그 다음 단계로 진입할 수 있게 만들었다. 이들 건물이 눈앞에 나서면 우선은 시야와 전도를 가로막는 역할을 하다가 그 밑을 관통해 빠져나오면 다음 단계의 공간이 갑자기 앞에 펼쳐지는, 발견과 감동이 이어지는 드라마를 연출하는 능란한 배치였다. 이들 건물은 가히 휴먼 스케일이라고 할 수 있는 것으로, 엄청나게 크지도 초라하게 작지도 않은, 뒷산의 봉우리 크기와도, 앞에 겹겹 산등성이가 파도처럼 퍼져 나가는 전망과도 적절히 조화되는 크기였다.

안양루를 지나 무량수전의 앞마당에 서니 이미 져 버린 해의 잔양이 서쪽 하늘 멀리 보였다. 겹겹이 쌓여 있는 산과 산의 곡선 너머로 주홍빛으로 배경이 되어 있는 아름다운 노을을 볼 수 있었다. 붉은 하늘과 그 아래 검은 실루엣으로 변해 가는 산등성이의 굽이치는 물결. 이토록 깊은 산골에 이처럼 높이 올라와서 가쁜 숨을 고르며 잠시 돌아볼 때 문득 눈앞에 나타나는 이 장관이 바로 부석사의 일몰이었다. 이는 힘든 길을 더듬어 애써 찾아온 이에게만 이 도량이 베풀어 주는 일종의 포상이기도 했다.

어느덧 주위가 어둑해지고 인솔자의 설명을 들으며 함께 온 일행들이 모두 옆 언덕의 석탑으로 몰려가고 나니 갑자기 무량수전 앞이 텅 비었다. 언뜻 나도 무량수전 배흘림 기둥 앞에 섰다.

그 가운데가 불룩한 배흘림 기둥을 잠시 쓸어 보았다. 기둥의 붉은색과 주심포에 입힌 녹색 단청이 함께 바래 있었다. 천 년의 세월이 지금 내 손에 만져지고 있는 것이었다. 감히 기대지는 못한 채 기둥을 등지고 이제껏 올라온 길을 돌아보았다. 안양루 누각의 기둥 사이로 저 멀리 산봉우리들이 눈 아래로 물결치듯 점차 어둠 속으로 퍼져 나가는 광경을 지켜 보았다. 속으로 그 산봉우리를 하나씩 더듬어 굽이치는 곡선을 그려 보았다. 멀리멀리 어디까지 퍼져 나가는 것일까. 문득 이 순간 내가 선 이 공간이 한량없이 둥실 허공에 뜬 것 같았다. 가슴에 천천히 밀려오는 뭉클함이 있었다. 자연, 우주, 우주에 미만한 진리, 개미 같은 삶…… 나는 이 거대한 질서의 한 부분, 한 과정일 뿐이었다. 온갖 오만과 교만, 위선과 허례, 자의식이 한풀한풀 꺾여 숨이 죽고 있었다. 순례자가 스스로 발견할 때까지 나서지 않고 다소곳이 기다리는 기품 있는 경물들, 오랜 세월을 지나며 회색도 아니고 흰색도 아닌 바래 버린 목재의 빛깔, 무량수전 앞마당에 깔린 백색의 흙, 저만치 홀로 서 있는 석등, 이들이 모두 조용히 나를 반기는 중이었다. 모두가 '그리움에 지친 듯 해쓱한 얼굴로'.

　이토록 멀고 높은 곳에 그 옛날 어떤 신앙심으로 이같이 큰 일을 해내었던가. 그만큼의 굳건한 믿음이 나 자신에게는 있는가. 자연에 대해, 신령에 대해, 우주에 가득한 진리에 대해, 그러한 믿음을 지주로 이 높은 곳에 그 많은 목재와 돌을 옮겨 한 단 또 한 단, 한 겹 또 한 겹 쌓고 다듬고 올릴 수 있었던 정성과 기술에, 그리고 이토록 오랜 시간 전화(戰禍)와 천재(天災)를 견뎌낸 이 도량에 대한 고마움이 천천히 사무쳐 오는 것이었다. 그리고 이 아름다움을, 이 고마움을 글로 남긴 고 최순우 선생을 기리는 마음이 사무쳤다.

　나는 무량수전 안으로 들어가 천 년 전에 만들어진 커다란 아미타불에 경배했다.

종소리와 마돈나

종소리가 들렸다.

아주 맑고 힘차게 어디선가 종소리가 울려 퍼졌다. 잠자리에서 눈을 뜨면서 머나먼 추억 속을 헤매었다. 참으로 오랜만에 듣는 종소리였다.

'뎅그렁뎅그렁'.

그러고 보니 종소리는 도시 이곳저곳에서 서로 대화하듯 화답하며 울리는 것이었다. 언제였던가 하며 먼 기억을 더듬으면서 나는 이곳이 서울이 아닌 오스트리아의 비엔나임을 다시 새겼다. 버스를 타고 여기저기 다닐 때면 어느 마을이건 종루가 있는 교회 건물이 눈에 띄었다. 대단한 장식을 한 것도 아닌, 그저 소박하고 정갈한 종탑들, 거기서 지금 아침 종이 울리고 있는 것이었다.

　서울에서 내가 교회 종을 기억하는 것은 참으로 아득한 어린 시절, 혜화동에서 살던 일곱, 여덟 살 때였다. 집에서 산 쪽으로 나 있던 작은 흙 계단을 몇 개 오르고 나면 산 위에 작은 교회가 있었고 아침저녁으로 뎅강뎅강 종을 쳐댔었다. 그 교회 마당에 피어 있던 가녀린 코스모스의 연보랏빛도, 마당의 굵은 모래도 기억을 한다. 그 교회 바로 아래 판잣집에 살던 나의 친구, 그 친구는 가끔 내 생각을 하는지. 가난해도 늘 웃음꽃이 피던 그 집 식구들, 사과 상자로 책상을 만들어 그 위에 공책을 펴고 함께 하던 숙제, 국수를 주로 먹던 점심상, 그리고 여러 헝겊 조각을 잇대어 만든 이불…….

　기억 속의 교회 종소리는 거기서 끊어지고, 중학교 다닐 때 살던 북아현동에서는 새벽녘에 음울한 차임벨 소리가 종소리를 대신하고 말았다. 의식이 막 깨어나던 중학교 시절 새벽의 차임벨 소리를 들으며 상상의 나래를 폈고, 어스름이 찾아드는 늦은 오후의 차임벨 소리를 들으며 뭔지 애 타는 가슴을 안고 서쪽 하늘에 붉게 지던 노을을 지켜 보며 나날을 보냈었다. 그 이후, 지금 수십 년이 지난 이국 땅 도시 한켠에 있는 작은 호텔 방에서 이토록 맑고 아름다운 종소리를 듣다니 내 가슴은 금방 감사하는 마음으로 벅찼다. 나는 아직 살아 있고 살아서 종소리를 들을 수 있는 건강이 있음에 감사했다.

　간밤에 서울로 해본 전화는 우울한 소식뿐이었다. 어머니는 응급실과 중환자실을 오가고, 동생 하나는 검사하러 입원을 했다는 것이었다. 몇 년 전의 일이 다시 살아난 걸까. 그때 아버지

와 어머니는 때로는 따로, 때로는 함께 병원에 입원했었다. 그때
의 경험이 있어서 그런지 마음은 침착했어도 우울은 더해 갔다.
세상에 힘든 일은 무엇이건 남에게만 생기는 줄 알았고, 실로 그
러하던 시절이 있었다. 그러나 어른이 된다는 것은 무엇이건 언
제고 닥칠 수 있다는 엄연한 사실의 자각과도 같았다. 이제 나는
사람의 탄생에서 사망까지의 거의 모든 과정을 겪었거나 지켜
보아 왔다. 그럼에도, 그래도, 내게 있어 혈육의 발병은 견디기
어려운 고문이었다. 왜 하필이면 가장 마음 착하고 좋은 일만 생
겨야 하는 동생의 몸이 아프단 말인가. 살아가며 점점 웃음을 잃
게 된다. 아니 진정 한 번 활짝 웃고 싶다. 그래서 복잡하게 얽힌
멜로물 대신 웃어제치는 코미디가 좋아지는 걸까.

비엔나 시내에 있는 미술사 박물관에 들어섰다. 19세기 말에
르네상스 양식을 가미해 웅장하고 화려하게 지은 건물 속에 미
술사 책에 나오는 중요한 걸작들이 방마다 가득 차 있었다.

시간에 쫓기는 나는 지상 층은 제쳐 두고 1층(즉 2층)으로 올
라갔다. 회화실이 한 층을 다 차지하고 있었다. 방 하나하나를
지날 때마다 경이로움과 감격에 눈시울이 뜨거워졌다. 값으로
도저히 따질 수 없는 보물 중의 보물들이었다. 렘브란트, 베르미
르, 루벤스, 브뤼겔, 뒤러, 티시안, 틴토레토, 라파엘…… 한쪽
구석방에서 나는 발걸음을 멈추었다. 거기, 라파엘의 〈초원의
마돈나〉가 있었다. 책에서 보던 상상 속의 그림보다 더 선명하
고 크고 따스한 그림이 벽에 조용히 걸려 있었다.

마돈나가 중앙에 앉아 있고 그 무릎께 아기 예수가 아기 세례

요한과 함께 십자가를
붙잡고 서 있었다. 초
원은 황갈색이었고 마
돈나는 한쪽 발을 내
밀어 삼각형의 한 꼭
지점을 이루었다. 마
돈나의 머리, 한쪽 발,
그리고 세례요한이 삼
각형의 세 꼭지점을
만들며 안정되게 자리
잡았다. 마돈나의 피
부는 상아빛이고 성의
(聖衣)의 붉은 윗도리
는 더 붉고, 푸른 겉옷

▲ 라파엘, 〈초원의 마돈나〉, 16세기 초, 비엔나 미술사박물관.

은 더욱 짙푸르렀다. 산과 호수와 건물들은 원경으로 화면의 위
쪽 1/3은 푸른 하늘이고 아래 쪽 2/3는 황갈색의 초원이었다.
그 차분히 내리깐 마돈나의 눈과 두 천사 같은 아기들이 이루어
내는 정갈함은 내 들끓던 마음에 평회를 가져다 주었다. 붉고 푸
른색, 푸른 하늘과 누런 초원, 그리고 안정된 피라미드 구도, 굳
건한 믿음의 표상인 마돈나의 숙인 고개와 눈길, 천진한 아기들.
그 완벽한 평화와 사랑. 우수성과 예술성에 있어 라파엘이 다빈
치나 미켈란젤로보다 떨어지면 어떤가. 완벽한 그림은 없다지만
때로 상황에 따라, 그리고 감상자에 따라 그림은 인간에게 구원

을 주는 수가 있다. 지금 이 순간 라파엘의 마돈나는 내게 구원
이었다.

　그림을 천천히 우러르며 서 있는 동안 마음이 차츰 가라앉고
차분해졌다. 눈에 물기가 서렸다. 아— 이 순간의 감격을 어찌
잊을 수 있을까. 모든 생각이 다 가라앉고 있었다. 성스러움, 숭
고함, 그 앞에 세상의 온갖 짜증과 번뇌는 맥을 못 추고 있었다.
내 비록 이 미술관을 나서는 순간부터 지옥 같은 세상을 다시 살
아야 하지만 지금 이 순간만은 내 영혼은 구제되고 내 마음은 안
식을 찾고 있었다. 거의 500년 전의 라파엘에게 감사했다. 그리
고 그림을 수집하여 보존한 함스부르크 왕조에게도 오스트리아
에도 감사했다.

내가 고대하는 화가畵家

때로 근원적이며 심오한 존재에 대한 자각이나 현상의 아름다움과 마주칠 때가 있다. 이때 내면에 우러나는 시정(詩情)이 글로 나타나면 시(詩), 글 아닌 형상으로 나타나면 회화(繪畵)가 된다. 그림을 그릴 줄은 몰라도 그림에 대해 무척 알고 싶었던 나는 대학을 졸업하고 유학 가서야 비로소 그림을 그리는 것이 아닌, 그림을 보는 방법의 교육을 받기 시작했다. 그후 20년, 나의 삶은 좋은 그림과 진정한 화가와의 만남을 고대하며 지속해 온 끝없는 항해와도 같다.

그림을 이해하기 위해서는 실제 그림과의 직접적 조우(遭遇), 화가와의 만남, 그 다음으로는 화가가 쓴 글이 가장 효과적이다. 이러한 글 중 단연 반 고흐의 서간집은 감동면에 있어 으뜸이다. 미술사 공부를 할 때의 한 겨울, 눈이 무릎까지 쌓인 캠퍼스를 가로질러 도서관에 가서 고흐의 서간집을 빌려와 밤 새워 읽던

흥분은 지금도 결코 잊지 못한다. 고흐에 있어서 그림은 그의 삶 자체였다. 서울에 돌아와서는 김환기의 에세이를 읽으면서 뭉클하는 순간이 많았다. 전 생애를 바쳐 그림을 그리는 사람의 고뇌에 찬 진솔한 내면의 기록이기에 여느 소설가나 시인의 작품보다도 감동이 크고 한 인간에 대한 보다 직접적인 이해가 가능했다.

그림 그리기를 업(業)으로 삼는 자를 화가라 부른다. 사람들의 뇌리에 새겨진 전형적인 화가의 이미지가 있다. 더부룩한 머리에 베레모, 털털한 차림에 타협을 모르는 성격, 술과 광기(狂氣)에 시달리는 예술가…… 모딜리아니, 로트렉, 한쪽 귀를 잘라 버린 빈센트 반 고흐, 가족과 헤어져 혼자 그림을 그리다 병들어 죽은 이중섭, 미군 부대에서 초상화를 그리면서 호구하며 자신의 고독한 화업을 이어간 박수근…… 이들같이 가난과 고독을 천형(天刑)처럼 끼고 다니는 극적인 삶을 살지 않았어도 평생 그림에 대한 열정, 오직 그 열정이 삶을 지탱하는 에너지가 되어 활활 타 버린 화가의 상(像)이 떠오를 것이다. 고난의 삶 끝에 걸작을 남긴, 살아서보다는 사후에 더욱 이름이 난 행복한 화가들의 상이다. 오늘도 어딘가에 이들과 같은 열정으로 전 생애를 걸고 그림을 그리는 작가가 분명 있을 것이다.

그러나 현대를 살아가는 화가의 이미지는 이 같지 않다. 오늘날 우리 주위에서 활동하는 작가들은 대개 미술대학에서 전공을 하고 자비(自費)로 여러 차례 개인전이나 그룹전을 열며 생계를 해결하기 위한 직장이 있다. 미술대학이나 고등학교에서 가르치고 있다면 운이 좋은 편에 들고 미술학원에서 학생들의 입시 준비를 도와주거나 컴퓨터 그래픽을 부업으로 하기도 한다. 이들에게서 하루 온종일 일생의 대부분의 시간을 창작에만 바친 이전 시대의 천재 화가들의 상을 찾는 것은 지나친 요구인지도 모른다. 이들의 삶이, 살고 있는 시대가 과거의 전설적인 화가들과 다른데 아직도 그러한 화가의 이미지를 찾는다면 시대착오인가.

오늘 내가 진정 만나고 싶어하는 화가는 열정과 에너지에 넘쳐 혼신을 다해 실험을 계속하며 창작에 몰두하는 화가이다. 물론 한쪽 귀를 자르는 순간의 반 고흐를 만나고 싶지는 않다. 고흐라면 진노랑, 군청과 검정으로 밀밭 위를 나는 검은 까마귀 떼가 있는 마지막 그림을 그리는 순간의 그를 만나고 싶다. 화가로서의 완결을 이룬 위대한 창작의 시점을 목격하고 싶다. 또한 1970년, 푸른 점으로 전면점화(全面點畵)를 처음 완성할 당시의 김환기를 보고 싶으며 1960년대 말, 호초점을 가득 찍으며 금강산 만물상과 단발령을 그리던 변관식과 이야기를 나누고 싶다. 이들이 가졌던 자신의 작품과 재능에 대한 변치 않는 확신, 언젠가는 사람들의 인정을 받으리라 믿으면서 가졌을 조바심을 함께 느끼고 싶음이다.

또한 나는 그림을 처음 그리기 시작할 때의 순수함을 그대로 간직하고 있는 화가를 만나고 싶다. 말하자면 '초발심(初發心)'을 그대로 유지하는 작가를 보고 싶다. 작가들은 초기에, 아직 이름이 나기 전에는 미술계나 일반 관람객의 인정을 받고 싶어 한다. 그들은 개인전을 열 때 벌거벗은 듯 한없이 초조하고 부끄러우며 또한 자기 또래의 다른 작가들과의 비교에서 어떻게 비쳐질지 근심한다. 세계적으로 유행하는 조류에 뒤떨어지지 않으려 애쓰기도 한다. 초기 전시회는 이런 저런 관계의 지인(知人)들이 한두 점 사주어 근근 체면치레를 하지만 횟수를 거듭할수록 그림을 팔기란 정말 힘든 노릇이다. 엄청나게 뛰어난 재능이나 그림 자체에서 전해 오는 감동이 쉽지 않고 그것들을 알아 줄 만한 관객을 만나기도, 또한 관객이 기꺼이 사 줄 적당한 선의 가격 산정이 쉽지 않기 때문이다. 동년배의 선발주자에 비하여 그림 값을 절대로 낮추어 잡지 않다가 한 점도 팔지 못하는 수모도 겪는다. 출품작에 매겨져 있는 가격들은 작가 자신의 터무니없는 자존심과 이기심으로 대부분 너무 높이 책정되어 있다. 결국 전시회는 다른 데서 번 돈으로 전시 비용을 치르는 허세와 낭비의 장으로 변하기 쉽다. 대부분의 대관(貸館) 화랑에 날마다 전시는 그치지 않지만 그림에서 조그만 감동이라도 받고 전시장을 나서는 경우가 극히 드문 것은 이러한 자비(自費) 전시회의 난무와 전시회를 억지로라도 열지 않으면 안 되게 만드는 대학의 교수평가제와 무관하지 않다.

내가 가장 만나기를 고대하는 화가는 자신의 재능의 한계를 인정하고 겸허한 태도로 그림을 대하는 화가이다. 오늘도 어느 화실에서 고독과 싸우고 엄습하는 절망감에 시달리며 그림에 매달리고 있는 미래의 대 화가가 틀림없이 있을 것이다. 엄밀히 말해 그가 느끼는 절망감은 다른 사람들이 자신의 재능을 알아 주지 못하는 데 대한 것이 아니라 자신의 재능이 자신의 드높은 이

상만큼 우수하지 않다는 사실의 자각에 기인한다. 피카소가 골목마다 해마다 나올 수가 없고, 추사 김정희는 19세기에 단 한 번 조선에 왔다가 갔다. 오늘의 많은 화가들은 자신의 재능에 대한 과신과 더불어 빨리 수확을 하고픈 조바심에 멍들어 가고 있다. 단시간에 사람들의 눈을 끌기 위해 외국에서 성행하는 시대의 조류에 한 발짝씩 뒤따라 다니다가 화단의 미아(迷兒)가 되어 헤매기도 한다.

큰 미술관이 아니라도 여러 곳에 그림을 볼 수 있는 전시장이 많이 있어 일 년 내내 전시가 열리고 있는 것이 우리의 현실이다. 일 년에도 수천 명의 미술대학 졸업생이 사회로 쏟아져 나온다. 순수미술을 이어 가는 이들의 비중이 어떤지는 모르지만 전시장마다 개막일에 모여드는 수십 명의 격려 인파, 입구에 줄지은 화환, 인사동 곳곳에 매주 바뀌어 붙어 있는 포스터와 머리 위로 펄럭이는 현수막을 보면 우리 미술계는 상당히 활발한 활동으로 분주함을 알 수 있다. 분주하나, 어수선하다는 것이 나의 솔직한 느낌이다. 한 세대 전의 화가들보다 분명 나은 환경에서 오늘의 작가들은 작업을 하고 있다. 그들의 외모도 가난에 찌들있던 옛 화가들의 모습과는 판이하여 깔끔하고 세련되었고 저마다 해박한 미술사적 지식과 해외 사조에 대한 기민한 정보로 무장하고 있다. 그만큼 엄청난 경쟁 속에 예술 작업을 하는 것이 사실이다.

스스로 재능이 좀 모자란다고 파악하고 있으면서도 작은 재능에 대해 확신에 찬 화가, 생활이 어려워도 나름대로 화업을 이어

가는 화가, 너무 어려운 화폭에 매달리지 않는 화가, 세계적 사조에 대해 알고 있지만 화폭에서는 자신의 것을 추구해 나가는 화가, 자주 개인전을 할 형편은 되지 않으나 화랑에 그림을 내놓고 기다리다가 가끔 그의 그림에서 위안과 감동을 느끼는 사람에게 한 점씩 작은 그림이 팔리기도 하는, 그런 화가를 만나고 싶다. 그림을 그리는 것이 생활 양식이 되어 버린, 유행에 지나치게 민감하지는 않으나 스스로 끊임없이 노력하여 진보가 있는, 늘 '빈 곳'이 있는 화가, 그림이 좀 팔리기 시작해도 교만해지지 않는 화가를 진정 만나 보고 싶다.

비 오는 날 오후의 행복

비 오는 날이면 맘이 설렌다.

폭우가 쏟아지거나 광풍이 몰아치지만 않는다면 비가 와 상쾌해진 공기를 들이마셔 대기에 꽉차 있는 생명의 기운을 만끽할 수 있다. 창을 열고 물기어린 창틀과 방충망으로 새어 들어오는 세우(細雨)에 얼굴을 맡기기도 한다. 슬며시 이 빗속을 걸어 볼까 하는 치기가 발동한다. 그 생각이 어린아이 같다고 웃다가 결국 외출 준비를 한다. 걷기 편한 단화와 우산, 안경 닦는 수건 하나만 있으면 집을 나설 수 있다. 10분도 채 안 되어 나는 벌써 버스 정류장에 서 있다. 그리고는 좌석버스에 올라 덕수궁 지나 서소문 정류장에서 차를 내려 호암갤러리로 향한다.

유독 비 오는 날 전시장을 찾는 것은 사람들로 그다지 붐비지 않기 때문이다. 길에도 전시장에도 꼭 용무가 있는 이들만 오간다. 이런 날 그간 잊고 지냈던 수도 서울에 대한 애착을 되살리고 우리들이 힘겹게 살아내고 있는 이 도시도 그런 대로 살 만한 공간임을 확인하는 것도 나쁘지 않다. 축축한 날 하루 종일 무채색 하늘만 처다보며 기분도 저기압인 채 지낼 필요는 없지 않은가. 오라는 데는 없어도 마음대로 들어가 볼 수 있는 곳은 꽤 많으니까.

보통 서소문의 호암갤러리로부터 시작하는 나의 전시장 순례는 남대문 앞 삼성플라자의 로댕갤러리, 덕수궁 안의 국립현대미술관 분관, 조선일보사 미술관을 거쳐 광화문 네거리로 이어진다. 좋은 전시가 있을 때는 서너 곳을 돌아다녀야 할 때가 있다. 무릎과 발바닥이 아플 정도로 두세 시간 걸어다니기도 한다. 이때 피로를 느낀다 하더라도 그 피로는 달콤하다.

덕수궁 앞에서 광화문 네거리까지의 인도는 비가 와도 걷기에 쾌적한 서울의 몇 안 되는 길 가운데 하나이다. 널찍널찍하고 깨끗이 청소한 보도를 걷노라면 내가 낸 세금을 조금이라도 돌려받는 것 같다. 우산을 받고 느릿느릿 걷는다. 방금 보고 나온 전시물에 대한 생각을 정리하기도 하고 지나는 버스 옆구리에 붙은 광고판이나 길가에 줄지어 선 가로수가 만들어내는 선(線)을 감상하기도 한다. 이렇게 거리에 산재해 있는 그림을 찾아내어 마음에 새기는 것도 재미있다. 가로수가 만들어내는 줄을 따라 눈을 옮기다가 비가 내리는 중에도 광화문 너머, 중앙청 건물이 사라진 지금, 안개 사이로 푸른 윤곽이 드러나는 북악산을 바라본다.

잘생긴 산이다.

아직 시력이 남아 있어 무엇이라도 보고 즐길 수 있음에 감사한다. 곳곳에 바삐 걸음을 옮기는 사람들 구경도 은근하거니와 활기찬 길에서 한두 시간이 훌쩍 지나는 동안 그날 아침, 어둠으로부터 천천히 밝아 오는 잿빛 하늘을 지켜 볼 때 불현듯 엄습했던 미지(未知)의 것에 대한 두려움과 미래에 대한 막연한 불안 따위는 사라져 버리고 가슴은 어느새 소박한 행복감으로 차 오른다.

혼자 걷는 맛이 어떠냐고?

지극히 평온하다.

그리고 자유롭다.

다른 어떤 이의 구속도 받지 않고 발걸음 내딛는 대로 방황할 수 있는 자유가 소중하다. 자유로이 이곳저곳 전시장을 찾아다니는 것이 나의 일이다.

예술작품이 주는 쾌감이 있기에 나의 전시장 순례는 계속된다. 예술작품은 작가가 미지의 관람자에게 던지는 은밀한 메시지이다. 그 이야기는 언어로 표현하지 않은, 시각 매체를 통한 의사소통이다. 관람자는 작품을 감상하는 동안 바쁘고 복잡한 현실로부터, 권태로운 일상으로부터 잠시 탈출할 수 있다. 감상에 집중하는 짧은 몇 분 동안 머리를 꽉 채우던 가지가지 상념을 잊을 수 있다. 작품 감상이 제대로 이루어질 때, 심혈을 기울여 제작한 작가와의 무언의 소통(疏通)이 이루어지며, 한 작가의 의식과 내적 존재가 작품이라는 손에 잡히는 실물이 되어 내게 주어져 그에 상당하는 나의 의식과 감성에 닿는 교감의 기쁨을 맛본다. 예술작품을 감상하는 데는 강력하게 충전된 의식의 밀도와 충분한 시간, 그리고 혼자만의 사유(思惟) 공간을 필요로 한다. 작품을 되새기고 소화시킬 사적(私的) 정신 공간이 있어야 한다.

다른 사람과 함께 가면 그의 정신 공간과 나의 그것이 부딪쳐 제대로 작품에 몰두할 수 없다. 별로 대단치도 않은 평범하기 짝이 없는 작품 앞에서 전혀 아무런 감흥이 일어나지 않는데도 동반해 온 상대방에 대한 배려 때문에 감상을 묻고 한마디씩 언급을 하는 행위와 사교의 절차가 모두 거추장스럽다. 아무쪼록 전시장에는 혼자 갈지어다. 무소의 뿔처럼.

광화문 지하도를 통해 교보문고에 들어간다. 신간을 뒤적이다가 커피 한 잔을 마시고 다시 발걸음을 옮긴다. 미국 대사관을 지나 경복궁 옆 비각(碑閣)을 지나면 몇 개의 갤러리가 더 있다. 갤러리현대, 금호미술관, 그리고 좀더 걸으면 국제갤러리와 선재아트센터가 있다. 그 사이사이에 있는 규모가 작은 화랑들과 아직도 옛 모습을 지니고 있는 소격동과 청운동 입구에 서로 어깨를 맞대고 서 있는 담 낮은 한옥들이 수십 년의 시간을 거슬러 오르게 해준다. 이런 풀코스를 걸으면 서너 시간이 지난다.

자동차를 타야 하는 경우는 평창동의 토탈미술관, 가나아트센터, 부암동의 환기미술관으로도 길이 이어진다. 때로 멀지만 과천 현대미술관까지 달려가기도 한다. 산으로 우회하도록 만들어져 있는 현대미술관 가는 길을 드라이브 하는 것 자체가 일상으로부터 일탈하여 미술작품 감상으로 진입하는 과정이 된다. 질푸른 녹음이나 타오르는 황홀한 단풍 속에 굽이치는 산길을 따라 빗속에 드라이브 하는 멋이 상당하거니와 비가 오면 서울대공원이나 서울랜드에 사람들이 없기 때문에 미술관 앞은 한적하고 주차도 쉽다.

너른 미술관 전시실에 사람이 뜸하다. 관람객은 한 전시 공간에 한두 팀뿐이다. 낮은 목소리로 주고받는 담소조차도 아름답게 들린다. 방해받지 않고 한 작품 앞에 오래도록 지켜 서서 작품과 무언의 대화를 나누어 본다. 어떤 작품에서는 강렬한 힘이, 또 어느 작품으로부터는 나지막한 흐느낌이 전해져 온다. 마음의 눈, 귀와 온갖 감각의 창을 열고 찾으면 한때 난공불락으로 암담해 보이던 작품들이 조금씩 다가온다. 암호 해독과도 같다.

현대 미술을 이해하는 데는 학습이 필요하지만 잡다한 미술 상식이 없어도 실물 앞에 서서 작품이 지닌 선, 색, 형태의 가장 기본적인 요소와 요소들을 연결한 내적 논리를 찬찬히 뜯어보면 조화와 균형, 그리고 연상작용으로 조금씩 암호를 해독할 수 있다. 사실 현대 생활이란 정보의 홍수이기 때문에 특별히 미술 공부를 하지 않아도 곳곳에 기호와 상징이 난무한다고 보아야 할 것이다. 그저 자신이 아는 만큼, 느낄 수 있는 만큼 즐기고 솔직하게 반응하는 것이 좋다.

미술작품 보기가 항상 즐거울 수는 없다. 접근하기 힘들고 감상 자체가 고문과도 같은 작품들도 많다. 이들을 모두 다 수용하며 감상하기란 힘이 든다. 나는 미술작품을 쉽게 구분하며 보아

나간다. 내가 하는 미술의 구분은 입체파냐 야수파냐 추상표현
주의냐 포스트모던이냐가 아니다. 동양화 서양화 구상 비구상의
구분도, 순수조형미술인지 사회적 정치적 선언과 주장이 든 미
술인지도 내게는 의미가 없다. 회화, 조각, 설치, 행위예술, 비디
오아트를 막론하고 나는 단지 이해하기 쉬운 것과 난해한 작품
들로 구분한다. 보기에 좋고 예쁜 것과 괴롭고 힘든 것의 구분과
는 다르다. 오히려 보기에 고통스런 작품은 차라리 작가의 의도
가 쉽게 드러날 때가 많다. 이해의 난이도에 따른 이러한 구분에
많은 이들이 나와 공감할 것이라 믿는다. 이해의 난이도는 관람
자의 미술에 관한 지식의 수준과 연륜과 사고의 깊이에 따라 다
르므로 무척 주관적인 구분이지만 개개인의 지식과 이해의 단계
에 따라 누구나 이해하기 쉽고 어려운 작품의 구분을 할 수 있
다. 평론가들이 아무리 이렇고 저렇다고 평가를 해도 관람자에
겐 접근하기 용이한 작품들과 어려운 작품들로 이분(二分)될 뿐
이다. 노력에 따라 이해하기 쉬운 작품의 영역이 넓혀지는 것이
작품 감상을 계속하게 하는 동기가 되기도 한다.

　예를 들어 전시장 한가득 멋진 풍경화나 정물화로 차 있다고
생각해 보자. 우리에게 보이는 것 그 자체가 작품의 의미인 그림
들이다. 정말 쉽다. 이때엔 그림의 구도가 어떤지 색채와 작품의
생동감이 어떤지에 감상의 초점이 맞추어진다. 그러나 재미는
별로 없다. 예술작품을 대하는 관람자는 이미 19세기 말의 인상
주의 미술로부터 120년이나 진화를 계속해 왔기 때문이다. 관람
자는 이미 상당히 세련되고 복합적인 수준에 달해 있다. 쉽게 말

해 예쁜 작품들만 있으면 감상은 한결 쉽지만 뭔가 도전할 고지(高地)가 없어 맥이 빠지기도 한다.

보기 좋은, 예쁜 작품들이란 화면이나 오브제들이 구상이건 비구상이건 선, 색, 형태에 있어 균형과 조화가 거의 완벽한 작품들을 말한다. 색채도 선도 말끔히 다듬어져 있고 제법 테두리도 정연하며 마감 작업이 깔끔한 작품들을 말한다. 이런 작품들은 이해도 쉽고 친밀한, 그러면서도 잊고 있었던 감성을 일깨우는 데 탁월한 작품들이다. 어떤 작품들은 보기에 힘들고 괴로운 작품들도 있다. 화면 안의 형상이 인간사의 어두운 면을 적나라하게 제시하거나 무언가 절박하게 외치고 있는 작품들일 수도 있다. 또한 테두리가 선명하지 않고 색채와 형태가 정리되지 않은 상태로 흩어져 있을 수도 있다. 이들 작품들은 상당한 인내와 마음의 준비가 필요한 것이 사실이지만 감상 후의 카타르시스가 한층 강렬하기에 보람이 있다. 이러한 작품들은 감상에 쾌감보다는 고문에 가까운 정신적 노동을 수반한다.

보기 좋고 예쁜 그림과 보기 괴롭고 힘든 작품의 구분은 이해하기 쉽고 어려운 작품들의 구분과는 다르다. 난해한 작품이란 작가가 작품 안에 의도적으로 관람객과의 소통에 상당한 장벽을 장치한 것이거나 아니면 소통에 실패한 작품들이다. 그러나 가장 우수한 예술작품들은 접근하기가 용이하고 이해도 쉬운 작품임을 많은 예술가들이 간과하고 있음을 알아야 한다. 쉬운 예로 피카소나 백남준의 작품은 어린이도 접근과 이해가 쉬운 작품이다. 오늘날 어디에나 산재한 난해한 작품들의 난무는 작가들의 오만, 관람자에의 경시와 작가 자신의 재능의 결핍에 기인한다. 진정 관람자와의 소통을 원한다면 보다 진실한 작품으로 보다 쉽게 관람자를 끌어들이는 강력한 매체를 사용해야 할 것이다.

"코스닥이 뭐예요?"

"몰라요."

이런 텔레비전 광고를 기억하는가. 그 광고 속의 황당한 표정의 여인들을 기억하는가. 난해한 예술작품 앞에서 우리는 이들 여인들처럼 수없이 스스로 묻는다.

"이게 도대체 뭔가?"

"이 작품은 뭘 뜻하는 거예요?"

주위를 두리번거리며 또 다른 나는 대답한다.

"잘 몰라요."

그러면 먼저의 내가 다시 묻는다.

"모른다고 말해도 괜찮을까요?"

모른다고 말하면 무지하다고 웃음거리가 될까봐, 혹 문화인의 대열에서 낙오될까봐 관람자는 늘 불안에 떨며 두려워하는 지경에 이르러 있는 것이 현실이다.

나는 외친다.

"모른다고, 정말 이게 뭐냐고 소리쳐 말하라."

현대 미술의 난해한 작품의 목적은 때로 관람자에게 황당한 느낌을 주는 것 자체에 있기도 하다. 기괴한 형태로 엉뚱한 상황 속에 제시된 작품 앞에서 길을 잃은 듯한 아뜩함을 맛본 적이 한두 번인가. 미로를 헤매듯 암호를 해독하듯 언제까지나 이런 식으로 예술 행위와 감상이 계속되어야 하는가.

또는 알기 쉬운 작품 앞에서 "응" "이거……" 하며 쉽게 지나치기도 한다. 이해가 쉬운 작품이 오히려 더 우수한 작품일 수 있는데도 어쩐지 너무 쉬우면 성에 안 찰 때가 있다.

이들 상반된 효과의 작품들이 모두 미술품이라는 것에 한동안 적응을 못 했던 때가 있다. 그러나 작품이 우수하냐 아니냐 하는 평가는 쉽게 말할 수 없는 것으로 시간이 지나고 역사의 때가 묻어야 가능할 것이다. 시간과 의식의 변화가 필터가 되어 수용할 수 있는 작품의 윤곽이 보다 선명해질 때가 올 것이다. 그때까지는 관람자는 그런 대로 보기 좋으나 뒤돌아 나오면 생각이 잘 나지 않는 평이한 작품들과 끔찍한 악몽에서 깨어나듯 전시장에서 도망쳐 나오기 바쁜 수많은 작품들 가운데, 돌아보면 기억에 두고두고 남아 있는 몇 안 되는 우수한 작품들을 골라내려 부단히 고심할 것이다. 작품이 아름답건 아니건, 작품에서 어떤 감동이 전해져 오건 아니건, 수준 미달의 수많은 작품들을 보고 지나치는 동안 한두 작가의 작품이 진흙 속의 진주알처럼 뇌리에 박힐 때 비로소 하나의 작가는 발견된다.

무수한 날을 나는 익명의 관람객으로 대관 화랑, 상업 화랑, 미술관들을 돌아다닌다. 시간이 남아서가 아니다. 내가 관심을 가지고 관찰하고 있는 시각예술의 변천 과정에 한 사람의 증인이 되고 있음을 안다. 시각예술에 대한 나의 지식은 극히 제한적이며 나의 직관은 범상한 수준을 넘지 못한다. 그것을 극복하기 위해 자주 전시장을 찾아, 보고 또 볼 따름이다.

　기분도 으스스한 비 오는 날 오후, 인적이 드물어 휑뎅그렁한 전시장 한가운데를 전시안내장 한 장을 손에 쥐고 유령이나 된 듯 배회한다. 어쩌다 정말 드물게 상큼한, 정말로 내 정신의 주파수에 꼭 들어맞는 작품 하나라도 만나고 돌아오는 날, 나는 피로에 젖어도 작품에서 받은 감동을 안고 돌아옴에 작은 행복을 느낀다. 그러면 반복과 권태와 혼란이 가득한 일상에 또다시 파묻히더라도, 어둠이 짙어지는 한강변의 수많은 불빛을 하나씩 둘씩 하염없이 세는 나날이 되풀이되더라도, 이 시각 살아 있고 언젠가는 스러지고 말 나의 존재가 한낱 헛된 그림자가 아님을 안다.

삼채三彩의 꿈

1994년 1월, 현대문학지가 주선한 열흘간의 중국 여행에 나섰다. 공항에 나가 보니 일행에는 이름 있는 소설가, 평론가, 교수, 시인들, 그리고 현대문학지의 독자들 몇 명이 있었다. 직접 아는 사람은 그 잡지의 편집자 정도였을 뿐 개성이 남다른 문인 스무 명에 끼어 열흘간 함께 지내야 하는 것이 부담스러웠다. 오래 전부터 중국에 가 보고 싶었기에 망설이지 않고 신청을 했었다. 당시에는 베이징(北京)까지의 직항로가 개설되어 있지 않아 우선 톈진(天津)으로 가서 버스로 평야지대를 2시간 달려야 베이징으로 들어갈 수 있었다. 공항에 내려 간단히 점심을 먹고 일행은 버스에 옮겨 탔다.

일행을 태운 버스는 톈진 시내를 가로질렀다. 호기심에 열심히 창 밖을 내다보았다. 처음 보는 이 중국 도시는 약간은 낯설지만 알아볼 수는 있는 변형된 한자의 커다란 입 간판을 단, 덩 치가 큰 건물들이 도시 이곳저곳에 시원히 솟아 있었다.

그보다 나의 눈을 끈 것은 곳곳에 눈에 띄는 녹색(綠色) 외투를 입은 사람들이었다. 그 녹색은 중국의 오랜 색채 중 하나인 약간 형광색이 들어간, 밝은 녹색이었다. 많은 남자들이 긴 녹색 외투를 입고 있었다. 군복 같기도 했는데 군인 아닌 사람들도 그런 옷을 많이 입고 있었다. 우리 나라 군복의 색, 즉 보통 국방색이라고 부르는 쑥색이 섞여 가라앉은 녹색과도 다르고, 한국인에 익숙한 청록과도 다른, 표면으로 들뜨는, 노랑이 많이 들어간 녹색이었다. 치렁치렁 긴 길이의 녹색 외투의 생경함은 차라리 눈부실 정도였다.

한참 바라보다가 문득 당삼채(唐三彩)가 떠올랐다. 그 녹색은 당(唐)나라 도용(陶俑)에서 많이 보이는 삼채(三彩)의 바로 그 녹색이었다. 무덤의 부장품이기도 했던 여러 가지의 도용은 인물상, 동물상, 가지가지 풍물을 담은 작은 조각품들로 대개 높이 두 자 미만이었다. 그들 도용은 한결같이 갈색, 녹색, 그리고 황색의 유약으로 치장이 되어 있었다. 톈진의 거리에서 많은 사람이 걸치고 있던 두꺼운 옷의 녹색이 당삼채의 일부분이라고 직감적으로 알아챌 수 있었다. 이들의 색감이 천 년이 지난 지금에도 여전하다는 전통과 문화의 연속성을 확인하는 것은 경이로웠다.

이 녹색, 그리고 당삼채 중 다른 두 색인 붉은 갈색과 황(黃)은 여행 내내 나를 따라다녔다. 이토록 가까운 거리에 역사적으로 문화적으로 우리 나라와 깊은 관계인 중국인의 이렇게도 다른 색감에 대해, 우리 민족과는 분명히 다른 이들의 심성에 대해, 그리고 우리는 이루지 못한 어떤 것을 품고 있는 이들 중국인들의 능력에 대해 한동안 여러 가지 생각이 떠나지 않았다. 자금성(紫金城)의 황색 기와, 황실 의복의 황색, 중국 여인들이 혼례복으로 입는 홍색, 진하고 지나칠 만큼 선명한 청색과 곳곳에 쓰인 녹색과 검정의 조화 등 중국의 색은 강하다는 느낌으로 내게 다가왔다. 선명하고 농염하다.

어디서나 부는 모래바람과 가도가도 끝이 보이지 않는 광활한 평야, 너르다는 느낌의 극한인 거대한 스케일에 압도당하지 않을 수 없었다. 이토록 너른 평지에 쉼 없이 불어대는 모래바람 속에 건축물의 존재를 사람들에게 주지시키려면 확실히 눈에 띄는 색, 강렬한 색이어야 하고 건물의 규모도 엄청나야 했었을 것이라는 추측이 몸으로 느껴지며 확인되었다. 섬세하고 정교한 짜임새와 형태의 아름다움보다는 건물의 엄청난 크기로 한 몫 하는 자금성에서 이들 건물에 대해 벽돌로 쌓아올렸다느니 돌을 쪼아 올렸으면 좋았을 것을 하는 논쟁은 의미를 잃고 있었다. 엄청난 넓이의 국토와 인구를 다스리는 데 정교한 아름다움에 관한 관심은 웅장한 위용에 눌려 맥을 못 쓰고 있었다. 그래서 멀리서도 잘 보이는 황금빛 기와의 위용이 필연적으로 생겨났을 것이었다.

베이징에서 시안(西安)으로 가는 비행기 안에서 나는 좀처럼 당삼채가 그려내는 천 수백 년 전의 중국에서 헤어나지 못하고 있었다. 나의 생각은 서기 755년에 고정되었다.

당 현종, 양귀비, 안록산의 난…… 채색토기의 도용에서 곧잘 보이는 안장을 얹은 멋진 말과 인물들. 호풍(胡風)의 옷을 유행 맞춰 차려 입은 달덩이 같은 얼굴과 풍만한 몸집의 당나라 미인들, 구레나룻이 시커먼 서역인들을 빚은 도용들은 당시 국제적인 교류의 중심이었던 성당(盛唐)의 장안(長安)을 재현해내고 있었다.

양귀비는 살이 쪘고 서시는 말랐다……. 그래서인지 제작 연대가 8세기로 추정되는 삼색 도용의 미인들은 모두 얼굴이 둥그스름했다.

그 시대는 이백과 두보의 시대였다……. 당나라의 힘과 풍부한 문물과 높은 문화 이 모두의 고장으로 나는 가고 있는 것이었다. 이들의 시가 주는 깊은 맛, 끝을 알 수 없는 처절함, 그리고 두보의 시에 나오는 가을에 원숭이가 우는 소리는 어떤 소리일까.

시안에 도착한 시간은 밤이었다. 안내인이 이 고장에는 수천 년의 역사의 수많은 혼령들이 어려 있다고 말을 해주었다. 좀 오싹한 기분이 들었다. 역사 속에 얼마나 많은 전투의 중심이었으며 곳곳에 얼마나 많은 피를 흘렸을까. 오랜 도시의 해묵은 유령들이 아직 못 다한 한을 품고 곳곳을 어슬렁거리며 배회하고 있는 듯했다. 관광버스에서 내리니 금세 매캐한 공기가 숨을 막아왔다. 수천 년 시간을 거슬러 올라가고 있던 내게 조악한 석탄을 연료로 써서 매연이 심한 시안의 밤 공기는 지금이 20세기 말임

▲ 장훤, 〈도련도〉 부분, 당 8세기(성 휘종의 모본), 보스턴 미술관.

을 다시 일깨워 주었다. 숙소에 들어 방을 배정받을 때도 여전히 기분은 묘하고 개운치가 않았다. 더구나 같은 방을 쓰게 된 30대 중반의 여자 시인은 골초였다. 깨끗한 공기 마시는 일은 포기해야 했다.

화청지(華淸池)는 양귀비와 당 현종이 머물렀다는 온천장에 만들어진 못이었다. 큰 굴곡이 없는 비정형(非定型)의 못 한가운데를 긴 석조 다리가 가로질러 못을 양분하고 있고 다리 위에 두 개의 정자가 얹혀 있어 특이한 인상을 주었다. 못 주위를 여러 건물들이 에워쌌다. 양귀비 시대로부터 유래한다는 규모가 큰 욕탕도 가 보았다. 천 년 역사의 현장을 지켜 온 못은 여전히 잔잔하고 이곳에서 있었던 전설 같은 일들은 그 평온한 수면 아래다 잠겨 버린 듯했다. 어느 건물 너머로 지붕 한 끝을 위로 멋지게 들어올린 아름다운 누각이 둥실 구름에 걸린 듯 눈에 잡혔다.
1월의 한겨울이라도 햇살은 따스했고 날은 맑았다. 아름다운 경
관의 모든 것이 너무 선명히 보여 차라리 현실감이 들지 않을 정
도였다.

이상한 기분이 들었다. 갑자기 옛날에 이곳을 거닐었을 경국
지색, 둥근 얼굴에 탄력 있는 몸의 양귀비가 누각 한 모퉁이로부
터 모습을 드러낼 것 같았다.

귀비는 여러 시녀의 시중을 받고 온천에서 목욕을 하고 나온
다. 금은보화로 단장을 마치고 화려한 문양의 비단 옷을 날아갈
듯 걸치고 나와 연못가에 선다. 황제가 오기를 기다린다. 기다리
던 황제는 오지 않는다. 해는 서산으로 넘어가는데 어디선가 강

▼ 장훤, 〈괵국부인유춘도〉 부분, 당 8세기(12세기 이공천의 모본으로 추정됨), 대만 고궁박물관.

한 바람이 세차게 불기 시작한다. 갑자기 들이닥친 수십 명의 군사들이 귀비를 마구 끌고 나간다. 귀비는 소리쳐 황제를 찾는다. 황제는 보이지 않고 억센 군사들의 손에 비단 끈으로 하얀 목을 졸리운다. 새들이 푸드득 날아 멀리 도망친다. 탐스럽던 여인의 자태는 한갓 주검이 되어 풀숲에 누워 움직이지 않는다.

내 눈앞에서 당삼채로 장식된 도용들이 살아나 움직였다. 둥근 얼굴에 호풍의 복식을 한 저 미인이 양귀비일 수 있고, 잘 생긴 큰말을 타고 온 우락부락하게 생긴 군인들이 양귀비를 끌고 나간 군사들일 수 있었다. 이들이 모두 적갈색과 녹색과 노랑의 삼채로 물든 옷을 입고 무대 위에서 움직이다가 어느새 다시 딱딱한 도용으로 돌아가 서 있었다. 여러 나라의 유명한 박물관의 중국실을 장식하는 그 많은 수의 당나라 도용들이 이곳에 와보니 모두 실지로 움직이는 사람들과 기마의 모습이었다는 것을 깨닫는다. 이제 그 영화는 다 어디로 가 버리고 삼채의 도용들만 남아 그 자취를 전해 준다. 당 현종도 양귀비도 한때의 전설이 아닌 생생한 꿈으로 내게 남아 있다. 나는 꿈에서 깨어나고 싶지 않았다. 삼채의 꿈이었다.

기념품 가게에서 화청지 일대를 그린 지도 한 장을 산다. 가게 주인과 점원이 나를 가리키며 자꾸 쳐다보고 웃는다. 내가 정말 중국인이 아니냐는 것이다. 중국인같이 생겼다고. 나는 피식 웃었다. 일본에 가면 일본인 같다 하고 중국에 가면 중국인 같다 하고. 그런지도 몰랐다. 긴 전생의 여정에서 어찌 좁은 한반도 안에서만 내내 몸을 받아 살았다고 단정하겠는가. 그 중 한 시절

이곳 시안에서도 아마도 당나라 때에 태어난 적이 있을지도, 일본 헤이안 시대 교토 근방 어디 산촌에서 태어났을지도 모르는 일이었다. 이상한 것은 시안에서 받은 낯설지 않은 느낌이었다. 언젠가 한 번 와본 적이 있는 느낌이 가는 곳마다 드는 것이었다. 특히 시안 성벽에 올라 종루(鐘樓)에서 동서남북으로 뻗은 시내의 길을 볼 때 기시감(旣視感)은 한층 더 생생했다.

꿈에 취한 채 시안에서의 이틀은 지났다. 여행은 벌써 일주일을 지나고 있었다. 교양과 예의로 서로 잘 견디던 일행들이 삐걱대기 시작했다. 내 옆의 시인은 불만으로 계속 담배를 피워대고 급기야는 폭발해 버렸다. 시안에서의 마지막 밤, 밤새 그녀를 달래느라 힘들었다. 아침에 일어나 허둥지둥 짐을 싸서 다음 기착지에 도착해 보니 시안에서 샀던 여러 권의 비싼 화집을 호텔 방에 남겨 두고 온 것을 알았다. 낭패감에 한동안 어쩔 줄을 몰라 했다. 아마 시안의 수천 년 묵은 영혼들이 밤새 소란스러워 노했었나 보았다. 그래서 내게 그들의 소중한 영상을 뺏기고 싶지 않았던 모양이었다. 화집이야 서울에서도 구할 수 있으니까 괜찮았다. 그래도 내 가슴에 시안은 삼채의 꿈으로 잘 간직되어 있었다.

경계_{境界}는 이제 없다

— 백남준의 레이저 작품

백남준의 전시가 열리면 늘 즐거운 마음으로 전시장을 들어선다. 그의 작품은 무엇을 만들건 알기 쉽고 재미있으며 밝고 긍정적인 면이 세련된 틀 속에 들어 있기 때문이다. 텔레비전 수상기 여럿을 연결한 〈TV가족〉을 보고 어린아이들은 무척이나 좋아한다. 미술에 대한 상식이 아직도 회화나 조각작품, 회화도 점잖은 그림으로 고정되어 있는 어른들과는 달리 어린아이들의 눈에는 그들이 매일 접해 익숙해져 있는 텔레비전, 비디오, 컴퓨터 등 많은 미디어와 그리 다를 것 없는 백남준 작품의 현란한 동영상(動映像)이 조금도 낯설지 않기 때문이다. 매일 미술관에 끌고 다닌다고 불평하던 나의 작은아이도 백남준의 해학이 넘치는 동영상의 비디오 아트 앞에서는 호기심에 찬 눈으로 순식간에 빠른 속도로 스쳐 지나가는 이미지를 붙잡기 바쁘다. 과천 현대미술관에 들어서면 아래위로 뚫린 중앙 원형 전시장을 꽉 메우고 있는 그의 〈다다익선(多多翼善)〉이 있다. 커다란 우주선 같기도 한 많은 텔레비전 수상기들이 여러 층을 이루며 빨리 움직이는 영상을 내보내고 있다. 그의 동영상은 20세기에 들어 우리의 생활에 지대한 변화와 영향을 끼쳐와 이제는 생활의 중요한 부분을 차지하고 있는 영화, 텔레비전 그리고 비디오를 예술의 수단으로 삼고 있으며 그는 비디오 아트의 선구자이자 독보적인 거장이 되어 있다.

이삼십 년 전 백남준은 피아노 한 대를 두드려 부순 것으로 악명이 높았다. 그때 나는 예술이라는 미명 아래 아까운 악기 하나가 절딴이 났구나 여겼고 많은 이들이 웬 미친 수작인가 했다. 그의 작품을 좀더 가까이 접한 것은 1978년경 시라큐즈 대학 미술관에 그의 작품을 수록한 비디오 테입이 있다 해서 보러 갔을 때였다. 혼자 테입 여러 개를 세 시간이 넘도록 앉아 보면서 아방가르드란 이런 것이구나 알게 되었다.

그때 나는 보았다. 1960년대의 첼리스트 샬롯 무어맨(Charlotte Moorman)과의 여러 차례에 걸친 실험작들을. 그 중 충격적이고 황당함에도 웃음이 멈추지 않은 것은 〈살아 있는 조각을 위한 TV 브라(1969)〉와 1965년에 백남준의 〈생상스의 주제에 의한 변주(1964)〉를 연주하는 샬롯 무어맨의 모습이었다. 〈TV 브라〉에서 샬롯 무어맨은 작은 TV 수상기를 양쪽 젖가슴에 하나씩 붙이고 첼로를 연주했다. 그 작은 TV에서는 쉴새없이 화면이 비치고 있었고 첼로 연주자는 심각한 표정으로 곡을 켜는 것이었다. 〈생상스……〉에서는 물을 담은 큰 드럼통 안에 첼로 연주자가 들어갔다가 물을 뚝뚝 흘리며 나와 다시 첼로를 켜는 것을 여러 번 반복하는 것이었는데 몇 번을 들락거리며 물에 흠씬 젖은 무어맨을 두고 앞에서 카메라를 돌리던 백남준이 없어진 것이었다. 내버려 두고 없어진 것을 알아챈 무어맨이 "백, 백, 어딨어요" 하며 부르다가 이리저리 찾으러 다니는 것이 다 찍혀 있었다. 한참 불러도 백남준이 간 곳이 없자 무어맨은 무척 화가 나 있었다.

아방가르드는 그러한 것인가. 시라큐즈에서 차를 운전하여 집으로 돌아오며 한참 생각에 잠기던 기억이 있다. 전위란 경계를 허무는 것이다. 인식의 경계, 수용의 경계, 매체의 경계 등 예술에 있어서의 자유의 무한 확대를 실험하는 것이었다.

백남준이 우리 나라에 많이 알려진 것은 1984년 〈굿모닝 미스터 오웰〉을 전세계 TV를 연결하여 동시간에 방영한 때부터였다. 그로부터 벌써 16년. 서기 2000년 봄에 뉴욕 구겐하임 미술관에서 백남준의 회고전이 열리고 다시 서울 호암갤러리에서 우리 나라 관람객에게 공개되었다. 플럭서스 이래 그간의 그의 예술의 진행 상황이 자세히 기록된 자료들이 전시되어 있었고 그의 비디오 아트를 가능케 한 비디오 합성기, 텔레비전 수상기 위에 자석을 설치하여 영상을 변조시키는 것, 그의 유명한 〈TV 정원〉 〈TV 부처〉, 그리고 오래된 텔레비전을 연결하여 여러 인물 조각을 한 시리즈 등 한 예술가의 거의 전 생애의 궤적이 한곳에 모여 있었다.

무엇보다 이번 전시에 새로 등장한 레이저 작품이 궁금했다. 구겐하임 미술관에서의 레이저 작품은 〈동영상의 변용 (Modulation in Sync, 2000)〉이라는 제목으로 그 미술관의 특징인 지상층에서 6층까지 뚫린 큰 공간을 움직이는 레이저 광선으로 채우는 것이었다. 천장에서 시작한 와선이 빠른 속도로 계속 움직이며 점점 큰 원을 그려내는 레이저의 원형 곡선을 아래에서 올려다보면 나선형으로 올라가는 전시 공간의 벽이 만들어내는 곡선과 어울려 거대한 동심원의 축제라고나 할 장관을 이루어내는 것이었다. 각 층의 띠와도 같은 벽을 수직으로 연결하는 레이저 작품으로 〈야곱의 사다리 (Jacob's Ladder)〉가 지그재그의 사선으로 위로 상승하고 지상층의 전시장 바닥에는 수십 개의 텔레비전 수상기에서 영상이 밝은 빛을 쏘며 움직이는 것이다. 시각적인 화려함과 더불어 빠른 속도로

▲ 백남준 〈세 가지 요소〉 중 하나, 2000.

움직이는 레이저의 선이 손에 잡히지는 않는 허상이면서 예술의
실체를 창출해내는 것이었다. 서울의 전시장은 높이가 구겐하임
미술관보다 훨씬 낮아 그 같은 효과는 반감되었다.

오히려 내 눈을 사로잡은 것은 레이저 조각이라고 할 〈세 가지
요소(Three Elements)〉였다. 역시 완전 암흑 속에 붉은색 위주
의 원, 녹색의 삼각형, 녹색과 붉은색의 정사각형의 형태 또는
구, 세모꼴, 정육면체로 보이는 작품이었다. 크리스탈 공을 들여
다보듯 투명하고 깊이를 알 수 없는 공간감도 주는 세 가지 기본
형태 안을 레이저 광선이 천천히 움직이면서 선을 계속해서 만
들어 주는 것이었다. 보다 단순화되고 기본적인 선을 그려내지
만 이것도 동영상이었다.

거울을 장치한 구조물, 빛을 꺾기 위한 프리즘, 레이저를 움직
이기 위한 모터, 그리고 안개 같은 효과를 내기 위한 연기가 쓰
였다. 이들을 가지고 무한 공간의 인상을 창조하는 가상 공간이
만들어지고 이들 기본적 도형 안을 천천히 이동하는 레이저의
직선이 천천히 움직여 서로 부딪치고 반사하며 복합적인 추상적
영상, 문양을 만들어내고 새로운 시각 경험을 도출했다. 알기 쉬
운 공간 안에서 지속적으로 변화하는 영상이 만들어지고 그 영
상은 추상적임에 우리는 어떤 근원적인 구조를 경험하게 된다.
우주적인 것, 근원적인 시각 인식의 정수인 선과 무한한 선의 깊
이가 그려내는 꿈 같은 무한 공간을 함께 경험한다. 이들 움직이
는 레이저의 선을 따라 원, 세모, 정사각형의 구조물을 한참 바
라보며 나는 백남준은 더 이상 아방가르드 작가가 아니라는 확

신이 생겼다. 그는 가장 기본적인 형태를 가장 기본적인 색채로 쉽고 명쾌하게 보여주었다. 그리고 그 아름다움이란.

레이저라는 새로운 매체를 사용하여 동영상을 만들어내지만 그의 예술은 이제 가장 미술의 본류를 그려내고 있었다. 그의 예술의 완성은 아방가르드의 끝이었다. 이제 백남준은 그의 예술가로서의 몫을 다했다. 영원한 아방가르드는 없었다. 이제 그는 쉬어도 될 것 같았다. 그의 탐구는 저 레이저와 거울이 그려내는 가상 공간 안에서 무한한 것, 영원한 것에 도달하고 있기 때문이다.

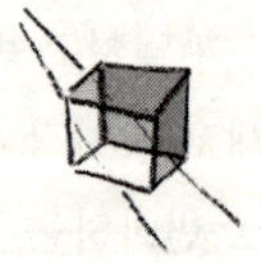

사자림 獅子林 과 페이

상해(上海)에서 소주(蘇州)로 향하는 기차는 편하고 즐거웠다. 좌석 앞에 작은 테이블이 붙어 있어 차를 마시기도 하고 팔꿈치를 올려놓기도 하며 차창 밖의 전원 풍경을 즐기는 느긋함이 있었다. 소주로 가며 나는 기대에 부풀었다. 천 년 이상의 고도, 잘 짜여진 수로와 풍부한 자원을 배경으로 발달한 문화의 도시, 그 도시에 많이 지어진 대표적인 중국 정원을 관람할 수 있을 것이었다. 일정에 졸징원(拙政園)이 들어 있었고 사자림(獅子林)도 따로 가서 볼 작정이었다. 중국 정원은 명대(明代)에 이르러 최고봉에 도달한다. 청대(淸代)로 오면 경내에 건축물의 비중이 심화되고 복잡해지는 것에 비하면 명대의 정원은 자연물인 물, 돌, 수목과 인공물인 건축의 조화와 배합이 적절하여 균형을 이루고 있다.

이튿날, 먼저 졸정원(拙政園)을 돌아보았다. 졸정원은 세 부분 중 중부가 명대 정원으로 물을 중심으로 한 원림이었다. 어딜 가나 심신을 치유하는 물이 풍부히 있었고 물이 차지하는 면적이 넓거나 좁거나 경물과 경물을 이어 주는 중심 요소였다. 너른 정원 곳곳에 정자와 회랑을 따라 파노라마처럼 돌과 흙과 수목이 조화된 가산(假山), 흰 담벽에 그림 같이 서 있는 괴석과 그와 어우러지는 화초 등 경물이 차례로 펼쳐졌다. 마치 횡권 산수화를 시간을 두고 삼차원 공간에 펼쳐 놓은 듯 내가 그림 속에 뛰어들어가 상상의 경치 속을 걷는 듯했다. 못 위에는 지그재그 모양으로 굽은 돌다리로 이어지는 중도(中島)가 있고 중도의 약간 올라간 자리에 아름다운 정자가 얹혀 있었다. 너른 수면에 비치는 수목과 하늘을 향해 살짝 들린 정자(亭子) 지붕의 그림자가 들뜬 마음을 가라앉혀 주었다. 남쪽 호반의 중심 건물인 원향당(遠香堂) 내부에 놓인 짙은 갈색의 중국 가구, 정교한 무늬가 든 창, 담 곳곳에 뚫린 액자형의 창과 둥근 문으로 보이는 수묵화 같은 돌과 나무의 배치, 백색의 담에 어른거리는 대나무 잎의 그림자

▼ 담에 뚫린 창 너머에 또 하나의 그림.

는 그림과 정원이 이차원, 삼차원에서 한 가지를 공통으로 추구
한 예술임을 확인시켜 주었다. 빛과 그림자의 유희, 리듬감 있게
마치 음악이 연주되듯 음양이 번갈아 나타나는 경물, 건물과 정
원의 조화로운 배치, 풍부한 물의 사용, 곳곳에 여러 층의 시적
연상을 떠오르게 하는 편액들, 명대(明代)의 유명한 문인화가인
문징명(文徵明)의 자취 등 모든 점에서 거의 완벽한 아름다운 정
원이었다.

그러나 뭔가 특별하다는 느낌은 들지 않아 허전했다. 좀더 극
단으로 밀고 가는, 깊은 인상을 남겨 주는 개성 있는 예술로서의
특색은 보이지 않았다. 그 정도로는 먼길을 온 내게는 흡족하지
않았다. 어찌해서건 기괴한 동물 형상을 돌로 쌓은 것으로 이름
난 사자림을 보아야겠다고 마음먹었다.

사자림은 졸정원에서 얼마 떨어지지 않은 곳에 있었다. 가는
길엔 관광객을 상대로 실크 제품을 파는 상점을 여럿 지나야 했
다. 3미터나 되는 높은 담이 둘러쳐진 곳에 사자림이 있었다. 시
끌시끌한 길로부터 완전 차단시켜 별천지의 느낌이 더했다. 일
단 이 담 안에 들어오면 번잡한 일상은 멀리 잊혀지고 전혀 새로
운 공간에 들어가 있는 것이다. 현실과의 차단은 마치 꿈의 세계
에 들어가 놀 듯 환상적인 경험을 하게 한다.

정원 쪽 입구를 들어서는 순간 엄청난 수량의 돌무더기에 압
도되었다. 놀라운 돌들의 향연이었다. 졸정원이 물을 주제로 했
다면 사자림은 돌이 주제였다. 못이 있기는 하지만 경관의 중심
은 못 안의 중도 전체가 괴석(怪石)으로 뒤덮힌 석가산(石假山)

▲ 태호석으로 가득한 호안이 환상적 효과를 연출한다.

이 발하는 충격적인 괴량감이었다. 중국인들은 커다란 바위를 호수 안에 집어넣어 수십 년을 기다린다. 호수의 물과 흙과 물결에 맡겨 두어 자연과 시간의 힘으로 바위에 움푹 패이거나 구멍이 난 괴석을 정원에 놓고 즐겼다. 독립된 하나의 괴석이 마치 돌 조각 작품인 양 정원 안에 중요한 위치를 차지하기도 한다. 사자림은 이러한 호석(湖石)들이 큰 장승처럼 버티고 서서 우리를 내려다보고 있거나 추측할 수 있는 야수의 형상으로 곳곳에 웅크리거나 포효하고 있었다. 또는 서로 이어 붙여 작은 터널이나 동굴이 되어 있었다. 사람 키를 넘는 그로테스크한 돌들 사이를 거닐면 자연히 숨바꼭질하는 어린아이의 심정으로 돌아가 버리지 않을 수 없었다. 우리가 놀이동산에 가서 기어오르고 내리는 구조물 안에서 순수한 동심의 세계로 돌아가듯이 사자림의 석가산은 일탈의 해방감, 환상의 세계, 유년의 세계로의 회귀 본능을 유감 없이 즐기게 만들어 주는 경이로운 유희 공간이었다. 사자림은 중국인의 자유로운 상상력이 괴석의 조합과 배치에 엄청난 규모로 발휘된 가장 뛰어난 정원일 것이다.

사자림의 그 즐거운 돌더미의 유희 공간에 서서 나는 상해(上海)의 은행가의 아들이었으며 유년 시절에 여름마다 별장인 소주의 사자림에서 놀았을 세계적인 건축가 이오 밍 페이(I. M. Pei, 1917~)를 생각했다. 멀리 송대(宋代)까지 그 역사가 거슬러 올라가는 사자림은 소유주와 원림의 형태가 여러 번 바뀌었는데 20세기에 들어와서는 1949년까지 페이의 집안에 속했었다. 소년 시절의 페이가 이 석가산의 기기묘묘한 형태의 괴석들 사이를 누비면서, 높은 곳에서 낮은 경물을 내려다보기도 하고 첩첩이 쌓인 괴석을 타고 기어오르거나 작은 인공 동굴 안으로 숨바꼭질하며 지냈을 시간을 생각하며 절로 입가에 번지는 웃음을 참을 수 없었다.

바로 그것이었다. 나는 기뻐서 작게 탄성을 질렀다. 오랫동안 내 마음에 남아 있어 완성시키지 못했던 퍼즐의 마지막 몇 조각을 이곳에서 찾은 것이다. 바로 그의 사자림에서의 유년 시절이었다. MIT 공대 출신의 공학도답게 페이의 건축은 첨단 건축공학의 적용, 현대적인 엄격한 기하학적 도형의 변주와 명쾌하게 정의된 시원하게 개방된 공간이 주무기이다. 그가 특히 뛰어난 것은 공간 구성의 예술적 창의성이 가장 돋보일 수 있는 미술관 건축이다. 미국 수도 워싱턴의 내셔널갤러리 동관(1968~78), 프랑스 파리에 있는 루브르 박물관 증개축(1983~89) 등이 그의 작품이다. 바닥에서 솟아오른, 유리로 만든 피라밋을 기억할 것이다. 이들도 모두 기하학적 형태의 변주였다. 그러나 곳곳에 드러나는 세부를 강조한 섬세성, 그의 작품 어디서나 돋보이는 풍부한 빛의 활용, 탁 트인 열린 공간의 설정과 오르고 뒤돌아보며 그 공간 전체를 부감할 수 있는 조망대의 설치 등 그의 MIT 배경만으로는 근원이 꼭 설명되지 않는 빈 부분이 내겐 항상 의문으로 남아 있었다. 이제 사자림의 석가산 위에 올라보니 저 아래의 물과 지그재그로 놓인 다리와 정자와 회랑을 굽어보고 다시 눈을 들어 원림 경계 너머로 보이는 산까지도 차경(借景)으로 포용하는 이 공간 개념이 바로 페이가 그의 작품들 여러 곳에서 활용한 공간 배치의 정수였다. 올라 뒤돌아볼 수 있는 못 안 중도의 가산(假山)의 존재가 이 모든 것을 가능케 했던 것이었다.

　내가 살던 이타카의 코넬대학 교정에 있는 존슨 미술관(Herbert F. Johnson Museum Of Art)이, 그리고 그곳에서 자동차로 한 시간 거리에 있는 시라큐즈대학의 에버슨 미술관(Everson Museum Of Art)이 모두 페이의 작품이었다. 카이유가 호수를 내려다보는 언덕에, 그리고 교정의 100년 가까이 된 오랜 건물들의 한 끝에 페이의 존슨 미술관이 서 있었다. 교정 안에서 볼 때 기하학적인 콘크리트 덩어리 미술관은 그러나 사이에 빈 공간을 두어 꽉 막히지 않은 공기의 틈을 주고 있었다. 내부 공간에 2개층을 하나로 튼 전시 공간이 있었는데 한 사람만이 오를 수 있는 나선형의 작은 계단을 오르면 시원한 열린 공간을 부감할 수 있게 만들고 전시물을 감상하고 다음 전시 공간으로 이동할 때마다 긴 유리창을 배치하여 자연광이 흠뻑 스며들게 했다. 한 번의 집중적인 감상 끝에 잠시 바깥 풍경을 감상하게 하여 다음 전시물에의 정신적인 준비 공간을 주는 것이었다. 에버슨 미술관은 규모는 작았지만 역시 공간을 부감할 수 있는 작은 조망 공간을 마련하였다. 그래서 한 번 보고 다시 높은 곳으로 이동하여 전체를 다시 한 번 되돌아볼 수 있게 만들었다. 그러한 설계가 무척 신선하게 보였고 나중에 워싱턴의 내셔널갤러리 동관을 구경갔을 때 그곳에서도 규모는 커졌지만 똑같은 개념이 그대로 적용된 것을 보았다.

페이는 유년 시절 자신이 경험했던 오래된 중국인의 감성과 공간 개념을 현대 건축에 그것도 예술을 감상하는 미술관 건축의 공간 설계에 적절히 활용하여 동양의 전통과 서양의 기하학적 구조의 아름다움을 융합시켜 전혀 신선한 공간 예술을 창조할 수 있었다. 사자림의 석가산에 올라 1940년대에 이 고장을 떠나 미국에 정착한 한 위대한 인간의 업적을 기리며 나는 기쁨에 벅찼다.

부용지 芙蓉池 에서

　　번잡한 도시 생활에 염증이 날 때, 시멘트 숲에서 숨이 막혀 올 때 나는 창덕궁으로 향한다. 안내인이 설명을 해주는 절차가 있지만 대신 한 시간 넘게 한적한 고궁을 거닐 수 있는 좋은 기회이기 때문이다. 창덕궁 후원의 숲으로부터 남산이 뿜어내는 산소의 양과 같은 산소가 나온다 한다. 도시 안에 이렇게 좋은 산책 장소가 다시 없다.

　왕의 침전인 대조전 뒤편에 담을 따라 화계(花階)가 있는 작은 공간이 있다. 안내인은 이곳에 이르면 궁궐의 온돌 구조와 계단식 꽃밭 가운데 높이 솟은 아름다운 굴뚝을 설명하며 시간을 끈다. 그러면 나는 대조전 뒤쪽의 작은 마당에 서서 한쪽에 심겨진 꽃나무와 비워 둔 마당을 서성인다. 정갈하게 치워진 기품이 있는 마당이 아닌가. 화초들은 화계로 다 몰아 계절마다 색색의 아름다움을 선사하고 이 작지만 빈 마당에서 허(虛)를 보여주고 있으니. 시끄럽고 복잡한 도시 한가운데 잊혀진 과거의 궁궐 뒤뜰에서 발견한 작은 빈 마당은 어떤 의미를 갖는가. 그간 내가 얼마나 빈 곳, 아무것도 없는 여백의 공간을 찾고 있었을까. 빈 마당은 공간의 여유를 새삼 상기시키며 마음을 편하게 해준다.

후원 즉 비원(秘苑) 지역으로 천천히 걸어 들어가면 제일 먼저 나타나는 곳이 부용지이다. 이 일대는 조선 정조 연간에 조성되었다 한다. 이름 그대로 연꽃이 있는 네모난 연못의 주위에 아름다운 부용정(芙蓉亭)이 있고 맞은편에는 계단을 이십여 개 올라간 산 언덕에 주합루(宙合樓)가 있어 높낮이를 달리 하며 연못을 관상할 수 있는 참으로 선경(仙境)이 따로 없는 아름다운 곳이다.

방지(方池) 안에 원형의 중도(中島)가 있다. 천원지방(天圓地方)의 오랜 동양의 개념이 이곳에 스며들어 있다. 못가의 부용정에서 보면 네모꼴의 못이 아주 근접하여 보인다. 그 한가운데 둥근 섬 위에 심은 나무는 무성하다. 네모꼴의 땅 안에 둥근 하늘을 품고 있는 형국이다. 인간이 발을 딛고 있는 땅이 하늘보다는 더 너르다는 개념인가. 아무 생각 없이 보아도 이 못 주변의 경치는 뭔가 편안하게 해주는 점이 있다. 아무것도 어떤 사상도 강요하지 않는다. 진정 사람에게 휴식을 제공하는 그러면서도 어딘지 품위와 격조와 질서가 느껴진다. 못 하나에 정자 하나. 과하지 않은 절제의 미덕과 지혜가 이곳에서 돋보인다.

방지 한쪽 모서리에서 부용정과 동산으로 오르는 어수문(魚水

門)과 동산 위에 자리한 주합루를 바라본다. 주합루에 올라 이 조용한 방지를 바라보던 정조 임금의 심경을 헤아려 본다. 천원지방의 방지와 원형의 중도를 바라보며 하늘과 땅과 그것들을 함께 바라보는 인간인 임금 자신에 대해 틀림없이 깊은 생각을 했으리라. 우리 나라의 정원에 있는 못은 방지가 많다. 신라의 대표적인 원림인 안압지가 자연의 해안선을 모방한 곡선임을 제외하면 지금 남아 있는 크고 작은 정원들의 못은 대부분 방지이다. 이는 매우 특이한 일이다. 중국이나 일본에도 방지는 드물어 대부분 비정형의 곡선 호안(湖岸)을 이루고 있다. 정형(定型)의 못은 이집트나 아라비아, 그리고 유럽의 대부분의 못에서 취하는 형태이다. 물론 자연주의 정원인 영국의 경우는 예외가 되겠

▼ 품위와 격조가 느껴지는 부용지.

지만.

자연 모방인 곡선 호안과 인간의 사유에서 나온 정형의 못의 차이는 무엇인가. 한 전통은 자연에 순응, 조화를 기조로 하는 동양에서 발달하고 다른 하나는 척박한 사막이나 물이 귀한 지방에서 발달해 온 형태로 자연과의 투쟁이나 극복을 내포하고 있다. 자연 환경이 친화적이고 사상적으로도 자연에 순응과 동화를 기조로 하는 우리 나라에서 수목은 자연 형태로 그대로 두면서 유독 못의 형태는 정형인 것은 어떤 연유일까. 오래 전부터 내게 풀리지 않는 수수께끼가 되어 온 것이 우리 나라의 방지였다.

학자들의 연구에 의하면 백제 때의 궁남지(宮南池)에 관한 기록에 "사방(四方)"이라는 언급이 있어 혹시 방지가 아니었을까 추측이 가능하고 그보다 저수지인 보의 형태가 네모였다는 데 주의한다. 또한 나의 추측은 불교가 도래하며 융성하면서 인도로 교류하던 중 인도의 사찰 주변의 네모난 못을 본뜬 것이 아닌가 하는 점이다. 이 방지는 철학적인 배경에서 기인할 것이다. 어쨌건 15세기에 조성된 경복궁의 경회루 방지(1412)로부터 조선시대에 조성된 대부분의 못은 그것이 궁궐, 사찰, 개인의 것을 막론하고 방지가 압도적인 다수이다. 성리학이 발전함에 따라 음양오행과 천인합일 사상의 확립도 일조를 했을 것이다. 부용지 앞에 서서 이곳이 자아내는 유현(幽玄)하고 차분한 분위기, 그러면서도 차분한 질서를 느끼는 것은 건물의 수가 적고 방지의 직선이 이끌어내는 품격인 듯하다.

역사를 돌아볼 때 이 창덕궁 후원은 우리가 사극에서 보던 조선 왕조의 온갖 비극적 사건이 일어난 현장이었다. 나는 그려 본다. 정조 임금이 부용지 주변을 걸으며 조선의 부흥을 꾀하고 그 옆 건물에서 옆 마당에서 거행되던 과거시험에서 인재를 뽑던 일을. 그보다 좀더 깊은 숲 속에 있는 숙종 연간에 조성한 애련지(愛蓮池)와 애련정을 바라보면 수백 년 전, 그 기품 있는 한적한 못 언저리를 숙종 임금과 장희빈이 거니는 모습이 눈에 잡힌다. 결코 호화롭지는 않으나 유교의 이념에 따라 검약하되 위엄을 지키며 살았던 왕들이었던 것이다. 그들은 늘 백성들을 생각하고 하늘과 땅의 순리를 거스르지 않도록 상기시키는 천원지방의 못을 바라보며 몸가짐을 바로잡았으리라.

신변잡기

   루이즈 부르주아(Louise Bourgeois)는 1911년 프랑스 파리 태생의 조각가, 설치미술가이다. 과천 현대미술관에서 나이 90에 이른 루이즈 부르주아의 회고전이 열렸다. 전시장 입구에서 나를 맞고 있는 2000년에 제작한 〈밀실 XI(초상)〉을 대하는 순간부터 가슴이 저려왔다. 설명이 필요없을 정도로 가슴을 치는 작품이었다.

   핑크 빛의 천을 조각조각 잇대어 꿰맨 한 여인의 머리 셋을 하나로 이어 붙인 것이었다. 하나는 바로 서 있는 두상(頭狀)이었고 다른 두 개는 양옆으로 비스듬히 아래쪽을 향하고 있었다. 세 개의 두상은 그 목 부분을 서로 120도로 붙여 놓았다. 아래쪽으로 향하는 두상 둘의 밑으로 작은 둥근 거울을 놓아 두어 관객은 밑을 향한 얼굴을 읽을 수 있었다. 이 작품은 공중에 대롱대롱 매달려 있었고 철망으로 만든 사각 구조물이 주위를 두르고 있

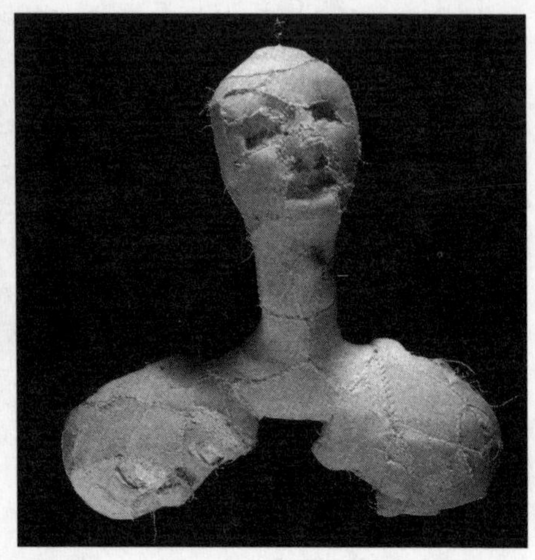

▲ 루이즈 부르주아.
▶ 루이즈 부르주아 〈밀실 XI(초
상)〉 2000.

었다. 초상이지만 밀실을 들여다보는 효과를 이끌어내었다. 너무나 직접적인 제시였다. 바느질로 해체된 몸의 조각을 다시 잇대어 붙여서 인간의 형체를 겨우 유지하고 있는 것이었다.

굳이 말로 표현하지 않아도 여성의 정체성과 삶의 고통과 기억 속에 숨겨진 충격적인 경험을 소재로 하는 작가의 세계가 고스란히 드러나 있었다. 페미니즘, 바디 아트(Body Art), 설치미술 등 20세기를 마감하고 21세기를 맞는 시점에서 20세기를 거의 다 산 여인의 기억 속에 자리한 자신의 세계가 망라되어 있었다. 이 작품 하나만 보아도 이 작가의 거의 모든 것을 알아챌 수 있을 정도로 충격적이며 우수한 작품이었다.

그녀의 작품 세계는 자전적이다. 어린 시절 고통스러운 자신의 가정 분위기에 기인한다. 일생을 작가의 기억을 지배해 온 충격적인 소녀 시절의 경험은 어머니의 무언의 동의하에 행해지던 아버지의 부정이었다. 일관되게 여성의 억압과 해방, 가정의 문제들을 다루어 온 부르주아의 작품 경향은 1960년대, 70년대에 들어 기하학적 이미지로부터 유기체적인 이미지로 진행한다. 부르주아는 신체의 성적 이미지를 사실적이며 유기적으로 다루고 있다.

루이즈 부르주아의 조각이나 설치는 보기에 즐거운 작품들이 결코 아니다. 여인의 유방과 남성의 성기를 배치시키고 핏빛과도 같은 조명을 설치한, 제목에서도 살의(殺意)가 번득이는 〈아버지의 파괴(1974)〉, 남성과 여성의 성기가 이중적으로 한 작품에 공존 병치되는 〈개화하는 야누스(1968)〉, 계단과 계단을 둘러싸고 있는 병풍 같은 가리개와 두 공을 설치한 〈출구 없음(1989)〉 등 그의 작품은 솔직하고 직접적인 재현과 제시로 이해하기 쉽다. 그의 작품은 하

▼ 루이즈 부르주아, 〈아버지의 파괴 (1974)〉 부분.

나하나가 보는 이에게는 아픔이고 처절한 부르짖음이었다. 결코 이해가 어려운 작품은 아니나 보기 힘든, 고통스러운 작품이었다. 작가가 말하고자 하는 것은 이로써 보다 확실하고 직설적이다.

루이즈 부르주아의 작품은 자전적인 경험이 소재가 되어 예술로 승화시킨 경우이다. 대단한 용기가 필요한 고백이며 고발이며 그것이 치유의 시초가 된다. 그의 이 같은 예술을 통한 절규는 자신을 정신 이상의 위험으로부터 구해 주고 동시대의 다른 이들의 억압 상태에 대한 대변적이며 선언적인 성격을 지닌다. 그는 말한다.

"누군가가 예술가라는 사실은 그가 온전한 사람임을 증명하는 것이다. 그는 자신의 고통을 떠맡을 수 있는 사람인 것이다."

나는 루이즈 부르주아가 이들 작품들을 하나씩 발표할 때마다 겪었을 사람들의 당황함과 작가의 당당함을 그려 보았다. 자아의 비밀스런 세계를 깨뜨리는 탈바꿈의 고통을 겪고 그것을 발표하는 작가의 용기와 그것을 예술작품으로 받아들여주고 올바로 평가를 해주는 시대와 너그러운 문화 환경에 경의를 표할 뿐이다.

글쓰기에 대해 생각해 본다. 수필에 대해 고민해 본다. 수필은 허구가 들어가지 않은 산문으로 소설도 평론도 아니다. 허구가 아니라는 점에서 자전적 요소가 개입하고 어느 정도까지 개인의 경험을 글 속에 삽입할 것인가가 늘 문제가 된다. 오늘날 수필이라는 장르는 많은 사람들, 특히 여성들에 있어 자신을 표현하는 출구가 되고 있다. 자전적일 수밖에 없는 수필은 대개 신변잡기로부터 출발한다. 오늘의 대부분의 수필 쓰는 사람들과 수필이라는 장르는 단지 신변잡기라는 점에서 매도되고 외면당하고 있다. 엄청나게 충격적인 인생 역정을 살아온 사람들의 수기(手記)이거나 다른 분야에서 전문적인 일로 사회적으로 이미 유명해진 이들의 기록으로가 아니면 대우받지 못한다. 평범한 하루를 소시민으로 살아가는 경험을 적은 많은 글들은 수필인 자신들의 동인지의 형태가 아니면 읽혀지지 않는다. 그럼에도 날마다 수필로 등단하는 사람들은 끊이지 않는다. 이들이 단지 문학의 저변 인구로만, 2류 사이비문학인 집단으로만 받아들여지지 않고 보다 많은 독자층과 연결되어 문학의 본류로 진입할 수는 없을까. 문학이 예술의 한 장르인 만큼 수필이 문학의 한 장르로 진정 수용될 수는 없을까.

누구에게나 일어나는 일을 적은 단순한 신변잡기의 기록은 독자들이 읽어 주지 않는다. 출구는 없을까.

수필 쓰기가 보다 넓은 대중의 수용을 위해서는 이슈를 정리하여 제시하여야 할 것이다. 한 분야에 대한 전문성을 꾸준히 키워야 한다. 신변잡기가 물론 시초가 되겠지만 우리 사회에 산재해 있는 문제에 대해 귀를 열어 두어야 한다. 언제까지나 나이든 사람의 인생 회고록으로, 또는 아줌마들의 넋두리로 책 위에 또 다른 책이 쌓여야 하는가.

미술작품과 수필이 다른 점은 미술에서는 충격적이고 상식적으로 받아들이기 힘든 시도를 해도 미술작품으로 행세를 하는

데 비하여 수필은 글로서 읽혀질 수 있는 기본을 꼭 갖추어야 하는 점이다. 문장뿐만 아니라 내용도 독자를 사로잡을 수 있는 재미있는 소재와 의미 있는 주제여야 한다. 이들이 모두 충족되며 깊이 있고 재미있는 수필 쓰기란 요원한가. 신변에서 따온 소재를 심도 있게 다루며 재미있게 재구성해야 수준 있는 글이 될 수 있다. 예술작품의 대부분은 자전적 이야기로부터 출발한다. 그것을 개인적인 이슈로부터 보편적인 이슈로 확대시키고 예술의 한 부분으로 인정받기 위해 참신한 방법을 고안하여 시선을 압도하는 작품을 만들 때까지 누구든 쉬지 않고 정진해야 한다. 글을 쓰는 작업이 하나의 넋두리가 아닌 문학으로 인정받기 위해서는 참으로 많은 파지가 쌓이고 수많은 밤을 퇴고를 거듭하며 지새워야 할 것 같다.

루이즈 부르주아의 참으로 즐겁게 감상하기 힘든 작품들 앞에서 나는 글을 쓰면서 그녀만큼 자신을 송두리째 던지고 벗어 버릴 수 있을까 자문했다. 수필이 허구가 아니라는 점이 많은 이들에게 제약으로 작용하는 것이 사실이다. 그, 벗어 던지기 어려운 개인의 비밀한 세부를 드러내지 않고 글을 쓸 수는 없을까. 적절한 조화와 지혜가 따라야 한다. 그러나 한편으로 수필만큼 자유로운 형식이 없다. 수필이 무형식의 형식이라는 점은 작가의 자유를 최대한 보장한다는 뜻이다. 소재에 있어 무궁무진하게 마음대로 골라 쓸 수 있다. 기법도 소설적 수필, 시적 수필, 평론적 수필로 그 심각함과 깊이를 조절할 수 있는 것이 수필이다. 그러면 자연히 수필 쓰는 사람들이 보다 더 대우받고 사회적 관심을 끌 수 있는 묘책이 바로 가까이에 있다는 것을 알게 된다. 수필 쓰는 이들은 자전적 요소에서 하루바삐 세련되게 벗어나야 한다. 그것을 알면서도 나 자신 늘 그 궤도를 벗어나지 못하고 있음이 한없이 부끄러울 뿐이다.

제3부

낭인의 사계

겨울 송頌

한 해의 마지막 달을 맞으면, 한 장 남은 달력을 바라보며 문득 종착역을 향해 치닫는 기관차가 생각난다. 마음이 조급해지고 회한의 상념에 잠겨들기도 한다. 사실 12월이라고 이름한 기간은 종말이 아니라 영속하는 우주의 시간 한 조각일 뿐이다. 12월에야 비로소 나의 겨울이 시작된다. 결빙과 강설, 소멸과 정지와 침묵의 시간, 겨울은 내게 삶의 수레바퀴가 일단 정지의 상태로 진입하여 곧 있을 재출발에 대비한 충전의 기회를 제공한다. 나는 또다시 뛰어야 하는 기관차이므로.

또 한 번의 겨울로 나는 흘러 들어가고 있다. 오랫동안 매해 나는 겨울로 떠밀려 들어갔었다. 겨울이 마지막 계절인 것처럼 여겨져 겨울을 맞고 싶지 않았다. 겨울에 진보나 발전은 없다. 겨울에는 심화(深化)가 있을 뿐. 유리알 같은 결빙의 고요한 외피를 들치면 누구에게나 안타까운 가슴앓이, 질병, 퇴락, 향수, 사랑, 이 모든 것이 점점 도를 더해 가는 것이 겨울이다. 아까운 세월이 지나는데 나는 그저 시간을, 생성과 소멸의 느린 과정을 한낮 바람인가 하였다. 심화의 끝에 이르면 나의 시달리던 영혼이 도피할 피난소를 찾을 수 있었다. 겨울의 끝이 보이고 눈 녹은 물이 개울 되어 흐르는 겨울 산에서 새로운 태동을 감지하고 내게 주어진 한정된 시간을 살아내야 하는 생명의 의무를 수행하여야 했다.

시간은 한 번 지나면 되돌아오지 않는다. 계절은 그러나 무수한 나선형을 그리며 진행하는 시간의 새로운 회전일 뿐, 이제 퇴색한 낙엽이 바람에 쓸려 아스팔트 위에 구르는 겨울의 초입에 서서 지난 겨울 나는 어떠했던가 그 전 해의 겨울은 얼마나 비참했는가를 애써 떠올리고 싶지 않다. 이번 겨울은 그저 생각 없이 물 위에 둥실 뜬 나뭇잎인 듯 바람 따라 눈발 따라 흘러가련다. 내맡겨 보련다. 나이가 들었다, 나는. 찬바람에 시린 볼을 부비고 발 밑에 뽀드득거리며 부서지는 눈을 밟고 나의 또 한 발자국을 또 한 장의 삶의 갈피를 넘기련다. 이 겨울에는 이제껏 시간이 얼마나 흘렀는지 얼마나 남았는지 가늠하지 않으리.

겨울의 영상이 있다. 이루지 못한 꿈의 연속. 팔 분의 일짜리 바이올린 케이스를 들고 바이올린 레슨을 받으러 다니던 눈길이 있다. 흰 드레스를 입고 이중주를 하려고 선 무대에서 제자리를 찾지 못해 이리저리 움직이던 어린 계집아이가 있다. 차 위에 이십 센티미터도 넘게 쌓인 눈을 치우고 나서야 겨우 차를 움직여

가던 얼음길도 있다. 침엽수림과 메이플 시럽이 있다. 얼어붙은
폭포를 지나 삶은 조개를 버터 녹인 물에 찍어 먹는 한밤중의 주
막을 찾아가던 이국(異國)의 겨울이 있다. 집집마다 앞마당에 밝
게 장식해 놓은 크리스마스 트리와 산타클로스, 순록들이 있다.
도서관에서 나와 버스를 기다리던 때 올려다본 겨울 밤하늘에
미래를 새겨 보던 젊은 날의 꿈이 있다. 그 검은 하늘을 보며 검
은 불꽃 같은 반 고흐의 싸이프러스 나무를 그리기도 했다. 고흐
의 그림보다 그의 편지에 더 매료되어 내내 테오에게 보낸 빈센
트의 편지만을 읽고 지내던 추수감사절 휴가도 있다. 경사진 언
덕에 눈이 쌓이면 버스도 택시도 오르기를 거절하던 길이 있다.
길바닥에 짐과 동생들과 함께 내려져 막내동생을 업고 휘이휘이
찾아가던 산꼭대기의 집. 연탄재를 던져 놓아 날이 갈수록 질척
거리던 눈 녹은 골목길도 있다. 어두운 밤길, 길가 만두집 유리
창에 서리던, 가마솥에서 솟아오른 김이 있다. 겨울에 저마다 그
리운 사람을 만들고파 하던 젊음이 있다. 그리움은 만남으로, 만
남은 이별로 이어져 겨울에 아득히 먼 길을 떠난 친구를 생각한
다. 누구에게나 만남은 혜성과의 조우일 뿐 기억도 흐릿한 한 점
이 되어 별들이 사라지는 새벽녘에야 때로 깜박이며 눈에 비친
다.
　소리. "찹쌀떡" 외치는 소리가 아파트촌을 누비고 지나며, 이
십 년도 지난 어두운 골목길의 환청을 일깨운다. 버스 정류장에
서 내려 광화문 지하도를 향해 걸어가는데 "혜정 씨" 불러 뒤돌
아본 목소리. 그 소리를 다시 한 번 듣고 싶다. 열정과 해후의 반

가움을 실은 그 목소리. 그가 지금 옆에서 잠자고 있어도 그 목소리는 이미 오래 전에 소멸한 것. "사랑해"를 주고받는 두 사람은 진정 예나 지금이나 같은 사람들인가. 아주 오래된 연인이 되어 붙박이 가구가 되어 버린 사랑의 몸짓.

낙엽과 잔가지가 타는 매캐한 냄새, 쌓인 낙엽이 절로 썩어 가며 내뿜는 냄새, 꿈을 떠나 보내는 냄새, 나이 들어가는 징표, 맡기는 것. 세월의 흐름에 나를 맡긴다. 집착을 그리움을 야망을 떠나 보내는 겨울. 그것들이 모두 영하의 대기에 결빙하여 호박 속에 갇힌 화석이 되고 만다. 투명한 호박 속에 한 마리 벌레가 되어 갇힌 것, 나의 마음. 그리고 나는 기꺼이 칩거하련다. 기다리겠다. 편의와 타성이 다시 진기한 발견으로 이어지기를, 주름 간 얼굴에 긋는 희미한 미소가 파안의 홍소로 이어지기를, 쇠락한 사랑의 남은 불씨를 활활 피워 올리기를 고대하며 이 겨울을 지나련다.

겨울은 결빙이며 겨울은 흰빛이며 만남과 생명의 끝이며 시초이다. 겨울에 우리는 시원(始原)에의 희구를 잉태한다. 백색으로 가득한 현상계에서 나와 대상의 분간이 사라지는 순간을 경험하고 싶다. 한 해 동안 쌓인 우리의 분노와 상심의 흔적을, 결단의 순간에 내뱉는 고뇌의 흐느낌을 이 겨울이 망각의 손길로 은밀히 덮어 주기를, 그리하여 백설의 찬양 속에 살아남은 생명들이 햇살 속에 나날이 새로운 모습으로 피어나게 하라.

봄 밤

바람에 온기가 느껴진다. 바람결에 묻어 오는 향기도 맡을 수 있다. 길 옆 생울타리에 연둣빛 잎이 돋아나기 시작했다. 비로소 봄이 왔다.

아침에 창을 열고 심호흡을 해본다. 싱그러우면서도 차고 습한 공기를 폐 속 가득 들이마신다. 한두 시간 더 있으면 이 신선한 공기에도 석유 냄새가 섞일 것이다. 이 계절을 반긴다. 소생이라는 어휘를 이처럼 실감나게 하는 계절이 또 있을까 싶다.

어릴 적에는 겨울을 좋아했었다. 흰 눈이 내려 눈에 보이는 모든 것이 하얗게 덮이는 은빛 세계가 신기했었다. 자연이 그리는 그림 가운데 가장 정갈하고 아름다운 풍경화는 겨울의 눈 오고 난 아침이었다. 좀 자라서는 바람이 매섭게 불어 몸을 움츠리고 집 안에 칩거하는 계절로서 겨울을 좋아했다. 겨울은 내게 가족

이 있고 꽁꽁 언 발을 녹일 따스한 아랫목이 있음을 깨우쳐 주었
다. 그리고 모든 것에는 종말이 있음도 가르쳐 주었다. 겨울에,
나는 사람들을 만나고 그들과 헤어졌다. 그리고 삶이라는 끝없
는 도정에 대해 생각을 하기 시작했다. 겨울이 내게 가져다 주
는, 정신이 번쩍 드는 각성은 지금도 하루를 무심코 지나지 못하
게 한다. 어쩌면 삶의 어느 순간부터 계속 겨울 속에 살아온 것
인지도 모른다.

언제부터인가 봄이 좋아졌다. 봄을 기다리게 되었다. 봄을 좋
아한지 몇 해 되지 않는다. 내 인생에 이미 봄은 지나고 말았다
는 자각이 든 이래로 봄을 그리기 시작했는지도 몰랐다. 따스한
기온, 꽃바람 부는 포도에 흩어지는 방향, 여인들의 부푸는 치맛
자락, 버스 정류장에 마주 선 젊은이들, 신춘 음악회와 전시회를
알리는 포스터와 현수막, 봄비가 오는 길을 바삐 걸어가는 학생
들이 모두 눈물겹다. 생명이 있음을 마음껏 과시하고 즐기라. 나
는 속으로 가만 외쳐 본다.

봄비가 내린다. 봄에 오는 비는 생명의 시작과 재생을 재촉한
다. 봄비가 한 번 오고 나면 대지는 한 치씩 웃자란다. 나는 몇십
년 살아온 그 위에 다시 1년의 기한을 연장받는다. 그러면서 내
가 가고 있는 길이 한 발씩 종착역을 향해 서행하는 완행열차의
길임을 잠시 잊는다.

봄에 새 학기를 맞으면 갑자기 오랫동안 잊고 있던 친구가 문
득 생각나기도 한다. 돌아보면 찾을 길 없이 막막하다. 이제껏
나는 무슨 끈으로 그들과 묶여 있었던가. 훌쩍 좌석버스에 몸을

신고 그 친구를 만나던 동네에 가보기도 한다. 여기저기 시간이 이루어낸 파괴와 재건의 되풀이 속에 그려 보는 지난날이 손에 잡힐 듯하다가 사라진다. 신기루였던가? 봄에 여자는 바람난다고 했던가? 다시 떠났던 자리로 돌아온다. 이렇게 매일 나는 출발하였다가 되돌아오는 보금자리가 있는데, 세월 속에 무엇인가 시작하고 끝났던 곳은 어디에도 없다. 기억뿐.

어린아이들이 소란스레 뛰노는 놀이터 한 귀퉁이에 앉아 본다. 살아온 날들이 지나 보면 꿈이라고들 한다. 그러나 꿈이었던가, 아니다. 너무도 긴 시간을 나는 살아왔다. 결코 짧다고 할 수 없는 길고 긴, 끝나지 않는 길이었다. 아직도 가야할 길이 멀까? 나는 내일 종말을 맞는다 해도 괜찮을 것 같다. 젊은, 아니 어린 날 내가 자신에게 던졌던 물음, 그 명제에 대한 해답을 거머쥐었는가, 스스로 또 한 번 묻는다. 어쩌면 삶은 물음을 물어 가는 길고 긴 여정인지도 모른다. 때로 묻는 방법에 대해 고뇌하기도 했다. 물음을 묻는 것 자체가 과연 옳은 것인가, 스스로 힘겹게 묻곤 했다. 지금도 내가 답을 얻었다고는 결코 생각지 않는다. 다만 이젠 묻는 것말고 더 절박한 일들이 나의 손을 기다리고 있음을 안다. 인제까지 묻고 물으며 준비하고 또 기다리는가. 나는 이제 바야흐로 무언가 움직이고 행동해야 할 시기임을 감지한다. 이 봄은 또 오는 것이 아니고, 지금의 이 순간은 바로 나만이 알아채고 느끼는 것이기 때문이다. 무한처럼 느껴지는 시간을 나는 삶과 직접 대면하기를 피하며 고독 속에 게으름을 부려 왔다. 그건 나의 운명이었을까. 나의 소망이었을까.

오래 전부터 내가 하고 싶은 일이 무엇인지 알아 온 것 같다. 다만 그것이 너무 힘들어 보이고 나와는 종류가 다른 사람들이 하는 일인 줄만 알아 왔다. 그러나 피하면 피할수록 그것은 날 따라다녔다. 그것은 머나먼 우회의 길이었다. 내가 돌아온 길은 그러나 허사가 아니었다. 나는 문학을 몸으로 살아왔으므로. 문학이 나의 삶이라는 것을 이제서야 겨우 온몸으로 받아들인다. 내게 있어 종교가 되고만 문학의 길이다.

대학을 졸업할 무렵부터 나는 문학으로부터의 이탈을 끊임없이 시도해 왔다. 신문방송학인가 생각도 하였다. 외국에 가서는 '나'에 대한 물음의 한 방법으로 동양미술사를 공부하기도 하였다.

서울에 돌아와서는 저축을 하고 집을 늘리고 아이를 낳고 키우며 장차 잘 사는 사람이 될 꿈도 꾸었다. 허무와 절망이 아파트 층수만큼 쌓여 가는 것을 나는 잠자코 지켜 보았다. 무너지고 있었다, 안팎으로. 나는 보석이나 모으며 늙어 가기 싫었다. 나도 모르게 다시 원고지를 펴기 시작했다. 인내하기 힘들어 포기하려고 하면 이상한 일이 생겨 다시 글 앞에 앉게 되곤 했다. 더이상 도망치려 하지 않는다. 마주 서서 나의 무능과, 나의 패배주의와 처절하게 싸울 것이다.

밤이다. 설거지를 대강 마치고 집을 나섰다. 아파트 입구에서 우러러보는 밤하늘에 구름이 옅게 그어져 있었다. 훈훈한 바람이 살랑 분다. 외등이 비치는 가로수에 봄꽃이 흰 솜사탕처럼 붙어 있었다. 화단에 엊그제까지 활짝 피었던 백목련이 반쯤 꽃잎을 여의고 서 있었다. 아이들은 목련을 가리키며 나무에 붙은 팝콘이라고 부른다. 아이들을 본다. 인생의 봄, 새싹인 이 귀한 생명들. 그들을 볼 때 나의 가 버린 봄이 아깝지 않음을 안다. 아이들을 앞세우고 어디론가 나서는 봄 밤. 나는 바람이 났나 보다.

우기(雨期)의 시작

　후텁지근하던 밤 공기가 어느 사이에 시원해졌다. 대자리에 등을 대고 누우니 냉기가 천천히 몸에 스며들어 상쾌하고 편안했다. 마루의 천장이 올려다보였다. 삼파장 전구의 조명이 눈에 부시다. 불을 껐다. 온 집안이 고요하다. 텔레비전 화면도 꺼져 있고 전화벨의 침입도 없이 나 혼자 이 너른 마루를 차지하고 있으니 선풍기가 없어도 좋은 밤이다.

　앞 뒤 베란다로 맞바람이 쳐 서늘한 공기가 실내에 휘돌아 나간다. 바람에 부푼 레이스 커튼이 먼 기억을 깨우며 외딴 시공으로 나를 데려간다. 지금, 그리고 이곳이 아닌 어떤 곳으로 탈출할 수 있는 내면의 여유를 가져본 것이, 이러한 한가로운 순간을 맞은 것이 대체 언제였던가. 이 여름, 나는 더 이상 어디로 떠나고 싶지도 않고 그저 가만히 들어앉아 있고 싶다. 조로(早老)인

가. 자족의 경지에 이르지도 못한 채 일상의 도로(徒勞)에 지쳐
버린 것인가.

　하루 이틀 사흘, 한 주일 두 주일 세 주일, 한 달 두 달…… 하
는 사이에 일 년이 가고 이 년, 삼 년이 지나고 십 년이 흘러가
버린다. 나의 수첩은 거의 매일 만나야 할 사람과 해야 할 일로
빼곡한데 수첩의 칸이 빽빽하게 찬 때일수록 지나고 나면 무엇
을 하며 지냈는지 아무것도 남지 않는다. 열심히 산다고 살지만
돌아보면 시간을 바쁘게만 보낸 것일 뿐 아무 의미도 찾지 못하
고 생산적인 일도 없는 허송세월이다. 목표와 초점을 맞추지 못
한 책 읽기와 그림 보기야말로 소중한 시간과 재능과 금전의 낭
비가 아니었던가. 법정(法頂)스님이 영화 〈빠삐용〉으로부터 인
용한 '인생을 낭비한 죄'란 말을 되새긴다. 다른 사람이 아닌 자
기 자신에 대해 저지른, 자신의 기대치보다 열심히 살지 못한,
즉 인생을 낭비한 죄로부터 영원히 벗어날 길을 하루바삐 찾아
야 한다.

　하루하루 일어난 세세한 일을 기억하지 못할 뿐 아니라 아주
중요한 일도 점차 뇌리에서 사라지고 있다. 반복되는 일상 속에
무엇이 중요하고 무엇이 하찮은 일인지 분간도 못하며 모조리
망각의 늪으로 쓸려가 버리고 있다. 반복은 권태를, 권태는 망각
을 부르나 보다. 아마도 우리네 삶에는 뇌리에 절절이 새겨 두어
야 할 일이 그리 많지 않은지도 모른다. 강물이 흘러가 버리듯
지난 세월은 돌아보면 이미 기억이 까마득한 일로 가득하고 발
이 닳도록 자주 드나들던 정겨운 길목, 가슴 떨리는 만남, 눈이

시리도록 아름다운 산천의 풍광도 기억에 잘 남지 않는다. 단지 그 짧은 순간의 전율하는 감흥만이 지난날의 꿈인 듯 반투명의 베일이 드리워진 의식 너머로 아련할 뿐이다.

세월이 인간에게 가르쳐 주는 것은 망각의 편리함과 현명함이다. 망각이 부끄럽지 않고 당연하다는 것을 깨달아 가며 스스로를 위안한다. 성철(性徹) 스님이 바리때와 누더기가 된 장삼만을 남겼듯이 인간의 뇌리도 소멸의 시각에 정말 남는 것은 손가락으로 겨우 헤아릴 수 있는 몇 되지 않는 사람과 일의 소중한 기억뿐이다. 그러나 내가 최후까지 놓치지 않고 붙들고 있는 그 몇 안 되는 소중한 기억이란 것도 남이 보면 또 얼마나 하찮은 것일까.

"버려야 한다."

수없이 다짐한다.

지금, 이곳에서 내가 살아남으려면 버려야 한다. 내가 소중하다고 착각해 온 대부분의 사물과 인연을 떨쳐 버려야 한다. 망각의 도움을 얻고서 자신을 채찍질하며 이들을 버려야 한다고 되풀이하여 이른다. 이제껏 나는 정신 물질 양면으로 너무 많은 것을 쌓기만 하며 살았다. 덜어낼 줄을, 정리할 줄을 모르고 하루 이틀 미련 속에 결단을 미루며 살아왔다. 그 많은 것들이 돌아서면 한갓 먼지에 지나지 않음을 이제서야 안다. 마땅한 자리를 찾지 못해 이리저리 뒹구는 책자와 잡동사니들로 집 안은 늘 이사 온 집 모양 어수선하고 머릿속도 정리되지 못한 잡다한 단편적 지식과 사념으로 가득 차 있다. 이젠 덜어내야 한다.

마루 한쪽 벽을 꽉 막고 있던 육중한 장식장이 없어져서 그 빈 자리가 어둠 속에서도 희뿌옇게 드러난다. 휑하게 느껴진다. 천 갈이를 하러 보낸 소파가 차지했던 자리는 더욱 크다. 이 마루가 이토록 넓고 여유 있는 공간이었는지 새삼스럽다. 그 장식장은 중국제 화류였는데 십여 년이나 치우지 못하고 한숨만 쉬며 바라보다가 드디어 지난주에 치워 버렸다. 어머니가 주신 것이라는 단 한 가지 이유로 감히 손을 대지 못한 채 그 덩치 크고 컴컴하던 물건의 무게를 힘겹게 견뎌 왔다. 그것을 이 번에 덜어내었다. 짐꾼들이 짐을 들고 나간 뒤 빈 자리를 걸레로 닦으면서 나는 어느새 안도의 한숨을 내쉬었다. 법정 스님의 말이 생각났다.

'행복의 비결은 필요한 것을 얼마나 갖고 있는가가 아니라 불필요한 것에서 얼마나 자유로워져 있는가 하는 것이다.'(『산에는 꽃이 피네』 p.37)

그와 함께, 육친에의 지나친 집착도 떼어내었다. 스스로 걸어둔 올가미에 걸려 내 일을 챙기지 못 함을 늘 그들 때문이라고 핑계를 대며 자신을 기만해 왔다. 이렇게 마음을 다잡는 것은…… 그건 이기심이라 하자. 지나친 것은 모자람만 못하느니. 애착이 지나쳐 그들의 일을 내 일인 양 착각하며 저지른 과오가 많았다. 늘 듣던 옛사람의 교훈도 직접 경험하고 고통을 겪은 뒤에야 마음에 다가온다.

나도 구조조정이 필요했다. 몇 년째 장 속에서 방충제 냄새에 절어 있던 옷과 구두도 거의 다 버렸다. 그와 함께 젊은 시절의 몸매에 대한 환상도 버렸다.

내 나이에 걸맞도록 의식(意識)도 구조조정을 단행했다. 책도 시집도 이백 권쯤 내다 버렸다. 함께, 일본어 강습을 다시 들어볼까 하는, 소설을 써볼까 하는 아주 오래된 미련도 버렸다.

부엌의 손때 묻은 그릇도 치웠다. 아까워하지 말자 마음먹었다. 아울러 새로운 요리에 대한 호기심을 버렸다.

은행 통장도 정리해 두세 개로 줄여 버렸다. 금전적으로 더 이상 망상을 갖지 않기로 했다. 일확천금이란 없다. 더구나 내가 직접 나서서 땀흘리지 않고 얻을 수 있는 공짜란 없다.

수첩을 정리했다. 연락하는 사람들의 수가 많이 줄고 바뀌었다. 나를 만나고 싶어하는 사람이 과연 몇이나 될까. 내가 만나고 싶은 사람과 나를 보고 싶어하는 사람이 일치할까. 그렇지 못하면 나는 인생을 그야말로 낭비해 온 것이 아니겠는가.

마지막을 준비하는 사람의 심정으로 주위를 돌아보았다. 결코 삶을 포기할 때는 아니다. 아직도 살려고 안간힘을 쓰면서 이제껏 살아온 내 삶의 일부분을 버리기를 계속해야 한다. 아직 할 수 있는 일과 더 이상 할 수 없는 일을 구분하는데 상당히 빨라진 머리 회전에 스스로 놀라 가면서. 나이가 들어간다는 것은 집착을 떨치는 것, 미련을 없애는 것, 포기하는 것이다. 그것이 아픈 만큼 해방감도 따르니 그 자유로움이 그나마 고마운 일이다.

그래도 남는 것이 있었다. 쓸려 내려가는 모래 속에 깊이 박혀 있는 하얀 조가비를 캐내듯 지켜야만 할 소중한 일과 인연을 건져내었다. 그러고 보니 남은 것은 고등학교를 졸업할 당시의 내 생활의 반경과 별로 다름이 없었다. 나의 생활은 가족의 일, 책

방, 음악회 한두 번 가기 등 거의 같은 쳇바퀴를 돌고 있었다. 그때보다 하나 추가된 것은 미술 전시장 순례이다. 스무 살 앳된 나이의 나로부터 달라진 점은 거의 없다.

사십을 훌쩍 넘은 나이에 나는 요즘도 아침에 일어나면 두려움과 떨림 속에 하루를 맞이하고 해 저물녘엔 북쪽 창에서 밀려오는 스산한 바람에 가슴앓이를 한다. 밤에는 졸음이 밀려와도 자지 않으려 애를 쓰고, 흐르는 시간을 지키는 조바심 속에 새벽이 오는 소리가 들려야 겨우 눈을 감는다. 뭔가 해내지 못한 일이 있기에 아직 나의 하루는 저물지 않았다는 강박에 늘 사로잡혀 있다. 결혼식장에서 혼인서약을 하는 흰 드레스 입은 어린 신부를 보면 코끝이 찡하고, 첫돌 지나지 않은 아기들을 보면 한없이 예쁘다. 압구정동을 휘젓고 다니는 젊은이들을 보면 그 싱싱한 생명력이 아름답고, 종합병원 투약구에 줄지어 앉은 노인들을 보면 더없이 가엾다. 그들이 삶의 여정 어디쯤 도달했든지 나는 그들이 지나간 길을 아직 더듬어 가고 있고 그들이 가야 할 길을 이미 거쳐 왔기 때문이다.

쏴 하고 바람 소리가 커지더니 이내 후두둑후두둑 비가 듣는다. 올 여름은 유난히 비가 인색하게 내린다. 해마다 이렇게 장마가 시작되는 소리를 듣는다. 장마의 시작과 함께 올해도 반이 지나고 한 해의 내리막이 이미 시작되었다. 누웠던 몸을 일으켜 앞 베란다로 나가 주차장을 내려다본다. 아스팔트 포도는 내리는 비에 젖어 더욱 검고 가로등 불빛에 반짝인다. 점차 빗발이 세어진다. 이방저방 돌아다니며 창문을 닫는다. 홈통으로 물 내

려가는 소리도 거세어진다. 요란스런 그 소리에 온갖 먼지와 미
련이 함께 쓸려 나간다. 우기가 시작되었다. 지나는 세월의 한
자락을 부여잡지도 못하고 오늘도 난 바깥을 향해 서서 그저 바
라만 보고 있다.

타는 계절

  불어오는 바람 속에 습기가 싹 가셨다. 한여름 내내
허공을 떠다니던 의식이 마침내 제자리를 찾아가는 중이었다.
아침이었다. 건널목 앞에 멈춰 서서 신호등이 녹색으로 바뀌기
를 기다리고 있는데 문득 길 건너 신호등 뒤 플라타너스 아래 서
있는 어느 나이든 남자의 모습이 눈에 들어왔다.

  그 사람을 보는 순간, 아, 삶이란 이런 걸까 하며 가슴을 치고
다가오는 것이 있었다. 저마다 분주히 갈 길을 재촉하며 앞만 보
며 서 있는 뭇 사람 중에 그의 얼굴은 웃는 것도 우는 것도 아니
며 그의 시선은 앞도 보지 않고 비껴 하늘을 향한 것이었다. 거
울 속의 내 얼굴에서 가끔 보이는 피식 하는 실소를 머금은, 참
으로 형용하기 어려운 표정이었다. 즉각 나는 그의 머릿속에 가
득 차 있을 혼자 감당하기에 벅찬 삶의 중압감을 읽을 수 있었

다. 그는 이 아침 어떤 소식을 안고 있는 것일까. 암 선고를 받은
아내가 있거나 아들의 회사가 도산을 했거나 믿던 이에게 배신
을 당했거나 아니면 방을 당장 비워 주어야 할 막막한 처지가 된
것일까. 허허로운 얼굴, 얼이 빠진 두 눈, 상실의 모습. 곧 신호
가 바뀌어 움직이기 시작하는 사람들 속에서 나와는 반대 방향
으로 길을 건너는 그 남자의 뒷목을 보았다. 그때 나는 이 사람
이 가을을 앓고 있구나 알아챘다. 그가 내면에 얽혀 있는 상황의
실타래가 어떠하건 간에 그는 분명 지금 이 계절을 앓고 있었다.

삶은 이렇게 어느 날 갑자기 눈앞에 선 어느 인간의 실루엣,
일상으로부터 튕겨져 나온 외로운 모습으로 압축되어 보여진다.
우리가 행복할 때, 기쁨의 웃음은 얼마나 짧고 스쳐 지나가기만
하는 걸까. 그 나머지 거의 모든 시간은 불행에서 벗어나거나 기
쁨을 맛보려고 버둥대는 안간힘의 연속이다.

가을은 남자가 앓는 계절이라고들 늘 말하지만 가을을 앓지
않고 지나는 사람은 행복한 사람이다. 무지와 무감각에서 오는
몽매한 행복일 따름이다. 가을이 모든 사람에게 시심을 일깨우
고 각자의 삶의 여정에 대해 생각해 보는 시간을 갖게 하는 것은
계절 자체가 상징하는 일상에서의 일탈 때문이다. 모든 것이 정
해진 시간표에 따라 정신없이 돌아가는 매일 매일의 생활에서
상승곡선을 그리던 그래프가 갑자기 하향하는 것을 지켜 보듯,
예상 가능하지만 지켜 보기 허무한 현상은 계절 자체가 지닌 속
성이기 때문이다. 낮 시간이 짧아지고 해가 비치는 각도가 기울
고 기온이 떨어지기 시작하고 나뭇잎도 물기가 가시고 퇴색하여

마침내 떨어지고야 마는 조락의 자연 현상이 생명의 엄연한 한계를 바로 축약해서 제시해 주기 때문이다.

가을은 정확히 언제 오는가. 무성하던 여름 잎이 메말라 차츰 색이 변하며 귀를 따갑게 하던 쓰르람 매미 소리가 뚝 그치는 어느 날 아침이 바로 가을이다. 가을은 어디서 시작하고 어디서 끝나는 경주가 아니라 뙤약볕이 한층 더 따갑기 시작할 8월 어드메에서부터 슬며시 자라온 것이며 단풍이 현란하게 산야를 장식할, 그러나 새벽에는 서리가 내리는 10월 말 어느 언저리부터 스러지기 시작하는 것. 그 사이 찬란한 감각의 축제로 누구에게나 변함 없이 흐르는 시간을 지각하고 얼마 남지 않은 시간을 향유하게 해주는 계절이다.

가을을 어찌 아는가. 가을이 오는 소리가 있는가.

가을은 차라리 있던 소리와 서성이던 소요가 잦아들며 온다. 잎새를 거스르며 줄달음치는 바람 소리도 힘이 빠지며 작아진다. 무성한 숲을 쏴아 하며 휘돌고 지나던 바람 소리는 이제 바스랑거리는 잎 사이를 우수수 하며 스친다. 가을에는 땅에 내리는 빗소리도 작아진다. 가을에 내리는 비는 그저 일직선으로 곱게 떨어진다. 어디 부딪치지 않고 뒹굴지도 않고 말없이 내려와 땅 위에서 땅 속으로 잦아든다고 시인 황동규는 읊었다. 마냥 어두운 그 빗소리, 마음 바닥에 잦아드는, 그리고 시간이 졸아드는 소리라고. 가을에 듣는 온갖 소리는 소멸에의 전주곡이다. 이들 모두 인간에게 할당된 유한한 시간을 일깨워 준다.

대신, 아니 그러므로 가을은 생명을 향유하는 마지막 축제의 시간이다. 가을은 시간의 회갑 잔치, 마무리를 위하여 우주에 고하는 마감축제이다. 이 계절이 우리에게 제공하는 축제는 청각이 아닌 시각으로 펼쳐진다. 붉고 노란 산과 들, 저마다 가장 화려한 성장을 하고 나 여기 한 대 존재했었노라고 우주에 고하는 아름답고도 처연한 울부짖음이다. 가을 산을 보며 사람들은 단풍이 붉게 탄다고 곧잘 말한다.

아 번역하고 싶다.
이 늦가을
저 허옇게 깔린 갈대 위로
환히 타고 있는 단풍 숲의 색깔을.

— 黃東奎의「풍장 19」중에서

빨강 , 노랑, 주홍, 갈색, 그 갖가지 색채의 향연 속에 진정 타고 있는 것은 생명의 불꽃, 곧 스러지고 말 생명의 불이다. 이 짧은 순간은 미완인 채 손을 털고 일어서야 하는 작업장처럼 미진한 모든 것을 아쉬움을 지닌 채 그대로 남겨 둔, 한없이 머물고 싶은 아름다운 시간이다. 그러나 우리에게 부과된 과제가 어디 있었던가. 있다면 그것은 미결일 수밖에 없는 영원한 부채일 뿐 그 누구도 과제의 완성을 기약하지만 완성하는 자는 없다. 그저 내가 나로 인식하는 존재로 잠시 더 머무르고 싶을 뿐이다.

……나는 아직 애증의 빚 벗지 못해

　무성한 초록 귀때기마다 퍼어런 잎새들의 생생한 바람소릴
달고 있다
　그러니 이 빚 탕감받도록
　아직은 저 채색의 시간 속에 나를 놓아다오

— 金明仁의 「가을에」 중에서

　사람들이 태우고 싶어하는 그 아름다운 생명의 불꽃은 어디
있을까. 사람들이 태우고 싶은 것은 바로 누군가를 마지막으로
사랑하고픈 마음의 불이다. 가을이 아름답다는 것을 아는 것은,
바로 지나는 시간 속에 하염없이 누군가를 사랑하고픈 갈증이
있기 때문이다. 사랑이야말로 생명이 있다는 사실을 확인할 수
있는 행위이지 않는가. 소멸로 향할 수밖에 없는 인생사의 덧없
음을 알려주는 이 계절이 자신을 사랑해 줄 미지의 한 사람을 그
리게 만든다. 가을에 생기는 수많은 시인들은 사랑을 품음으로
써 비로소 시인이 된다.
　건널목을 지나 골목길을 걷다가 갑자기 나는 발걸음을 멈춘
다. 이 길은 어떤 길이며 나는 여기 왜 와 있는 것일까. 수십 년
을 살아오며 수없이 걸음을 걷는 나는 이 아침에도 어디를 향해
무엇을 위해 걷고 있는 것일까. 건널목을 건너다 문득 가을을 앓
기 시작한 나는 이 찬란하게 타는 계절에 누군가를 다시 사랑할
수 있을까. 그 사람은 어디에 있을까. 소리없이 이 가을이 가버
리기 전에 그를 만날 수 있을까.

설국雪國에서

휴양지의 밤은 밝았다. 밤은 온통 백색의 화선지였
다.

눈 덮인 작은 건물들이 십여 채 눈길과 눈산 사이를 비집고 들
어서 있었다. 눈길 위로 이따금씩 타이어에 쇠사슬을 감은 차들
이 기어올라올 뿐 고요했다. 음향을 죽인 텔레비전 화면처럼 눈
은 모든 소리를 흡입했다. 움직이는 형상은 그림자인 듯 어른거
리고 눈은 하나의 거대한 덩어리, 현상(現象)의 총체였다. 눈은
길 옆에 켜 있는 수은등을 반사시켜 하늘로 쏘았다.

하늘은 엷은 은회색 스크린으로, 산은 백색의 봉우리를 꼭지
점으로 한 세모꼴로 바싹 눈앞에 다가온다. 회백색 침엽수의 숲
이 무수한 시옷(ㅅ) 자를 그리며 세모꼴 안을 가득 메운다.

"아―" 하는 탄성이 절로 나왔다. 어느새 설경을 그린 크리스

마스 카드 속으로 들어와 있는 것이었다.

옆방에서는 웃음소리가 이야기 소리에 간간이 섞여 들려왔다. 그들에 끼지 못하고 혼자 방에 들어와 앉았다.

어두운 방에서 창 밖의 흰한 설경을 내다보며 방 안으로 배어 들어오는 눈의 희미한 반사광을 감지한다. 눈빛과 반딧불, 한석봉과 떡 써는 도마…… 일상의 나는 주로 불 밝은 방에서 암흑에 가까운 창 밖을 응시하곤 했다. 이 밤, 이 전도된 명암의 자리에서 의식은 나의 일상을 사진 필름처럼 현상하고 있다.

그 누가 자신의 삶을 철저히 발라서 보고 싶겠는가. 어둠 속에서 나는 부끄럽다. 매일을 다시 살아 보고 싶다. 워드프로세서를 쓰듯 어제의 삶을 정정하고 싶다. 허나 삶이란 지울 수 없는 것, 오로지 자신의 기억에서만 슬며시 지울 뿐이다. 여러 시간 폭설을 헤치고 달려온 버스 여행, 서울이라는 공룡을 탈출할 때 나를 괴롭히던 상념들이 무엇이었던가, 벌써 가물거린다. 일상의 파도가 영혼에 입히는 물때를 한 겹 벗겨내고, 탐욕에 바래기 시작하는 푸른 꿈을 되살리고 싶었다. 천지를 뒤덮는 백설에 심신을 세척하고 싶었다.

청승맞다.

누가 컴컴한 방에 앉아 있는 내 모습을 보면 웃을 것이다.

수많은 단상이 명확하게 뇌리에 각인되지 않고 군데군데 끊긴 영화 필름이 되어 뒤죽박죽이다. 천연색 일상에서 도피해 간 곳이 무채색 눈의 세계인가. 이 눈의 나라에서 보통 때 나를 에워싸는 잡다한 일상의 세부가 하나하나 퇴색하고 있음을 본다. 이곳에서 내가 부딪히는 것은 흑백 사진같이 언제나 한결같은 물음. 나는 분열한다. 사물을 인식하는 주체인 '나'가 왜 실지로 나의 삶을 살아가는 '나'인가. 내가 감히 되어 보고 싶은 '나'일 수는 없는가. 나는 내 자신을 한없이 사랑하면서도 내가 싫다. 겁쟁이, 내가 우러르는 고지는 그리도 험난한가. 감히 오르지 못하고 난 인생의 험산준령을 다시 가슴에 묻는다.

눈 감으면 지금도 나는 병상에 앉아 마당에서 맘껏 뛰노는 아이들을 멍하니 바라보는 허약한 계집애이다. 망막에 비치는 것은 긴 복도를 혼자 걸어나오는 여고생이다. 1교시가 끝나갈 무렵이면 갑자기 교무실로 달려가 조퇴 허락을 받곤 했다. 적막이 감도는 복도를 걸어 학교를 벗어날 때 이미 나는 아프지 않았다. 나는 '실지로' 살고 싶었지만 언제나 옆에 비껴 서서 삶의 수레바퀴가 가공할 속도로 굴러가는 것을 방관만 하고 말았다. 나는 세상 돌아가는 것을 구경하거나 회상 속에 아쉬워하거나 내일이란 시간이 마치 천년 뒤의 미래인 것처럼 꿈만 꾸고 있었다. 내가 살던 공간은 고독한 책상 앞, 병원 대합실, 낙엽이 깔린 인적 드문 교정의 벤치들이었고 내가 꿈꾸던 세계는 산등성이의 등대, 노을이 진 서편 하늘, 그리고 오늘, 지금, 여기가 아닌 아무 곳이었다. 나는 무엇이 그리도 두려웠을까.

눈을 감은 채로 심호흡을 한다. 베개를 베고 방바닥에서 창을 바라보며 눕는다. 눈 가장자리가 습윤해진다.

은회색 하늘에 오리온 좌의 세 별이 줄을 지어 떠 있다. 먼 별속에서 누가 나를 내려다보고 있는 것만 같다. 오리온 좌를 바라보며 미래를 점치던 어린 소녀에게 다시 부끄러워진다. 세월이 흘러 나이가 한참 들었지만 나는 그 소녀로부터 조금도 자라지 않았다. 가와바타 야스나리, 샤미센, 그리고 더 먼 어린 시절의 동화, 눈의 여왕, 눈물에 섞여 들어간 것……. 그 소녀가 두려워 하던 것은 성장이 가져다 줄 미지의 세계와 어른이 된다는 미래 의 짐이었을까. 철든다는 것은 과연 무엇이었을까.

그 소녀가 놀던 스티븐 디달러스의 유희에 빠져든다.

나

서울특별시

대한민국

동북아시아

지구

우주

태양과 아홉 개의 별

세 번째 혹성

태평양 한쪽 끝의 반도

한강변

북쪽 끝방

다시 강원도 오대산 부근의 눈 마을

어두운 방

나는 좌충우돌하며 살아왔다. 자유롭고 싶었다. 진실을 찾아 헤매었다. 그러나 자유와 진실을 위해 나는 무엇을 쏟아부었던가.

철이 든다는 것은 자신의 부족한 능력과 마주 대할 줄 알게 되는 것이었다.

내게 있어 어른이 되기란 최고를 포기하는 일이었다. 최선을 두려워하여 차선(次善)으로 만족하는 것이었다. 최선을 위하여 매진하고 목표에 다다르고 나면 나는 늘 혼자였다. 허무했다. 어느 한 영혼도 나와 이야기하려들지 않는다는 것을 일찍 알아챘다. 사람들에 섞이고 싶었다. 최선을 다하기가 두려워졌다. 내가 가진 일백을 몽땅 털어 넣을 용기, 온몸을 던져 부딪고 나갈 담력이 없어 구십만 넣고 나머지 열을 남겨 두어, 실패했을 때 내겐 그나마 열이라도 남아 있다는 위안을 받고 싶었을까. 잃고 싶지 않았던 그 열은 무엇이었을까. 그 열이 제공하는 도피처는 최선을 다하지 못하게 하는 장애물이다. 늘 차선을 택하면서 지레 외면해 버린 것이 아닐까. 나는 두 마리의 토끼를 붙잡으려 했나. 왜 배수진을 칠 용기가 없었을까. 차선을 선택하여 얻은 것은 고독으로부터의 해방이 아니었고 잃은 것은 나의 이름이었다.

내가 늘 시달려 온 고독과 불행감은 내가 미루어만 왔던, 꿈을 이루려는 노력을 다하지 못했다는 자책에서 비롯된 것임을 이제야 알아차린다.

"형태 엄마, 벌써 자요?"

방문 앞에서 누가 부른다. 어둠을 털고 나가야 한다. 나의 이름을 되찾아야 한다. 나는 누구인가. '나'를 알고자 했다. 여자의 존재는 타인과의 관계로 설정되는 위상이다. 누구의 딸, 아내, 그리고 어미, 나는 못 견뎌 했다. 부모가 주신 생명으로, 귀한 세 글자 이름으로 살고 싶었다. 그 이름은 낡은 동창회 명부와 주민등록증에서 바래 가야 하는가. 내 이름 석 자로 인식되고 기억되는 일을 하고 싶다.

나를 '나'이게 하는 것, 그것을 찾아 헤맨다. 재일 한국인 작가라는 딱지가 붙어 다녔던 이양지(李良枝)는 찾았을까, 그의 이름을? 자신의 진정한 이름을 찾지 않고서 누군들 자유와 진실에 대해 말할 수 있을까.

긴 창문을 열고 한 걸음 내디뎌 발코니에 선다. 추위가 소매 속으로 등줄기로 파고든다. 설경 아래 침묵하는 천지에 나 홀로 깨어 있는 듯한 착각에 빠진다.

쨍 하는 밤, 백설이 쌓인 영하의 산중에서 작은 소리로 외친다. 반향 없는 소리가 되어 흩어지는 나의 이름, 나는 이름을 되찾고 싶다. 후세에 남지 않아도 좋다. 내 이름으로 잠시나마 나 자신의 삶을 살고 싶다.

적_赤과 흑_黑

시아버님 가신 지 달 반이 지났다. "노환이라서", "호
상인데 뭘", 주위에서의 위로는 그렇다 치더라도 매일매일 무중
력 상태를 헤매는 중인 건 왜 그럴까. 결혼한 지 18년, 그 동안
차츰 노쇠의 길을 걸어가신 아버님이 자꾸 눈에 밟히고, 모시고
함께 식사하던 식당을 가도, 즐겨 잡수시던 음식을 봐도 아버님
이 떠오른다. 별난 효부 노릇을 한 것도 아니면서 가신 뒤 이렇
듯 생각이 나는 것은 무슨 까닭인가. 좋던 것만, 자상하시던 인
품만 기억하고 괴로웠던 것, 섭섭하던 마음은 뇌리에서 지우자.

절에 가서 제사를 모실 때엔 절하기 편하도록 흰색 주름치마
를 입고 간다. 흰색 블라우스를 입거나 때로 검정 웃옷, 또는 아
래위 검정을 입기도 한다. 탈상할 때까지 흰 옷이나 검은 옷만
입는 것은 매일 눈에 띄는 일상과의 차별을 통해 돌아가신 이를

추모하자는 뜻, 잘 알고 있었다. 그런데 실지로 매일 입자니 검은 옷과 흰 옷의 수가 그리 많지 않았다. 가까운 옷가게에 나가 검정과 흰 블라우스, 스커트, 긴 조끼를 몇 벌 구입했다. 그런데도 여름이라, 더구나 세기적인 더위가 위세를 떨친 올 여름, 앉아 있기만 해도 등에 주르르 땀이 흐르는 하루를 지내는 데 적어도 두 번은 옷을 갈아 입어야 했다. 옷이 계속 모자라기만 했다. 그럴 때마다 서랍장에 들어 있는 색색의 옷가지를 보며 일상을 지내는 데 색을 달리하는 옷이 있다는 것이 얼마나 고마운지 알았다. 싫증보다도 숫자로서 부족함이 없기 때문이다.

보통 때 나는 검은 옷을 맵시 있게 입어내는 사람들을 여럿 보아왔다. 더구나 일하는 곳이 미술관이다 보니 색을 많이 접하는 사람들일수록 어쩐 일인지 옷은 검정 또는 무채색을 선호한다는 것도 익히 보아온 터였다. 같이 일하는 직원들도 검정과 하양의 옷을 입으면 깨끗하고 세련되게 보이는 것이 사실이다. 그러나 매일 매일을 검정과 흰색만 입어야 한다면 그 구속감에 아찔해지고 만다. 그야말로 노 땡큐다. 언제나 내가 누릴 수 있는 작은 자유를 극대화하는 것이 내 삶의 모토가 아니던가. 입는 옷에까시 어떤 정형을 두어 스스로를 옭아맨다는 것, 나하고는 맞지 않는 일이다.

내가 아는 어떤 예술가는(요즘은 화가뿐만 아니라 조각가, 섬유예술가, 종이예술가, 설치예술가, 행위예술가, 테크놀로지 아티스트 등등으로 불리운다) 항상 검정 옷 일색이다. 여름이나 겨울이나 이태원이나 남대문 등지에서 산 그다지 비싸지 않은 검정 옷을 참 멋있게 입어낸다. 머리도 퍼머넌트를 하지 않은 숱 많은 생머리를 길게 길러 크게 한 줄로 땋고 다닌다. 뚜렷한 윤곽의 흰 얼굴, 큰 눈에 검정 아이라인만으로 화장을 한 그 예술가는 깨끗하면서도 개성이 있어 보인다. 아무개 하면 곧 떠오르는 그런 차림으로 쉽게 잊혀지지 않는다.

은근히 그의 세련된 안목과 참을성에 감탄만 하고 있던 나는 이번에 그 예술가가 자신의 외양을 한 이미지로 고정시키기 위하여 감래했을 부단한 노력과 자기 통제의 힘에 다시 한 번 깊이 감명받았던 것이다. 흑백으로 옷을 입기 시작한 뒤 보름 정도는 참아 줄 수 있었다. 그 다음에는 슬그머니 집 안에서라도 붉은 색만 아니면 되지 않을까 스스로 도망칠 궁리를 하고 있는 나였다. 짙은 감색 정도는 괜찮지 않을까. 또는 회색 바탕에 흰색 잔 꽃무늬 정도는 어떨까. 자꾸만 내게 주어진 제약에서 빠져나갈 생각으로 한동안 머리가 가득했다. 그러다가 곧 일주일 만에 돌아오는 제사를 모시고 나면 다시 마음가짐을 바로 해야지 반성을 한다.

한번은 나도 모르게 손톱에 붉은 매니큐어를 칠하고 있은 적이 있다. 왼손 다섯 손가락을 다 칠하고 나서야 문득 생각이 났던 것이다. 상중인데 손톱이라니, 스스로를 꾸짖고 나서 멈추었다. 그러다가 곧 저녁 지을 시간이 되어 나머지 손톱을 칠하지도, 이미 칠한 손톱을 지우지도 못하고 다음날을 맞이하게 된 것이었다.

공교롭게도 그날이 제사를 모시는 날이었음에랴. 아침에 급히 아이들을 재촉하여 서둘러 절에 갔는데 아뿔싸, 부처님 앞에 먼저 절한 다음 영전에 절하는데 엎드린 눈에 왼손의 빨간 손톱이 들어오는 것이 아닌가. 스님들이 볼까, 딴 식구들이 흉볼까 속이 영 편치 않았다. 그러나 어느 누구도 그에 대해 아무 말이 없었다. 혹 스님들 눈에 띄었는지도 모르지만 그들이 내게 말을 해줄 리도 없었다. 얼른 오른손으로 왼손을 덮다가 그만 갑자기 그냥 놔두자 하는 생각이 들었다. 이왕 엎지른 물, 내가 새색시도 아닌데 이걸 가지고 그렇게 겁을 내다니, 누가 뭐라면 사실대로 말하면 될 걸.

어느새 마음이 편해졌다. 그리고 아버님의 영이 나를 굽어보시고 있다면 "너 손톱 예쁘다"고 하실지도 모른다는 생각도 들었다.

작년 어느 봄날, 평양냉면 집에서였다. 그날 마침 나는 미술관에서 퇴근한 바로 그 옷차림으로 식당에 서둘러 나갔다. 굵은 평양식 만두와 냉면을 앞에 놓고 저마다 먹기 시작하는데 내 앞으로 아버님이 쓰신 쪽지가 왔다. 아버님은 당시 언어장애가 와서 모든 의사소통을 필담으로 하지 않으면 안 되었다. 쪽지를 받아 든 나는 그만 일굴이 확 붉어졌다. 거기에는 "너는 예쁘다." 이렇게 씌어 있었다. 검정 실크 원피스 위에 빨간 자켓을 걸치고 있는 이미 나이 사십이 된 며느리가 아버님 눈에는 아직도 어리게만 보였는지, 아버님 얼굴을 쳐다보며 나는 그만 훗훗 웃기 시작했다. 아버님은 내게 수줍은 웃음을 천진하게 보내셨고 자리에 있던 식구들은 한바탕 유쾌한 기분에 싸였었다.

새빨간 손톱을 한 채로 영전에 절을 한 그날, 집으로 돌아오면서 제약이 가져다 주는 해방에 대해 곰곰 생각했다. 자신이 입는 옷을 검정 한 가지로만 정하면서 그 예술가는 비로소 색이라는 명제에서 벗어날 수 있는 것이 아니었을까. 그리하여 자신의 생활을 자신이 제작하는 미술 한 가지로 집약시킬 수 있는 것이 아니었을까. 내가 흑백으로 입는 동안 나는 어느덧 조금씩 색 있는 옷을 입을 때 나를 감싸던 어떤 예상된 제약에서 벗어나고 있었던 것이 아닐까. 붉은 손톱에 붉은 자켓을 입은 것이나 입지 않은 것이 그다지 차이가 없고 검정 옷을 입으므로 내가 남에게 어떻게 보여야 한다는 구속에서 벗어날 수 있었다. 나는 길 건너에 있는 싼 신발 파는 집에서 간호원들이 신는 비닐로 만든 흰 샌들을 샀다. 값도 싸고 편했다. 점점 머리카락이 길어지고 있었는데 개의치 않았다. 그냥 길도록 내버려 두었다. 탈상할 때까지의 이 얼마 안 되는 시간이 내게는 소중한 또 하나의 자유를 체험하는 기간이 되고 있었다. 그리고 아버님 영전에 내가 좀더 맘 편하고 자연스럽게 예쁘게 보였으면 하고 바랐다. 아버님, 안녕히 가십시오.

구두 굽을 갈며

    잎새를 굴리는 바람 소리와 큰 물난리 끝에 올해도 가을이 왔다. 소매 사이를 파고드는 이른 아침의 냉기를 느끼며 이것이 몇 번째 맞는 가을인가 생각한다. 또 앞으로 몇 번이나 이 같은 가을을 보낼까 의문을 품어 본다. 해를 거듭할수록 가을은 결실보다는 상실의 계절로 다가온다. 요즘엔 하나씩 깨달음을 주는 자각의 계절이 되어 간다.

  가을이 되면 사람들의 움직임이 바빠진다. 온도의 변화 때문인지 시간에 쫓기는 탓인지 사람들은 흐르는 시간만큼이나 빨리 움직이는 것 같다. 계절의 경계에 선 나는 옷장 안의 옷을 갈아 내고 정리했다. 옷은 가득 걸려 있건만 정작 입고 나가려면 도무지 마땅치가 않다. 왜 유행이란 것이 사람을 불편하게 하는가. 한동안 옷을 정리하다가 차라리 구두로 기분을 바꿔 보리라 마음먹고 구둣가게로 나갔다.

까다로운 성미가 아니면서도 구두매장을 둘러보는 내 마음은 흡족하지가 않다. 대개의 경우 오른발은 꼭 끼이고 왼발은 오히려 헐렁할 적이 많다. 어쩌겠는가, 내 발이 그렇게 생긴 것을. 점원은 가죽이란 신고 다니면 늘어나기 마련이라고 위로하며 한참 열을 올린다. 마음에 드는 구두가 하나 있다 했더니 오른쪽 복사뼈가 구두 턱에 닿아 괴로웠다. 점원은 잽싸게 구두바닥을 들추어서 조그만 깔개를 하나 덧대어 준다. 그래도 마뜩찮았다.

"글쎄요."

마침내 그 구두도 벗어 주고 할인 안내문이 우동집 휘장 모양 머리 위로 너풀거리는 구두매장을 벗어났다. 집에 돌아왔다. 현관에 들어서자마자 오랜 친구를 찾듯 낡은 갈색과 검정색의 구두 두 켤레를 봉지에 싸들고 수선가게로 나섰다. 모양이 형편없이 일그러지고 밑굽이 상처투성이로 닳아 있었다. 구두 앞부분의 세모난 형태는 어디론지 없어지고 새끼발가락 자국이 불룩 튀어나와, 내 못난 발이 거기 낙인이 되어 찍혀 있었다. 새 구두를 신기 시작해서 얼마쯤 지나면 내 발 모습으로 구두 모양이 고정되는 것일까.

발에 맞는 구두를 만나기란 자신에 맞는 배우자를 만나는 것만큼이나 어렵다고 누가 말했다. 누구나 자신에게 꼭 맞는 신데렐라의 유리구두란 동화 속에서나 존재할 듯싶다. 웬만큼 맞으면 그것이 내겐 유리구두이거니 여긴다.

사람을 만나는 것도 같다. 내 신은 나와 살면서 조금씩 달라진 남편의 모습이고, 그의 신은 역시 변해 온 나일 것이다. 여러 켤레의 신이 댓돌 위에 줄지어 놓여 있어도 담박 내 신인지 알 수 있는, 그 익숙한 돌출과 주름이 바로 세월 속에 달라져 가며 길들여져 가는 그의, 그리고 나의 모습이리라.

김춘수의 「꽃」이라는 시를 좋아했었다. 서로가 서로의 존재를 발견하고 비로소 알아준다는 그 믿음으로 남편을 만났다. 서로 만나던 그 당시 그는 내게 유리구두였음에 틀림없었다. 구두를 신을 때 처음 얼마간의 적응기간이 필요하듯 우리의 신혼은 실망과 슬픔이 따랐다. 우리는 어쩔 수 없이 서로의 기대에는 미치지 못했다. 결혼이라는 틀은 유리처럼 깨어지기 쉬운 소중한 보물이었다. 발뒤꿈치의 물집과 새끼발가락에 생기는 굳은살이었을까.

고비를 여러 번 넘기고 평온을 찾은 요즈음은, 그러나 혹 익숙함이 습관으로 변하지나 않았을까. 지금 고치려고 들고 가는 구두는 싫증이 나, 잊고 있던 남편에 대한 진정한 관심을 적나라하게 보여주는 것 같아 부끄럽기만 했다.

"버릴까요? 너무 낡았지요?"

겸연쩍은 내 목소리가 들렸다.

"웬걸요. 굽 갈고 고무만 대면 아직도 한참 신겠는데요."

구두를 맡기고 돌아오던 나는 어젯밤의 남편의 모습을 자꾸 떠올릴 수밖에 없었다.

늦겠다는 전화에 늘 그러하듯 아이들을 재우고 먼저 잠이 들었다. 곤한 잠 끝에 퍼뜩 눈이 뜨였다. 어둠 속에 한동안 멍하니 앉아 있었다. 지지지지— 하고 마루에서 텔레비전이 켜져 있는 소리가 들렸다. 몇 시나 되었을까. 방에서 나와 보니 남편은 소파 위에서 잠이 들어 있었다. 그는 쿠션을 몇 개 포개어 소파 끝에 놓고 머리를 누인 채였다. 그 자리는 남편이 퇴근하면 차지하고 앉아서 통 일어나지 않는 자리이다. 조명도 좋고 텔레비전도 제일 좋은 각도로 볼 수 있는 특등석이다. 무릎엔 신문을 펼치고 손에는 원격조정기를 들고 발 밑에는 양말을 동그랗게 벗어 놓은 채, 탁자 위에는 무협소설을 한 질이나 쌓아 놓는다. 그러면 그는 붙박이 가구가 되어 버렸는지 내 잔소리도 들리지 않는 저 머나먼 나라로 줄달음쳐 버린다. 나도 아이들도 감히 범접할 수 없는 그만의 성역인가.

입까지 벌리고 코를 골며 잠든 남편은, 그러나 연민의 정을 자아내었다. 내가 집안일에 얽매여 쩔쩔매는 나만의 고독을 안고 안간힘을 쓰는 동안 그는 그대로 심신의 도피처를 찾고 있는 것이 아닌가. 그는 무엇 때문에 그리 고독한가. 두드려 깨워 장시간 토론을 벌일까도 생각했다. 그러다가 다시 내 속의 모성이 나를 달랜다. 그를 그대로 두자. 쉬게 하자. 그리고 국화꽃이 피도록 나도 이 가을에 기다리자. 나를 '나'이도록, 그를 '그'이도록 서로 참고 배겨내는 것이 우리의 삶을 지탱하는 뿌리가 아닐까.

남편을 일으켜 방으로 들여보내고 혼자 잠이 깨어 아침까지 밝혔다. 출근하는 그에게 뜬눈으로 지샌 간밤 애기를 했더니, 그는 구두에 발을 꿰면서 한다는 말씀이,

"늦어서 그냥 자려고 하긴 했지. 그런데 당신이 피곤한지 코를

너무 골더라구. 아무리 기다려도 시끄러워서 잘 수가 있어야지.
그래서 마루로 나와 텔레비전을 좀 보다 잠이 들었나봐."

우리는 마주 보고 한참을 웃었다.

구두를 오래 신다 보면 굽을 갈아서도 신고, 심지어는 가죽만
남기고 밑창까지 몽땅 새로 지어 신을 수도 있다는 것을 난 이전
에 알지 못했다. 수선한 구두는 새 구두보다 익숙하여 편하고 비
용도 들지 않는다. 그러나 낯선 새 것이 가져다 주는 신선함, 가
슴 두근거리는 궁금함은 없다. 나는 그에게, 그는 나에게 익숙한
사람이지만 언제라도 서로에게 구겨 처박아 버릴 헌 신짝이 될
수 있는 위험이 상존한다. 오늘은 좋다. 그러나 내일도 여전히
나는 그에게, 그는 나에게, 서로 단 하나인 꽃일 수 있을까. 가슴
을 두근거리게 하는 존재일 수 있을까. 가을이 물들기 시작하는
가로수 아래 발길을 멈춰 서서 나는 갑자기 길을 잃은 듯 아뜩해
지는 기분을 맛본다.

아파트라는 벽화 속에서

　　　비가 한차례 내리고 난 휴일 저녁, 네 식구가 산책길에 나섰다. 은행나무는 물을 흠뻑 머금고 높이 솟아 있고 무성한 여름 잎은 저마다 한 자씩이나 웃자라 있었다. 어김없이 다가오고야 마는 계절의 진행과 그 풍요로운 생명력에 새삼 대자연의 섭리를 체득한다.

　두 살이 채 안 된 작은아이는 시멘트 블록으로 포장된 인도 위를 뛰다가 걷다가 마침내 등 뒤로 다가와 업힌다. 큰아이는 벌써 저만치 앞서 걸으며 제 아빠와 무슨 얘기엔지 몰두해 있다.

　여름이 지나가는 저녁에 키 큰 아파트 건물 사이를 걷는다. 이것이 이젠 내 가족이고 이것이 내 삶이다. 아버지와 등산도구를 챙겨 들고 산행에 나서던 다섯 살짜리 계집아이로부터 세월은 얼마만큼 흘렀는가. 수도 없이 다닌 이사와 네 군데씩이나 국민학교를 거친 어린 시절이 지금 몇 발짝 앞에서 뛰어다니는 내 아이들의 뒷모습과 겹쳐져 눈에 어른거린다.

한동안 걷다가 한 달 전에 이사온 친구 아파트 건물을 지난다. 두 사람이 맞벌이를 하며 적지 않은 돈을 융자해 아파트를 샀다. 집을 보러 다니면서, 융자 때문에 은행을 드나들며, 수리비가 많이 든다고 가끔씩 전화하던 몇 달 전 일들이 기억났다. 이젠 아이들도 전학시켰고 자리를 잡았다. 몇 해 전에 우리도 같은 경험을 했기에 그들이 겪는 어려움과 보람이 생생하게 와닿았다.

건물들 앞에는 휴일이라 몰고 나가지 않은 색색의 자동차들이 궁성을 지키는 병정들처럼 정렬해 있었다. 그러고 보니 건물들은 위로 회색 빛 하늘을 광배인 양 두르고 위용을 뽐내고 있었다. 그 밑을 아이들을 이끌고 마냥 돌고 있는 우리 부부는 탑돌이 하는 신도 같기도 했다. 토템을 숭배하던 옛 조상들과 별다를 것이 없다. 아파트는 정녕 이 시대의 토템이 되고 말았다. 아파트 한 채를 소유하고자 얼마나 많은 다른 것들을 버리고 사는가. 수많은 밤을 잠 못 자며 헤아리고 의문을 던지고 희망을 품어 왔다. 학군은 무엇이며 배달이 잘 되는 수퍼마켓은 무엇인가. 더운 물과 경비원이 지키는 한밤의 숙면은 또 무엇인가. 좀더 맑은 공기, 마당에서 자라 꽃망울을 터뜨리는 봉숭아, 개가 짖는 한가한 대낮, 풀섶에서 잡아온 여치…… 이들은 수십 년 전 내 어릴 적의 추억일 수밖에 없는 것일까. 먼 훗날 되돌아볼 때 과연 후회 않을 길을 걷고 있는가. 들쥐 떼 속의 한 마리가 되어 뒤도 돌아보지 않고 휩쓸려 가다가 물 속으로 빠지는 것이나 아닐까.

날뛰는 아이들을 이리저리 몰아가며 다시 엘리베이터에 오른다.

밤이다.

서늘해진 공기를 찾아 창을 열고 건너편 건물 어디선가 들려오는 어린아이의 울음소리를 듣는다. 허공은 아직 완전히 깊어지지 않은 밤의 도시가 내는 여러 소리로 가득 차 있다. 먼 클랙슨 소리, 전철이 동호대교를 지나며 내는 굉음이 들린다. 벌레 소리가 아래층 학생의 바이올린 연습 음과 어우러진다.

다시 창가에 다가앉는다. 어둠이 짙게 덮인 건너편 건물은 검은 공룡처럼 웅크리고 있다. 무수히 불켜진 창들이 저마다 사연을 안고 밤을 향해 잠겨들고 있다. 건물의 각진 꼭대기 너머로 뿌연 밤하늘이 눈에 들어온다. 한밤중에도 깜깜해지지 못하는 도시의 하늘. 밤하늘에 초롱초롱 박혀 있는 별을 헤아려 본 것이 언제였던가, 벌써 까마득하다. 아파트가 숲을 이룬 서울의 밤엔 대신 건물 창으로부터 배어 나오는 불빛이 있다. 시야를 가득 메우는 건물의 큰 몸체는 하나의 거대한 벽화가 되어 내게 다가온다.

화가 김환기가 뉴욕의 밤하늘을 내다보면서 마주친 고층 건물의 숲 속에서, 건물마다 벽을 가득 채운 불켜진 창을 보았을 때, 그때 그의 심정이 이러했을까. 메트로폴리스를 상징하는 불야성을 이루는 그 풍경은 그에게 더없이 고독한 인간 존재를 다시금 확인시켜 주지 않았을까. 짙푸른 화면에 가득 들어찬 네모 점들은 고독을 디디는 그의 발자국이었을 것이다. 그 작은 공간을 하나하나 만들어 가면서 김환기는 무슨 생각을 했을까. 〈어디서

무엇이 되어 다시 만나랴〉라는 제목이 가슴을 뭉클하게 헤집는
다.

어느새 나도 그 작은 네모 공간을 하나씩 더듬고 있다. 혜성이
다녀가듯 스치고 지나간 작은 만남들이 나를 웃음짓게도 하고
안타깝게도 한다.

아이가 자고 있는 방을 들여다본다. 아이는 우유를 빨고 포만
감에 젖어 잠이 들었다. 인연의 끈은 나와 내 아이를 잇고, 또 나
와 내 부모를 잇는다. 이제는 병풍처럼 한 발 물러서서 우리를
둘러싸고 있는 부모의 얼굴들. 그들의 얼굴을 내 아이의 얼굴에
서 찾는다. 서로 닮은 얼굴들이 대물림을 하며 이 노후한 토양
위에 서식한다. 수천 년 전에 이 땅을 오가던 이들의 얼굴은 곧
오늘날 우리들의 얼굴이 아니겠는가. 영생(永生)은 아마도 이렇
게 얻어지는 것이리라.

방문을 닫고 마루에 앉는다. 그 수많은 불빛 중의 하나가 되어
버린 나의 집이다. 불빛을 바라볼 때마다 나는 고독하되 결코 홀
로 고독하지는 않구나 하는 묘한 안도감을 갖는다. 철저히 개인
적이고 적당히 타산적인 삶을 사는, 또 다른 '나'가 모여 사는
아파트이다. 어디로 향하는지 모르는 채로 그저 최선을 다하고
최상을 희망하며 열심히 산다. 물신숭배의 상징이 되어 서 있는
건물 속에서, 나의 부모가 이전에 수없이 몸부림을 쳤던 것처럼
나도 이것이 현재로선 최상의 선택이라 믿는 삶을 산다. 내 아이
들은 커서 무슨 목표를 향할 것인가. 시멘트 공간이 내게 숨막히
는 억압을 주지만 그들에겐 더없이 그리운 추억의 구석이 되기

를 빈다.

편리한 집단주거라는 의미로부터 너무도 멀리 달아나 버린 오늘의 아파트. 그러나 현대인, 도시인, 어쨌건 숨쉬는 인간들을 품고 있는 보금자리일 수밖에 없다. 나는 다시 창가에 서서 이 거대한 벽화의 일부분이 되고 만다.

이방인 異邦人

반포대교를 건넜다. 열어 놓은 차창으로 들어오는 바람이 시원했다. 바람에 묻혀 싱그러운 내음이 함께 차 안에 스며들었다. 다리 위엔 온갖 차들이 꽉차 왼쪽 차선으로 끼어들기가 여간 어렵지 않았다. 두 번째 신호등에서 좌회전하라는 친구의 말대로 방향을 틀고 십여 미터 갔을까. 미군 부대 입구의 초소에서 왼쪽으로 다시 한 번 꺾어 작은 주차장에 섰다. 약속 시간보다 십 분 일렀다.

날씨는 완연한 봄이었다. 시멘트 벽돌로 담을 친 위로 개나리가 노오랗게 흐드러졌다. 초소에는 카투사로 보이는 군인 한 명과 미군 두 명이 들어오는 차들을 일일이 검사했다. 우리 나라 경찰을 보면 지은 죄가 없어도 겁이 나는데 이들은 조금도 그런 느낌을 주지 않았다. 그들의 이완된 표정과 느릿한 몸 동작 때문

일까. 곧 친구의 연회색 쿠프(문이 두 개인 차)가 나타났고 나는
주민등록증, 운전면허증과 자동차등록증을 그에게 건네 주었다.
친구는 초소의 작은 창구에 그것들을 내밀고 임시방문증과 출입
증을 받아다 내게 주었다.

차를 움직여 작은 비이 엠 더블류의 뒤를 따라 천천히 영내로
들어갔다. 곧 차 밖 풍경은 어느 한적한 미국 교회의 주택가를
연상케 했다. 차량의 홍수니 인산인해니 하는 초소 밖의 한국과
서울 한복판에 미국을 옮겨 놓은 듯한 이 안과의 거리는 얼마나
되는 것일까. 이곳에서 미국과 한국이 태평양보다도 더 멀리 떨
어져 있음을 실감했다. 보이는 얼굴들이 서양인들이라 그럴까,
차들이 외국제 일색이어서일까. 나는 떠나온 지 어언 칠 년이나
되는 내가 살던 미국 동부의 작은 도시가 그리워져 스산한 마음
을 가누느라 힘이 들었다. 왼쪽으로 드문드문 거리를 둔 건물들
이 시야에 들어오더니 순간 앞이 확 트이며 수양버들이 몇 그루
줄지어 늘어서 있고 그 뒤로 널찍한 잔디밭이 광활히 펼쳐져 보
였다. 이곳이 골프장의 일부인가 보았다. 도로 끄트머리 쪽에 둥
실 하늘을 배경으로 떠오른 은빛 건물이 눈에 들어왔다. 모체가
죽 올라가다가 꼭대기에서 한쪽 귀를 베어 먹은 모양으로 미루
어 국제빌딩이었다. 비로소 이곳이 서울, 그것도 용산의 한 모퉁
이라는 실감이 들었다.

앞 차를 바싹 따라가던 나는 차창 밖으로 펼쳐지고 있는 친근
한 풍경에 다시 맘이 설레이는 것을 어쩔 수 없었다. 이젠 우회
전을 하여 주택이 많이 들어선 지역으로 접어들었다. 미국 교외

의 중류 가정들이 모여 사는 지역을 그대로 재현한 것이었다. 오른쪽 길가에 스쿨버스가 여나믄 대 줄 서 있었다. 나는 나도 모르게 스쿨버스 바로 앞에서 몇 미터 떨어져 차를 세우고 있었다. 내가 미국 살던 팔 년 동안 몸에 익은 운전 습관이 되살아나다니 참 놀랄 일이었다. 몸으로, 습관적으로 늘 하던 일을 서울 와 산 지 몇 년 동안 잊지 않고 뇌의 어디엔가 입력해 놓았던 모양이었다. 나는 잊고 있었던 변화무쌍한 과거로 다시 돌아가고 있었다.

이윽고 앞 차가 작은 도로변에 차를 세웠다. 길에 면한 부분은 약간의 풀밭 — 앞마당이랄 수 있는 — 이었다. 곧 현관문을 열고 들어갔다. 왼편으로 거실과 식당이 한 공간에 속해 있었고 나에게 공개하지 않는 오른편은 침실이 있는 곳인가 보았다. 집은 침실 두 개짜리 작은 주택이었다. 그래도 거실의 벽면을 파고 벽난로를 박아 설치했고 벽감 위에는 두꺼운 나무판자를 걸쳐 놓고 그것을 맨틀피스로 사용하는 듯 그 위에 올망졸망 장식물을 얹어 두었다. 거실에는 큰 안락의자와 소파 세트가 있고 부엌에 면한 후미진 곳에는 식탁이 자리하고 있었다. 소파에 잠시 앉아 있던 나는 식탁 옆 장식장에 진열된 크리스탈 잔을 보며 내가 살던 이타카에서 남편의 교수 댁에 식사 초대를 받아 갔던 일을 회상하고 있었다.

이 집과 이 거리가 그대로 간직하고 보존하고 있는 것은 미국인의 생활, 그들의 주거 환경뿐만 아니라 미국이라는 무형의 유산이었다. 이 미군 영내는 미국인의 말, 음식, 교육방식과 주거 환경, 그리고 공간 개념에 이르기까지 미국 본토의 생활방식을 그대로 간직하려고 치밀하게 계획하고 시행한 결과이다. 이들은 물리적으로는 한국의 서울에 살고 있지만 사실은 미국에 그대로 살고 있는 것이었다. 이곳은 미국 영토였다.

미국에서 유학생 또는 유학생의 아내로 살던 8년간 나는 과연 어느 나라 국민으로 살았던가 생각해 본다. 작은 아파트 안에서 우리는 한국이었다. 한국말로 서로 의사소통을 하고 한국식 음식을 먹었다. 그러나 미국 텔레비전을 보고 내내 영어로 뉴스를 듣고 드라마를 보고 쇼를 보았다. 주로 교류하는 사람도 한국인 친구들이었다. 그러나 일단 밖에 나가면 우리는 미국에 사는 소수민족의 하나였다. 액센트 있는 영어를 하고 미국 수퍼마켓에서 장을 봤으며 미국 차를 몰고 미국 교수의 영어 강의를 들었다. 뉴욕에서 발행하는 한국일보를 우편으로 받아 보았으니 한국 소식은 접했지만 고국은 멀고도 멀었다. 어느덧 우리는 미국인의 합리적 사고방식을 따라갔고 미국이라는 나라의 좋은 점과 병폐를 몸으로 받아들였다.

미국 간 지 이 년 만에 잠깐 서울에 다녀갔는데 그때 내 눈에는 한국이 벌써 새롭고 이상스럽게 비치기 시작했다. 그로부터 육 년이 지나 아이를 걸리고 김포공항을 통해 한국에 재입국했을 때의 충격은 심각했다. 나는 외양은 한국인이고 한국어를 그대로 쓰고 있었지만 한국인도 미국인도 아닌 어정쩡한 상태였다. 미국식으로 사고하고 있었다. 그리고 그 팔 년 동안에 우리나라가 변해 온 속도는 엄청났다. 한국인으로서의 나는 팔 년 전의 방식대로 생각하고 있었고 미국 거주자로 노랑물이 이미 든 내게 한국 사회의 목을 죄는 폐쇄성과 격동하는 활력, 천박한 문화 형태만이 자꾸 눈에 띄었다. 문을 닫아걸고 칩거했다. 들어앉아 미군 본부가 종일 방영하는 텔레비전만 틀어 놓고 지냈다.

만약에 미국에서 살 때 지금 미군 영내처럼 공간 개념까지도 우리 나라 식인 동네가 있어 우리 식으로 집을 그대로 지어 놓고 우리 식의 시장도 있고 우리 나라 말로 방영하는 텔레비전과 우리 나라 아이들을 가르치는 학교가 있어 아이들을 그리로 보냈다면, 서울에 왔을 때 쉽게 재적응했을 것이었다.

그러나, 나는 미국이라는 나라를 전혀 모르고 지냈을 것이었다. 미국 사람들이 얼마나 근면하며 자유분방해 보이는 그들의 생활의 이면에 청교도적인 깊고 굳은 도덕률과 자발적인 참여정신이 얼마나 단단하게 자리잡고 있는지 알지 못했을 것이었다. 그들이 외국인들에게 얼마나 관대하고 포용력 있게 대하는지 그들의 사회가 신뢰와 책임으로 잘 엮여 있는지도 알 수 없었을 것이다. 미국을, 아니 이타카를 떠난 지 벌써 칠 년이 지났음에도 그때 살던 집과 주위의 경관이며 과수원, 호숫가가 가끔씩 생각나면 그리움으로 가슴에 가벼운 통증마저 느낀다. 미국인이 아니었음에도 나는 이타카인이리고 자랑스레 말할 수 있을 정도로 그 아름다운 자연과 순수하고 예의바른 사람들에 애정을 느꼈다. 나의 젊음의 귀중한 시간을 보낸 곳이기에, 그 동안 그곳을 아끼며 살았기에 이타카가 나의 고향인 것 같을 때가 많다.

미국 사람들이, 더구나 미군과 그 가족들이 한국을 얼마나 이해할 수 있을까? 나는 중고등학교 시절 영어를 가르쳐 주던 평화봉사단원들을 기억한다. 그들은 진정 한국을 알려고 노력하던 사람들이었다. 도시보다도 지방으로 가서 봉사한 단원들은 한국 식 생활을 좋든 싫든 더 빨리 받아들였다. 미국에서 만난 한 남 자는 이전 평화봉사단 출신이었는데 그는 전라도 사투리로 한국 말을 곧잘 하였다. 나는 "그랬당께"를 스스럼없이 말하는 벽 안 의 키 큰 미국인 앞에서 형용할 수 없는 감동을 맛보던 기억이 있다.

지금, 이 한국 속의 미국 동네에 들어와 미국 집에 앉아 한 잔 의 애플 주스를 마시면서, 나에게 초콜릿을 권하는 이 노란 머리 의 여자에게 내가 무슨 말을 해줄 수 있을까? 이들은 결코 한국 에 살고 있지 않다. 이들이 살고 있는 곳은 보호 격리된 미국의 연장이지 결코 한국은 아니다. 그들은 한국어를 거의 모르며 한 정된 한국 사람만 접촉할 뿐이다. 그들은 관광객으로 살다 때가 되면 옮겨갈 뿐 결코 한국에 살지는 않는다. 이들이 상대하는 한 국 사람은 어떤 사람일까? 이들이 가끔 나와 사는 이태원의 가 짜 상표의 티셔츠와 값싼 가죽 제품, 호기심으로 사먹는 불고기, 관광버스에 실려 구경하는 민속촌이 우리의 무엇을 알려줄지 의 심스럽다.

그들에게 우리 농민들이 죽어 간다고 백 번 이야기 해주어 봐 야 알아들을까. 또한 우리는 그들이 말하는 정직, 신뢰, 약속이 라든가 공정무역거래라는 개념을 얼마만큼 절실하게 받아들일 수 있을까. 그들은 그들의 사고방식만을, 우리는 우리의 전통과 관습만을 상대에게 일방적으로 이해하라고 요구할 수 있을까.

어디까지 이해하며 얼마만큼 양보하고 타협하는 것이 타당한 수
준일까. 민족의 주체성이며 자긍심은 상대편에게도 같은 정도의
자기 동일성을 인정한 연후에 가능하지 않을까. 우리는 언제나
서로에게 이방인일 수밖에 없는 것인지도 모른다.

　약 한 시간 뒤에 차를 타고 수양버들이 늘어선 골프장 옆을 지
나 다시 초소 앞에서 멈췄다. 주민등록증과 자동차등록증을 찾
고 차를 움직여 미군 부대를 빠져 나왔다. 헌병이 웃으며 수신호
를 하여 내 차를 보내 주었다. 나는 다시 차량으로 꽉찬 한강 다
리를 건너 소음과 먼지에 싸인 강남으로 재진입했다.

음악회에서

    연주 시작까지 10분밖에 남지 않았는데 우리가 탄 차는 '예술의 전당' 입구에서 오도가도 못 하고 주차 순서를 기다리고 있었다. 남편은 우리 셋만 먼저 내려 들어가라고 했다. 나와 아이들은 뛰었다. 웬 계단이 그리도 많은지 혁혁대며 음악당 안으로 들어갔다. 가까스로 자리를 찾아 앉자마자 오케스트라 단원들이 무대에 나오기 시작했다.

    백혜선과 런던 심포니의 협연으로 베토벤 피아노 협주곡 5번 〈황제〉가 시작되었다. 익숙한 멜로디, 웅장 화려 장엄하기까지 한 협주곡에 천천히 빨려 들어갔다. 연주회장에 들어오지도 못하고 문 밖에서 듣고 있을 남편이 마음에 걸렸다. 갑자기 초등학교 2학년인 작은아이가 내 귀를 확 끌어당겼다.

    "지휘하는 사람이 못생겼어."

순간, 내 얼굴은 붉게 물들고 옆자리 사람들은 빙긋 웃으며 의미 있는 눈짓을 보내왔다. 나는 아이에게 속삭였다.

"그래도 정명훈이야. 좀 들어봐."

1악장이 반 이상 진행되었는데 돌연 장내 조명이 어두워졌다. 오케스트라가 악보도 잘 읽을 수 없을 정도였다. 이런 일도 일어나는구나 하는 생각에 피아니스트가 걱정이 되어 맘이 조마조마했다. 그러나 어둠 속에서도 백혜선은 침착하고 당당하게 선율들을 잘 짚어 나갔고 청중들은 숨을 죽였다. 다시 불이 들어왔고 이윽고 악장이 끝났다. 긴장했던 사람들이 여기저기서 마구 헛기침을 해대었다.

음악회에서 내가 좋아하는 순간이 있다면 연주 시작 전 모든 악기가 한 음에 맞춰 꿀벌처럼 붕붕거리며 줄을 맞출 때, 그리고 악장과 악장 사이 아무 박수 소리도 내지 않고 곧 이어질 음악을 기다리는 침묵의 몇 초간이다. 두 경우 다 공중에 팽팽한 긴장이 활시위처럼 당겨져 있는 시간이다. 연주자 청중 모두 오로지 하나로 정신을 모아 무형의 실체, 하나의 훌륭한 음악을 만들어 가는 순간이다. 그 순간은 음악당에 모인 모든 사람들이 각 개인의 상이함과 다양함에도 불구하고 하나의 목표를 향해 한 사람인 듯 일체가 되어 최선을 다하는 참으로 아름다운 순간이다. 이러한 일체화의 과정을 거쳐 진행되는 음악회는 대개 성공적인 음악회가 되며 때로 뭉클한 감동을 이끌어낸다.

아이들을 끌고 음악회에 가기 시작한 것은 작년부터였다. 작은아이에겐 좀 빠른 것이 사실이다. 가끔 졸기도 한다. 나는 초등학교 4학년 때 처음 음악회에 가보았다. 그때 연주자는 중학생이던 바이올리니스트 김남윤이었다. 깜박 졸기도 했지만 왠지 음악이 좋고 음악회라는 이벤트가 제공하는 현장감, 그 감동에 이끌렸다. 중학생이 되어서는 스스로 광화문 동아일보사나 안국동 한국일보 사업부에 가서 표를 샀다. 지금의 세종문화회관 자리에 있던 시민회관이나 신촌의 이화여대 강당에 연주회장이었다. 음악회가 끝나면 밤 버스 맨 뒷자리에 교복 차림으로 앉아 흔들리며 집으로 돌아오곤 했다. 손에는 그날의 프로그램을 말아 쥐고 벅찬 가슴으로 그날 들은 선율을 되새기거나 몰아의 경지에 잠기던 연주자들의 모습을 떠올리기도 했다.

음악회에서는 그 나름대로 어느 고지에 이른 연주자의 삶의 결정체를 볼 수 있다. 타고난 재능도 있겠지만 피나는 노력과 훈련, 뒷받침하는 사람들의 희생과 헌신이 어우러져 하나의 음악가를 만들어내는 그 과정을, 일부나마 함께 경험하는 것이다. 나는 아직도 20년 전 이대 강당에서 들었던 정경화나 이차크 펄만의 연주를 잊지 못한다. 시간의 거리를 뛰어넘고 희미해진 기억속에 그때의 연주 곡목도 잘 생각나지 않지만, 음악에 대한 그들의 진지한 접근과 혼신을 다해 연주에 몰입하던 구도자와도 같던 그들의 모습이 더없이 경건해 보였기 때문이다.

큰아이를 낳고 거의 10년간 음악회에 갈 기회가 별로 없었다. 간댔자 일이 년에 한 번 정도였다. 삶의 소용돌이에 휘말려 음악을 즐길 만한 마음의 여유를 찾기 어려웠다. 그보다도 아마 음악회에서 보게 될 최고 수준의 성취자들을 대하기가 괴로웠기 때

문이라고 해야 할 것이다. 어느 결엔가 삶의 수레바퀴에서 떨어
져 나와 뒤쳐져 가는 자신이 자꾸 돌아보이기 때문이었다. 스스
로 비참한 기분을 맛보고 싶지 않았다.

최고, 최상, 최다, 최단기간, 최연소, 최초의 것을 추구하는 우
리 사회의 풍조에 발맞춰 살아가기란 얼마나 힘겨운 것인가. 이
세상은 수많은 '1등 아닌 사람들'로 가득 차 있고, 보다 너른 세
상에선 '1등'이란 말은 무의미하다는 것, 오히려 자신만이 익히
알고 있는 자족의 희열과 자신보다 못한 사람에 대한 관대함이
더 소중한 덕목이 될 수 있다는 것을 깨닫기까지 세월은 엄청 흘
렀다. 삶은 자신이 진정 하고 싶은 일과 자신이 정말로 잘 할 수
있는 일 사이의 끊임없는 줄다리기라고나 할까. 어느 것이든 한
시라도 일찍 발견하고 그것을 위하여 매진할 수 있는 데서 진정
한 행복은 찾아진다. 시행 착오와 실패를 두려워 말고 개성을 고
집할 수 있는 배짱이 미래를 살아갈 세대에게 진정 필요한 덕목
이 되어야 하지 않을까.

중간 휴식 시간에 드디어 남편은 우리 자리를 찾아왔고 큰아
이는 프로그램이 매진이 되어 사지 못한 것을 서운해 했다. 작은
아이가 후반부를 잘 견뎌 줄까 하던 걱정은 한낱 기우에 지나지
않았다. 생상스의 교향곡 3번 〈오르간〉은 힘차고 화려하고 곳곳
에 깜짝 놀랄 심벌즈를 매복시켜 두어 그 누구도 도저히 잘 수가
없었다. 지휘자와 관현악단의 호흡은 거의 완벽에 가까울 정도
였다. 정명훈의 젊은 열정이 전통의 런던 심포니를 후끈 달구고
청중들을 격정에 들끓게 했다. 끝나자 아낌없이 박수를 치며 무

대 뒤의 합창석에서 일어났다.

　가장 싼 좌석이라도 찾아다니며 음악회에 데리고 가는 어미의 마음을 나의 소중한 아이들이 언젠가는 알까. 아이들에게 엄마는 석기시대의 인간으로 비친다. 엄마가 어렸을 때 전깃불이, 텔레비전이 있었는지 가끔 알고 싶어한다. 그러나 사실 그들과 나는 그리 다른 시기를 사는 것이 아니며 시간이란 전광석화와 같다는 것을, 지금 베토벤의 〈비창〉을 치는 큰아이와 같은 중학교 2학년 때 엄마는 쇼팽의 피아노 협주곡을 듣고 뭉클하여 눈물짓기도 했다는 것을, 엄마도 한때 '날리던' 학생 시절이 있었다는 것을 언젠가는 알 날이 오리라 기대해 본다.

한 잔의 커피를 마시기까지

오감 중 기억을 되새기는 데 가장 강력한 것을 들라면 그것은 후각일 것이다. 혼잡한 백화점에서 바삐 걸음을 재촉하다가도 어디선가 커피 냄새가 나면 나도 모르게 발을 멈추고 돌아보게 된다. 어떤 이는 낙엽을 태우면서 커피 볶는 냄새를 맡기도 했다지만, 내게 커피가 있는 곳은 곧 참새가 그냥 지나치지 못하는 방앗간이기도 하다. 커피향에 어울리는 그 여유의 십여 분 — 커피를 마시는 동안의 고즈넉한 안도감 때문일까? 커피보다 차를 마시는 흥취를 계발해 보라고 누구는 조언하지만 격조를 찾기엔 너무 바쁜 삶을 사는 내겐 커피 마시는 것 이상의 휴식이 없다.

커피를 절대로 마시지 않는다는 사람을 알고 있다. 한 번은 그가 무척 교조적인 말투로 커피 무용론을 펴는 것이었다.

"커피란 피로를 잠시 유보시키는, 즉 잠깐 잊게 하는 것이죠. 그러니까 일종의 마취제나 다름없지요."

"그럼, 피로를 어떻게 푸시나요?"

"저는 그저 잡니다. 자고 나면 피로는 말끔히 가시니까요."

나는 그 사람과는 다시는 커피, 아니 하다못해 인삼차 얘기도 하지 않았다. 우리는 말하자면 서로 다른 주파수로 발신하고 있는 중이었으므로. 나는 우선 아침 나절에 뜨이지 않는 눈을 비비며 한 잔 마시지 않으면 뇌 속에 산소 공급이 제대로 이루어지지 않는 것 같다. 그날 하루에 대한 계획도 잘 세우지 못하며, 그런 날은 결국 온종일 일이 내 통제에서 많이 벗어나게 된다. 커피는 마치 녹슨 기계에 윤활유를 치는 역할을 하나 보다. 이쯤 되면 중독인지도 모른다. 그러고 보니 때로 가슴이 두근거리기도 하고, 커피를 마시지 않으면 골치가 아플 때도 있다. 그래도 나는 알뜰한 커피 애호가임을 자처한다. 커피숍에서 마시는 한 잔 정도의 값으로 집에서는 이십여 잔을 만들 수 있지 않은가. 그 진하고 풍요로운 향기에 이끌려 멈추어 선 판매대에서 원두 이백 그램을 간다. 가루가 된 커피를 봉지에 담아 들고 집으로 향할 때면 내가 절약한 그 많은 금액을 상상하며 작은 행복에 흐뭇해한다.

스푼으로 커피의 양을 재고, 거름종이를 챙기고, 물을 끓이는 것은 어느새 아침마다의 귀중한 의식이 되어 버린 지 오래이다. 그런데 문제는, 삶이 점차 복잡해짐에 따라 물을 불 위에 올려놓고 그것이 끓기를 기다리는 단 몇 분간의 시간을 갖기가 무척 어려워진 것이다. 그 몇 분 사이에 나는 몇 개나 주전자를 태워 버렸는지 모른다. 인정하자니 자존심 상하는 노릇이지만, 건망증이 생기기 시작했다는 것을 이보다 더 잘 알려주는 일은 없다.

전화벨 소리에 뛰어가서 전화를 받는다. 얘기가 길어진다. 한참 수다를 떨고 전화를 끊고 나면 무언가 내가 꼭 해야 될 일이 있는 듯한 느낌에 사로잡힌다. 묘한 불안을 안고 이방 저방 다니다가 불현듯 생각나서 부엌으로 달려간다. 운이 좋을 때는 부엌이 한증막인 양 수증기로 자욱하고, 그렇지 않으면 주전자 몸통 전체가 불덩이가 되어 빨갛게 열을 뿜고 있다. 밑 언저리에 가스가 남긴 시커먼 그을음을 전흔처럼 남긴 채로. 대강 수습해놓고 나면 엄습하는 모멸감, 그리고 횟수를 거듭할수록 더해 가는 절망감으로 하루 나절을 그르치기 일쑤이다.

왜 이렇듯 쫓기면서 살아야 하는가? 분명 나는 그 자리에 있되 또한 없었던 것이다. 잃어버린 나는 어디에 갔었던가. 온종일 나는 집을 지키고 있으면서 실은 상당 부분 집에 없는 적이 많다. 전에 TV 시리즈였던 〈황혼지대(Twilight Zone)〉를 헤매고 있었는지도 모른다. 허깨비인 양 내가 내 자신이 아닌 그 많은 시간이 안타깝다. "나는 생각한다. 그리므로 나는 존재한다"고 철학자는 말한다. 그러나 내가 누리는 얼마 안 되는 사유의 시간은 곧 내가 실존하지 않는 시간이 되고 만다. 내 존재는 일상에 파묻혀 쳇바퀴 돌 듯 바삐 움직이는 나와 백일몽에 잠겨 있는 내 그림자가 중첩되는 이중의 삶이다.

애써 모은 스테인리스며 색색의 법랑, 그리고 파이렉스 주전자까지도 모두 한 번씩 불덩이가 되는 불운을 겪었다. 살림 모으는 애틋한 재미를 주던 주전자들, 그것들엔 내 삶 한 조각씩이 담겨 있었다. 크고 작은 주전자 여섯 개를 다 태운 뒤 이젠·다른 형의 주전자를 찾기로 했다. 그건 주둥이에 구멍 뚫린 마개가 덮여 있어 수증기의 압력이 높아지면 '삐—' 소리를 내도록 만든 주전자였다. 며칠을 소비하여 스테인리스로 만든 작은 주전자를 하나 샀다. 크기가 작아 물도 빨리 끓고, 고막을 찢는 듯한 소음이 나니 얼른 가서 끌 수 있어 안성맞춤이었다. 그 소리가 나면 세 살짜리 우리 아기도 내게 뛰어와 부엌 쪽을 가리키며 알려준다. 이제 주전자 태우는 실수에 대해서는 염려하지 않아도 된다.

　오늘도 주전자는 '삐—' 소리를 내고, 어린애는 달려와 내게 고하고, 나는 가서 불을 끈다. 그때 밖에서 초인종이 울린다. 현관으로 나가 일을 본다. 또 전화가 온다. 점심때가 되어 아이들에게 밥을 먹인다. 그리곤 부리나케 나가 시장을 봐 온다. 오후 네 시, 피로가 물밀듯이 밀려오고 나는 소파에서 잠깐 존다. 하루 해가 다 가도록 커피를 한 잔도 안 마셨음을 안 것은 저녁을 지으려고 다시 부엌으로 갔을 때였다. 아침에 올려놓은 꼬마주전자는 가스레인지 위에 그대로 얹혀 있었다. 갑자기 커피를 그리며 불을 또 켰다. 그리고 소리가 나자 달려와 불을 껐다. 그리곤, 또 잊어버렸다.

　이번엔 커피를 마셔야겠다는 생각을 잊은 것이었다. 잠시 서서 미지근하게 식은 주전자 몸체를 어루만졌다. 귀를 찢는 바로 그 소리 때문이었다. 소음에서 벗어나고픈 마음이 워낙 커서 커피 만드는 일조차 아예 잊게 되었다. 내 자신을 연민했다. 피로를 풀려고 커피 한 잔을 얻으려 한 일이 도리어 피로를 가중시키고 말았다.

오늘도 집안일을 하며 한없이 백일몽에 잠긴다. 일상에서는 질질 끌려 다니면서도 백일몽 속에선 훨훨 나는 나비가 된다. 이 보이지 않는 구속 상태를 벗어나 멀리 도망쳐 하늘 끝에라도 닿는다. 쉼터가 되지 못하는 집. 커피향에 느긋하게 젖으려면 이젠 정말 커피숍에 나가서 마셔야겠다. 천 원짜리 지폐 한 장으로 그만큼의 여유를 살 수 있다면 아마도 그건 그리 비싼 것이 아닌지도 모른다. 또한 그것이야말로 가장 확실히 한 잔의 커피를 마시는 방법이므로. 슈베르트의 현악 4중주라도 은은히 흐르는 곳이라면, 그러면 내 주전자의 수난도 끝이 나겠지. 나는 혼자 웃는다.

귀천歸天의 모과차

인사동에 가끔 간다. 외국에서 온 친척이나 손님을 안내하며 가기도 하지만 대부분은 전시회 구경을 하러 개막식이 많은 수요일 오후, 또는 한가한 목요일이나 금요일 오전에 인사동쪽으로 발길이 쏠린다. 구경할 것이 많아 그림뿐 아니라 노점이나 가게에 진열된 생활도자기, 민예품, 그리고 햇차 등을 느릿느릿 구경하다가 한두 점 사오는 별스런 재미가 있다.

인사동에서는 사람 구경도 많이 한다. 이 거리는 유난히 개량한복 차림의 남자들, 아래위 검은 옷의 화가 또는 화랑 언저리를 맴도는 사람들, 잿빛 승복의 스님들, 푸른 눈의 서양인들과 혀짧은 소리를 하는 무리진 일본인들이 눈에 많이 띈다. 이태원을 제외하고 서울에서 이토록 많은 외국인들이 활개치며 다니는 곳이 또 있으랴. 소공동이나 광화문과는 아주 다른 풍경이다. 인사

동 거리는 가지각색의 사람들과 예술 활동이 뿜어내는 문화의
향기 때문에 매력이 있다. 무언가 일탈의 행위가 허용이 되는 문
화의 해방구…… 오래된 골동품 도자기나 목기의 냄새, 전통한
지와 먹의 향기, 다닥다닥 붙어 있는 소박한 음식점, 국제적이기
도 하고 개방적인 분위기가 그 매력의 포인트라 할 것이다. 가끔
도인처럼 긴 머리에 검은 수염을 기른 인물이 지나가기도 한다.
그들은 대개 웃옷 깃을 다른 색으로 댄 개량한복이나 옅은 갈색
의 국적 불명의 의상을 입고 붐비는 거리를 휘젓고 다닌다. 근처
전통찻집의 주인이기도 하고 서예를 가르치거나 조각을 하는 예
인이기도 하고 도자기를 굽는 장인이기도 하고 수행하다가 파계
하고 나온 스님이기도 하고 길바닥에서 관상을 봐주는 운명철학
자이기도 하다. 우리가 보통 대하는 사람들과 복장과 행동이 확
연히 다른 이들을 볼 때 나는 그들이 누리고 있는 해방감과 자유
를 봄과 동시에 그들이 스스로에게 가한 제약, 스스로가 그은 어
떤 선에 대해 생각하곤 한다. 엄청난 용기와 구도자와도 같은 자
기 최면에 의하지 않고는 힘든 생활 양태이다.

　이 전시장 저 전시장을 기웃거리다가 눈과 다리가 피곤해지면
가끔 〈귀천〉에 가서 앉아 쉬다가 집으로 돌아온다. 이미 인사동
의 명소가 되어 버린 고(故) 천상병 시인의 부인 목순옥 씨가 경
영하는 찻집이다. 그들의 소설 같은 결혼 생활과 천상병 시인의
어린아이와 같던 행동, 그러면서도 쉽고 단순하고 명쾌한 시를
쓸 수 있었던 시인의 순수한 마음 등이 아우라(Aura)가 되어 이
작은 찻집을 감싸고 있다. 네다섯 평이나 될까 의심스러운 좁은

공간에 여나믄 명이 끼어 앉는다. 혼자 가서 사람들 틈에 끼어 앉아도 되고 여럿이 들어가서 앉아 있던 사람들을 몰아내고 앉을 수도 있다.

〈귀천〉에서 마시는 모과차는 그 맛이 뛰어나다. 늦가을 모과 열매가 시들어 가며 뿜는 향과 모과육을 설탕에 절여 물에 타 먹는 모과차의 향은 다르다. 무어라 형용할 수 없던 그 맛을 한 미국인이 맞춰내었다.

"이건 망고 맛이 나는데! 아주 맛있어."

미국에 사는 시댁 오촌조카의 미국인 신랑을 〈귀천〉에 데리고 갔을 때 재즈 피아니스트인 그가 모과차를 마시며 말랑해진 모과육을 씹으며 내뱉던 찬사였다. 그들은 커피, 홍차, 오렌지 주스가 아닌 전통차가 나오며 문학적 향기가 가득한 이 찻집의 분위기에 감동받았다. 모과차가 맛이 없었다면 그들의 감동은 반감되었을 것이다. 매년 가을 김장을 하듯 찻집 주인인 목순옥 씨는 직접 모과차와 유자차를 담는다 했다.

얼음이 몇 알 떠 있는 시원하고 달콤한 망고 맛이 나는 〈귀천〉의 찬 모과차가 조금씩 목에 넘어가는 동안 땀이 천천히 잦아든다. 이 찻집에서 차를 마시며 천상병 시인을 한 번이라도 생각하지 않는다면 그는 엄청 무지하거나 메마른 감성의 사람이다. 인사동 거리에서 흔히 보이는 겉멋이 든 기인(奇人)들과는 달리 천상병 시인은 스스로가 원해서 된 기인이 아니었다. 그가 기인이었던 것은 타고난 점도 있었지만 고문후유증과 술로 몸이 상했기 때문이었다. 뇌의 어딘가 문제가 생겼으리라, 그리고 그의 시가 단순하고 무심한 듯해도 세상에 깊이깊이 절망했으리라. 원래 술을 잘 마시고 엉뚱한 데가 있었지만 천상병 시인을 어린아이와도 같이 만든 것은 군사독재 시절 그가 받은 전기고문이었다. 1967년 동백림 사건에 연루된 서울대 동창생에 대한 심문 중 받은 전기고문 때문이었다.

　　이젠 몇 년이었는가
　　아이롱 밑 와이샤쓰같이
　　당한 그 날은……

　　이젠 몇 년이었는가
　　무서운 집 뒷창가에 여름 곤충 한 마리
　　땀흘리는 나에게 악수를 청한 그 날은……

　　내 살과 뼈는 알고 있다.
　　진실과 고통
　　그 어느 쪽이 강자인가를……

　　내 마음 하늘
　　한편 가에서
　　새는 소스라치게 날개 편다.

— 천상병 「그 날은」

아픈 우리 현대사를 되돌아본다. 절로 숙연해진다. 나는 어쩔 수 없는 유신세대였다. 그를 그 상태로 몰고 간 군사독재정치의 여러 폐해를 피해 도망간 대부분의 비겁자 무리에 나도 있었다. 차를 다 마시고 어두운 갈색 계열의 벽면을 올려다본다. 한지를 바른 둥근 등 아래 보이는 작은 오디오 컴포넌트, 벽에 꽂혀 있는 빛 바랜 문학잡지, 시인의 사진과 여러 우인(友人)들이 그려준 그림이 액자에 끼워져 있는 이 작은 공간 어딘가에 천상병 시인은 그의 사후 6년이 지난 지금도 아직 살아 있다. 생전에도 그는 전설이었고 세상을 떠난 지금은 더욱더 그러하다. 생각에 잠기다 보면 곧 일어서야 한다. 앉을 자리가 항상 모자라는 찻집 문턱을 기웃거리는 다음 손님이 기다리기에 마치 기념관에서 제단 앞에 줄지어 경배하는 참배객 모양 그만 일어서지 않을 수 없다.

사람들은 기막히게 좁고 별 치장도 해놓지 않았지만 불행한 시대를 살고 간 한 인간의 삶과 문학이 깃든 이 찻집의 편안한 분위기에 매료당하고 만다. 개인적 공간의 확보를 무시한 좌석 배치, 무엇을 강요하지 않는 찻집 주인의 조용한 품위, 애써 깔끔하게 치우거나 꾸미지 않은 작은 공간이 손님으로 하여금 마치 자신의 어린 시절 공부방 한구석으로 돌아간 기분이 들게 하는 것이다. 굳이 천시인과 연관시키지 않아도 한번 들른 사람이 다시 찾게 되는 푸근함이 거기 있다. 나는 천상병 시인이 작고한 반 년 후에 출판된 그의 아내 목순옥 씨의 책 『날개 없는 새 짝이 되어』(1993)를 읽고 나서 이 찻집을 방문하기 시작했다. 몇 달에 한 번 또는 해를 거를 때도 있지만 인사동에서 쉴 때는 우선 그리로 간다. 손님이 많아 발걸음을 되돌릴 때가 더 많다. 그 책을 읽고서 기구한 운명의 끈이 맺어 준 두 사람, 천사와도 같았던 목순옥 씨의 존재, 길가에 쓰러져 행려병자로 한 생을 마감했을 수도 있었던 한 인간을 거두어 그 생명을 연장시키고 그로 하여금 하나의 완성된 삶을 살게 한 한 여자의 굳건한 힘과 성자와도 같은 숭고함에 가슴이 벅차오는 것이었다.

호기심이었다, 처음에는. 사람들에게 묻고 물어 찾아간 이 찻집은 간판도 눈에 잘 띄지 않고 그냥 지나치기 쉬운 아주 좁은 골목에 위치해 있었다. 꽤 쌀쌀해진 늦가을 오후 이 찻집을 들어서며 예상을 뒤엎는 두 가지 사실에 놀랐다. 우선 이 찻집이 얼마나 볼품없이 작은지 그리고 목여사는 얼마나 자그마한 몸집의 보통 사람이었는지…… 이 단발머리의, 나이를 가늠할 수 없는, 별 특별한 구석도 없어 보이는 말수 적은 여인의 22년간의 천상병 시인과의 결혼생활을 조용히 짚어 보았다.

"분명 남녀간의 사랑하는 감정으로 시작한 것은 아니었다. 나와 가까운 사람이 어려운 처지에 놓여 있는 것을 보고 당연히 도와줘야 한다는 그런 생각에서였을 뿐이었다./그런데 시간이 흐르자 설명할 수 없는 따스한 감정이 생겨나기 시작했다. 그 사람을 돌보는 나만의 기쁨 같은 걸 느끼게 되었다고 할까. 어찌 보면 우리 여자들이 가진 특유의 모성본능이 한 남자에게로 뻗쳐 간 것일지도 모른다……. 당시의 상황에서 최선의 길은 우리는 함께 있어야 한다는 것이었다./그것은 어느 한편의 희생도 아니요 감상적인 차원에서 볼 일도 아니었다…… 내가 곁에 없는 천선생님이 안정을 잃어버리듯, 나도 그를 등지고서는 맘편하게 지낼 수는 없을 것 같았다./'천선생님은 내가 아니면 안 된다'는 생각이 확연히 마음 한가운데 자리잡았다."(목순옥, 『날개 없는 새 짝이 되어』pp.200~203)

그의 22년은 보통 사람의 22년이 아니었다. 기인의 행각을 계속하며 병을 앓는 사람을 생계를 책임지며 수발해 온 힘든 하루, 또 하루, 오늘, 또 오늘이 쌓인 22년이었다. 그의 삶에 내일이 있었을까. 가난에 쪼들려 일수 돈을 쓰며 눈물을 삼키며 겨우겨우 넘겼을 무수한 하루가 쌓인 22년이었다. 그 책을 읽었으므로 짐작하여 알 수 있었다. 주문을 받는 저 여인이 목여사이며 간이 부엌에서 차를 만드는 저 여자가 그의 조카인지를. 저 조그마한 모습이, 저 말없는 여인이 그렇게 힘든 세월을 놀라운 용기와 지극한 헌신으로 지내온 사람이었다. 그러면서도 감히 말을 붙일 수가 없었다.

5월인데도 날은 벌써 무척 더웠다. 오랜만에 초등학교 5학년인 작은아이를 데리고 인사동에 갔다. 한두 군데 전시장을 들르고 기념품 하나를 손에 쥐어 주고 나니 아이는 벌써 마실 것 타령을 시작했다. 나는 아이를 〈귀천〉으로 이끌었다. 약간 어두운 예의 작은 공간에 들어서자 아이는 입을 꼭 다물고 주위를 두리번거리는 것이었다. 모과차를 시키고 나자 찻집 주인은 선풍기

바람을 아이 쪽으로 보내 주었다. 두꺼운 도자기 잔에 나온 찬 모과차를 마시고 난 아이는 아무 말도 하지 않았다. 맛이 합격이었던 것이다. 구석에 모과차와 유자차 한 병씩을 박스로 한 데 포장하여 쌓아 놓은 것이 보였다. 그것을 샀다. 목여사는 설명해 주었다.

"누런 설탕으로 시럽을 먼저 만드세요. 모과차를 넣고 시럽으로 당도를 조절하면 맛이 있어요."

목소리는 느릿하고 낮고 조용했다. 시인과의 힘든 22년의 삶을 서술했던 그 책의 어투처럼 그의 목소리도 지극히 침착하고 담담했다. 나는 모과차가 참 맛이 있다고 인사하며 박스를 들고 자리를 일어서 작은 찻집을 나섰다.

중국인과 돈

중국땅에 닿으니 모래바람에 시달린 부수수한 머리
의 누런 얼굴들 속에서 이상하게도 마음이 편했다. 우선 얼굴이
비슷하니 키 크고 코 큰 서양인들에게 느꼈던 위축감이 없었고
말은 통하지 않아도 곳곳의 한자 간판을 더듬거리며 읽으면서
이상하게 변해 버린 한자의 모양에서 원래 글자를 추측해 보고
용법이 다른 글자에 신기해 하기도 했다. 음식도 물론 한국에 토
착화된 중국식과는 거리가 있었지만 낯설지 않았다. 중국은 막
개발에 발동을 걸고 붕붕거리고 있어 어수선한 분위기였다. 관
광객을 태우고 지정상점으로 몰고 가 바가지를 씌우는 것하며
물질문화에 익숙해져 가는 돈 밝히는 상인들하며 여러 가지로
우리 나라와 흡사한 점이 많아 한편으로 이 거대한 땅덩이와 유
구한 역사의 나라가 이처럼 벌떼가 되어 돈독이 올라 있는지 아

쉽기도 했다.

북경시의 북쪽에 이화원이라는 큰 공원이 있었다. 서태후가 지은 여름 별궁으로 그 안에 있는 곤명호라는 드넓은 호수는 허옇게 결빙해 있었다. 그림 그린 듯한 다리와 누각들이 둥실 떠 있는 그곳, 그리던 곳에 내가 와 있지만 다시 꿈 속인 것처럼 실감이 나지 않을 정도였다. 얼어붙은 호수 건너편의 불향각이라는 높은 누각이 있는 곳까지 얼음 위를 걸어서 갈 수 있었다. 사람들이 이미 몇 얼음 위에서 나를 손짓하고 있었다.

천천히 누가 내미는 손을 붙잡고 얼음 위로 올라섰다. 눈부시도록 광활한 빛의 연속이었다. 바다만큼 넓은 호수, 사방을 둘러봐도 멀찍이 물러나 있는 아름다운 누각들 사이로 사람들은 왜소한 개미 같은 존재였다. 절로 호쾌한 마음이 생겨났다. 어떤 사람이 조그만 썰매를 내 앞에 놓아 주었다. 그러면서 날 그 위에 앉으라는 것이었다. 돌아보니 귀 덮개가 달린 모자를 쓰고 스케이트를 탄 중국인 청년이 밀어 주는 시늉을 하며 자꾸 앉으라고 하였다. 홀린 듯 썰매에 앉았다. 처음에는 천천히 나중에는 제법 빨리 드넓은 빙원 위를 달리기 시작하는 것이었다. 나는 작은 네모 판 위에서 떨어지지 않으려고 안간힘을 쓰면서 차츰 익숙해지는 이 썰매타기를 즐기기 시작했다. 나는 얼음 위를 날고 있었다. 찬 1월의 대기가 얼굴에 부딪쳐 가고 낮은 시야에 가득한 것은 사위에 가득한 얼음, 그리고 끝이 없을 것 같은 옅은 잿빛 하늘이었다. 순간 내가 현상계로부터 붕 떠 있지나 않은지 참으로 자유로운 기분이 되었다. 이 불과 몇 분에 지나지 않는 동안 날 억압해 오던 온갖 세상살이의 시름이 모두 멀리 사라지고 있었으며 잠깐 이대로 영영 없어져도 좋겠다는 생각도 들었다.

도망치듯 새벽에 짐을 끌고 나와 리무진 버스를 타고 올림픽 대로를 달리며 아직 어둠에 잠긴 한강과 그 물 위를 비치던 가로 등 불빛을 하염없이 지켜 보던 하루 전의 일이 생각났다. 대체 무슨 심정으로 서울로부터의 탈출을 시도했던 것일까, 나는. 바 람이 부는 방향으로 뜨고 있는 눈으로 고달픈 내 삶에 눈물이 고 여왔다. 순간 썰매타기는 거의 끝나 불향각 앞의 언덕에 날 내려 주었다.

나는 깔깔 웃으며 참 재미있었다고 말했다. 그 중국인은 내게 "Now you can pay me(이제 돈을 주셔야죠)" 하는 것이었다. 아 차, 이것이 중국인이었다. 별 수 없이 엄청나게 바가지를 쓰고 씁쓸히 웃으며 거금을 지불했다. 옆의 다른 분이 썰매를 타기 전 에 미리 얼마 받는지 물어봤어야 했었다고 말을 했다. 피식 웃음 이 나왔다. 꿈을 깨는 순간이었다.

서안(西安)에서도 우리 일행을 태운 버스는 지정상점 앞에 어 김없이 서서 비싼 값의 기념품을 사도록 하는 것이었다. 가게 안 을 대충 둘러보고 남들보다 일찍 나와 버스에 올랐다. 그런데 버 스 입구에는 참으로 괴이한 모습의 물체 하나가 바닥에서 우리 를 기다리고 있었다. 형편없는 모습의 장애자였는데 두 팔도 발 도 없어 바닥을 쓸며 기며 하는 사람이었다. 돈을 구걸하고 있었 다. 잔돈을 주었더니 그 걸인은 감사하다며 계속 고개를 주억거 리며 입으로 지폐를 물었다. 버스에 오르는 사람들 중 여러 사람이 계속 돈을 주었다. 안내인인 조선족 청년은 "오늘 저 걸인은 한 달 생활비를 벌었습니다" 하며 웃었다. 그도 걸인에게 돈을 주려고 했다. 걸인이 고개를 저으며 거절을 했다. 안내인은 웃으며 다시 버스에 올랐다. 이상해서 물어보는 일행에게 그 조선족 청년의 답은, "저 사람이 자기는 외국인의 돈만 받지 중국사람의 돈은 받지 않는다고 하는군요." 순간 버스 안에 타고 있던 일행은 과연 중국인이군 하며 탄식을 했다. 걸인이라도 같은 중국인에게는 돈을 받지 않는다는 말, 그 걸인에게는 구걸도 직업이었고 돈은 외국인에게 '버는' 것이었다. 동정심을 유발하여 구걸을 해도. 또 한 번 중국인과 돈에 대해 고개를 끄덕이게 하는 경험이었다.

구름 위의 방

작은 방이 하나 있었으면 좋겠다. 크기는 두 평쯤, 볕이 잘 드는 큰 창이 나 있고, 전화 소리가 들리지 않는, 나만의 방이 있었으면 좋겠다. 한쪽 벽엔 수수한 책꽂이를 기대어 놓고, 바닥에는 손바닥만한 상을 앉히고, 어딘가에 커피물 끓일 전깃줄이 있는 조그마한 방이 있다면 좋겠다. 글을 쓰다 막히면 눈을 들어 창으로 가득 푸른 하늘을 맞이하고 지나는 구름을 세어 볼 수 있는, 그런 방이 어디 없을까?

언제부터 글을 써왔는가, 어디서 글을 끄적이는가, 얼마나 많이 쓰고 있는가, 무엇을, 왜 쓰는가 하는 물음을 더 이상 묻지 않는다. 움직이는 육신 이외에도 원고지 뭉치, 메모지, 크고 작은 책더미, 사전 그리고 휴지통으로 나는 확대 분산되어 왔다. 나의 여러 분신들은 이방 저방으로 쫓겨다니며 알을 깔 자리를 찾고 있다. 넉넉한 시간 공간의 유무와 글쓰는 작업이 사실은 무관하며 때로는 오히려 반비례하는 기이한 현상을 경험하면서도, 정신을 집중할 수 있는 한두 시간의 적요와 한두 평의 고독을 늘 꿈꾼다. 그러면 매일 글 보따리를 식탁에서 아이의 책상으로, 다시 피아노 뚜껑 위에까지 옮기지 않아도 되고, 한밤 남편이 들어오는 소리에 부리나케 원고를 덮고 구석방에 처넣지 않아도 될 터인데. 글을 쓴다는 것은 아직도 부끄러운, 숨기고 싶은 일일까? 깊은 밤, 식구들이 모두 잠든 뒤, 부스럭대며 다시 펼쳐 놓는 내 집 속의 집시 생활에 종지부를 찍게 될 그때는 언제쯤일까?

마루의 북쪽 끝에 발코니가 있다. 창문을 열면 맞바람이 쳐서 시원하고, 발코니에 서서 밖을 내다보면 겹겹이 둘러선 아파트 건물 사이를 비집고 만든 인도(人道)에 밤늦은 귀가를 서두르는 행인들의 모습이 눈에 들어온다. 쏴 하고 바람이 너른 잎새를 스치며 지나는 소리를 들으면 머나먼 전생의 기억인 듯 귀를 울리는 환청에 맘이 설레고, 외등 불빛에 크게 자란 수목의 그림자가 건물 벽에 비치어 흔들리면 언뜻 지나간 사람들의 영상이 눈앞에 어른거린다. 발코니는 성냥갑 속의 삶 같은 아파트 생활에서 대자연의 섭리와 교감하게 해주는 공간이다. 일상에서 불현듯 탈출하고 싶을 때 잠시 이곳에서 서성댄다.

몇 년 전 이사 와서부터 이 발코니를 즐겨 찾았다. 아침에 아이가 유치원에 가려고 집을 나서면, 곧 발코니로 다가가서 저 아래 길에 조그만 아이가 멀어져 가는 것을 바라보았다. 아이는 걸다가 머뭇거리며 뒤돌아 위를 보면서 누군가를 찾는다. 나는 팔을 뻗어 크게 흔들어 준다. 아이는 저도 손을 들어 한번 내젓고 다시 길을 간다. 정오가 지나 아이가 돌아올 시간이 가까워 오면 나는 발코니에 의자를 내놓고 앉아서, 인도의 끝, 구부러진 모서리를 지켜 보며 눈에 익은 아이의 모습이 나타나기를 기다렸다. 기다림 —여자는 기다림을 행복이라 여기는 것일까? 행복지수란 과연 존재할까?

삶의 한 고비를 넘길 때마다 곧 닥쳐올 미지의 시련을 예감하곤 했다. 행복이란 어쩌면 파동을 이루며 다가오는 고난 사이사이에 지는 골이 아닐까? 기다림과 스쳐 지남의 자각 속에, 그 찰나의 작은 평온을 붙들고 싶은 염원인지도 모른다.

사랑하는 이를 만나러 갈 때의 기쁨.

헤어지고 돌아올 때의 아쉬움.

아이의 얼굴에 피어나는 천진한 웃음을 바라볼 때의 충만감.

월급날 냉장고에 가득 음식을 채워 놓을 때의 풍족감.

혹한에 언 발가락이 따뜻한 실내에서 녹으며 주는 간질거림.

육친의 병환에 차도가 보일 때의 안도감.

아이들을 재우고 난 밤, 때늦은 설거지를 마치고 마시는 한 잔의 차.

달빛이 내리비치는 마루에서 보는, 건물 꼭대기에 걸린 상현달…….

이들은 행복에 대해 생각하게 하는 계기가 되어 준다.

언제부터인지 이 발코니를 나의 방으로 꾸미고 싶은 소망이

솟아올랐다. 책장을 하나 내어 발코니 서쪽 끝에 세워 책을 꽂았
다. 우선 의자를 놓고 앉아 책을 읽었다. 책을 한 손에 들고 부엌
으로, 현관으로, 전화통 옆으로 가지 않고 의자 위에 책을 놓아
두기로 했다.

앉아 있는 의자 옆으로 아이들이 기웃거리기 시작했다.

암탉은 병아리를 쫓지 못한다.

아이들은 공연히 장난감을 들고 와 놀곤 하더니, 급기야는 장
난감 상자를 끌고 와 발밑에다 부려 놓았다. 사색과 고독을 위한
나의 방이 조금씩 장난감 창고가 되어 간다. 마침내 그들이 노는
데 의자가 걸리적거리자 아예 의자를 마루로 치워 주었다. 불과
열흘 만에 나만의 공간은 작은 침입자들에게 점령되고, 나는 다
시 집 안의 집시가 된다.

아이들은 발코니의 신선한 바람 속에 놀고, 나는 식탁 위에 책
을 펼쳐 놓은 채 그들을 지켜 본다. 놀이방으로 만들어 준 것은
좋은 생각이었다. 발코니 동쪽 끝에 장난감을 배열해 주었다.

아이들은 그러나 발코니에서 점점 멀어지기 시작했다. 이번에
는 발코니에서 장난감을 하나둘 꺼내어 들어와서 내가 있는 식
탁이나 소파 근처에 늘어놓고 놀기 시작한다.

엄마의 치맛자락이, 엄마의 냄새가 나도 좋았었다. 어쩌다 하
학 후 대문을 들어서며 "엄마!" 하고 크게 불렀을 때, 외출하시
고 대답이 없으면 집 전체가 텅 빈 듯 적막하던 일은 지금도 막
깨어난 꿈처럼 생생한 느낌이다. 대신 밥상 위에 놓여 있던 찐
감자를 보고, 감자를 담은 양푼의 온기를 감촉하며 엄마가 외출

한 지 얼마 지나지 않음을 알 때의 서운함도 생각난다. 행복은 자라 버린 훗날 그리워하게 되는 엄마의 훈기 같은 것일까?

바람이 창문을 덜컹거리며 하루 종일 부는 날 밤, 나는 식탁에 앉아 절망과 싸운다. 앞에 펼쳐진 원고지의 빈칸을 노려본다. 전후 좌우 상하가 점점 조여드는 압박감 — 나는 양팔을 벌려 다가오는 벽을 버틴다. 언젠가 하루하루가 끝이 보이지 않는 긴 터널 같다고 느끼던 때가 있었다. 때로 막다른 골목에 몰리는 듯한 긴박감도 들었다.

글 한 편을 완성할 때마다 더 이상 쓰지 못하겠다는 생각을 한다. 그러다가 또 하나의 글귀가 떠오르면, 이것이 도로(徒勞)에 그치지 않기를 간절히 기도하며 그 글귀를 부여잡는다. 또 하나의 알을 생산할 때 비로소 작은 행복을 맛보는 것이다. 글을 쓸 수 있음에 감사한다.

나의 작은 방은 여전히 허공에 부유하는 구름에 지나지 않는가. 장난감 더미로 가득 찬 발코니를 바라본다. 레이스 커튼이 밤바람에 부풀고, 서늘한 공기가 마루를 관통하고 지나간다. 부엌에서 다시 커피물 끓는 소리가 나고, 나는 시간이 흐름을 조바심을 내며 지킨다. 깨어 있고 싶다.

창가에 다가서서 멀리 하늘에서 몇 번 마른번개가 번득이는 것을 본다. 순간, 지구가 구르며 자전하는 소리가 들린다. 현관문 밖에 탁 하며 조간신문이 떨어진다. 또 하루가 열리고 있다.

다시 병원에서

　　아버지가 백내장 수술을 받으셨다. 요즘 의술에 백
내장 수술은 간단한 것이라 해도 아버지는 마취가 잘 듣지 않았
는지 많이 아파하셨다. 그리고 꿰맨 자리의 실밥이 느슨하여 퇴
원하는 날 아침 실밥을 풀어 다시 꿰매야 했다. 수술의 아픈 고
통을 이중으로 겪어 괴로워하시는 아버지가 안쓰러웠다. 당뇨로
시작하여 여러 합병증에 고통받고 있는 아버지는 날이 갈수록
쇠잔해지신다. 이 수술이 잘못된 것이나 아닐까 불안해진다.
　　퇴원 수속을 하며 병원 1층을 뛰어다녔다. 얼마나 자주 이 병
원을 오게 되는가. 이렇게 부모의 병 때문에 병원을 드나들다가
이윽고는 내 자신이 병원을 드나들 시기가 올 것이다. 삶의 드라
마를 병원에서처럼 극명하게 보여주는 곳이 있는가. 조금의 차
도에도 뛸 듯이 기뻐하며 약간의 부작용에도 절망한다. 병원 곳

곳에 환자복을 입은 이들과 그 가족들이 모여 이야기하고 웃기도 하고 걱정도 한다.

우리는 병원에만 가면 육신의 고통이 해결될 것이라는 착각에 빠져 살아가고 있다. 순간적으로 고통을 면하게는 되지만 이 모두 살아가는 과정이고 그 마지막 길은 죽음이다. 삶의 고통이 극에 이를 때 우리는 곧잘 "차라리 죽었으면 좋겠다"는 말을 한다. 그러나 죽음은 그리 쉽게 오지 않는다. 죽음에 이르는 길은 그다지 짧거나 쉽지 않다. 큰아이를 미국의 병원에서 비교적 고통 없이 분만한 경험이 있는 나는 작은아이를 서울의 한 산부인과에서 낳을 때 엄청난 고통을 겪었다. 환자의 고통에 둔감한 의료체계와 환자의 입장을 무시하는 의사들의 뻔뻔함에 분노했다. 환자의 존엄을 생각지 않고 그저 수많은 새끼 밴 돼지 중의 또 하나로 나를 대하는 의사들에게 나와 내 가족의 생명을 맡긴다는 사실에 절망했다. 아이를 해산하면서 그 고통을 겪고서도 사람이 죽지 않으니 정말 죽는 사람은 대체 얼마나 지독한 과정을 겪어야 하는가 공포에 잠기기도 했다. 얼마나 더 아파야 내가 죽을 수 있는가, 얼마나 더 치욕을 당해야 죽음에 이르러 해방을 맛보게 되는가 의문에 싸였다.

전화가 온다.

"카드 회원이신 몇 분에게만 드리는 특전으로 암 보험이 한 달에 만구천 원입니다. 암 진단시 즉시 사천만 원이 지급되며……"

나는 "듣지 않겠어요" 하며 끊었다. 암의 공포를 겪으며 만구

천 원씩 매달 내면서 암을 기다리던가, 사천만 원을 마련해 두어
야 하는 두 가지 선택의 기로에 나를 빠뜨리는 전화였다. 나는
항상 암이 언젠가 올 확률에 대해 생각하며 살아야 하고, 교통사
고를 당해 죽거나 다칠 확률을 헤아리며 살아야 하는 현대생활
이 오히려 더 정신 건강에 좋지 않음을 알고 있다. 몇 초 동안,
그 불안한 전화를 받는 몇 초 동안 암으로부터의 확실한 해방이
아닌 금전적인 보장과 암이 내게 온다는 불안을 함께 가지며 살
고 싶지 않다는, 가슴으로부터 끓어오르는 분노를 느꼈다. 실지
로 그런 일이 닥쳤을 경우엔 혜택에서 제외되는 조항을 또 얼마
나 나열할 것인가. 그렇지 않아도 하루에 여러 차례 부동산 업자
로부터, 재테크 전문 금융회사로부터, 입시 전문학원으로부터,
심지어 침대 소독 청소업자까지, 그리고 선거철엔 이 후보 저 당
원으로부터 전화로 시달리는 내게 암 보험을 권유하는 전화는
"제발, 그만들 해" 하는 절규를 자아내기에 충분했다.
　정휴 스님이 쓴 『적멸의 즐거움』이라는 책은 많은 선사(禪師)
들의 죽음에 이르는 과정과 임종게(臨終偈)를 소개하고 있다. 선
사들은 죽음을 홀가분한 떠남, 참회, 즐거움 등으로 맞고 있다.
그 중에도 성철스님의 유명한 임종게는 인상적이다.

　　일생 동안 남녀의 무리를 속여서
　　하늘을 넘치는 죄업은 수미산을 지나친다
　　산 채로 무간지옥에 떨어져서
　　그 한이 만 갈래나 되는지라

둥근 한 수레바퀴 붉음을 내뿜으며
푸른 산에 걸렸도다

生平欺狂男女群 彌天罪業過須彌
活陷阿鼻恨萬端 一輪吐紅掛碧山

한 시대 최고의 선사가 남긴, 그야말로 겸허한 고백 앞에 숙연
해지지 않은 이 있을까. 그의 임종게 앞에 다시 무릎 꿇지 않는
신도가 있을까. 그 임종게를 읽으며 내가 절에 가며 시주했던 얼
마 되지 않는 돈이 조금도 헛된 것이 아니었다는 생각을 한다.

차가 도착해 아버지와 어머니를 태운다. 차 뒷자리에 꺼지도
록 앉은 아버지는 눈을 거의 감고 있었다. 며칠 뒤면 통증이 좀
사라질까. 부모의 고통에 자식은 운다. 멀어져 가는 차를 보며
병원을 나선다.

작은아이가 폐렴을 앓으며 장염을 앓으며 여러 번 입원했던
병원, 그후로 아버지가 어머니가 응급실로 실려와 수없이 입원
과 퇴원을 반복했던 병원, 시아버지가 드나들다가 돌아가신 병
원, 시어머니를 모시고 자주 오는 병원, 여동생이 아플 때 달려
오던 병원…… 나는 눈물이 앞을 가리는 것을 부끄러워하지 않
으며 눈물을 뚝뚝 흘리며 주차장으로 걸어간다. 울며 걷는 주차
장 옆에 오늘도 철쭉은 소담스럽게 피어 있고 햇살은 밝고 눈부
셨다.

생명이 있는 한 고통을 계속 겪으며 다른 이의 고통을 지켜 보

리라. 이 모든 것이 끝나는 그날, 나는 과연 기쁘게 죽음을 맞이
할 수 있을까. 고통 없는 죽음을 맞게 해달라고 간절히 빌다가도
내게 감히 그것을 바랄 자격이 있을지 두려워진다. 아마 겪을 것
다 겪고 더 이상 아플 것이 없을 때가 되어야 이 삶이 다 할 것을
내 맘 속 저 깊은 곳에서 이미 체득하고 있기 때문일 것이다.

11월, 하루하루 가속도가 붙는다.

아이와 병원에서 며칠을 지내고 퇴원하는 길에 보인 도시는 갈색 물을 한 겹 들인 만추의 풍경화였다. 흐린 하늘에선 빗발이 들어 계절을 재촉하고 포도 한쪽의 어린 은행나무들도 진노랑 마지막 잎새를 힘겹게 입고 줄지어 서 있었다. 비에 젖은 아스팔트 위에 겹으로 포개어진 낙엽이 아, 올해도 가고 마는구나 탄성을 자아내게 한다. 이 가을에 새삼 살아가는 과정의 편린들이 눈을 시리게 만들어 양지쪽을 바로 보지 못한다.

열이 떨어지지 않는 아이를 안고 동동 발을 굴리며 들어선 응급실과 자지 않고 지킨 지난 닷새. 매일 밤 병원의 자동판매기에서 맛없는 커피 한 잔을 뽑아들고 병실로 총총 돌아와 잠든 아이의 고른 숨을 지켜 보며 나는, 종이컵의 온기로나마 자신을 위로

하고팠다. 이 아이는 병치레가 잦다, 내 어린 날처럼. 그 옛날 수많은 밤을 조바심을 내며 지샜을 나의 어머니를 다시 떠올린다.

파라티프스, 디프테리아, 무릎 관절, 수없이 앓은 편도선염, 잦은 식체에 빈혈……. 나는 언제나 내 또래의 아이들을, 그들이 힘차게 뛰노는 모습을 멀리서 바라보기만 해야 했다. 며칠 결석을 하고서 다시 등교해야 하는 날 아침이 제일 고역이었다. 학교가 가까워질수록 또 어디가 아픈지 스스로 한참을 묻곤 했다. 그런 아침이 매일 지겹도록 맞던 주사보다도 싫었다. 그때는 정말 살기가 싫었다. 숨쉬며 산다는 것이 견딜 수 없이 힘겹고 역겨운 때였다. 그 어린 나이에 무엇이 그리 힘겨웠던지. 나는 굴러가는 수레바퀴의 원심력을 견디지 못하여 떨어져 나온 것이었다. 나는 그때 벌써, 살기가 힘겨웠다. 병원에 다녀야 하는 긴 인내의 나날들, 그리고 긴 기다림의 시간. 몸이 나아 다시 생활에 합류할 시간을 기다리는 것이었지만 내가 아프며 지냈던 시간은 무의미한 시간이 아닌 엄연한 실체였다. 그때 시간을 의식했기 때문이었다. 지루한 회복기, 약과 주사를 기다리는 대합실에서의 시간, 병이 차츰 나아가는 것을 하루하루 몸으로 느끼며 사지가 가뿐해지는 것을 실감하던, 실제로 내 생활이 있던 귀중한 시간이었다. 그새 이미 또 하나의 새로운 시간과 질서 속에 살고 있는 것이 아니었던가. 등교하던 중 때로는 학교 교문 바로 앞에서 발걸음을 돌린 적도 있었다. 나 없이도 잘만 돌아가는 세상의 바퀴들, 그 일상의 삶을 대면할 용기가 없고 두려웠다. 아이들과 함께 어울리고 싶어했으면서도 늘 외로웠다. 어머니의 극성에 소위 명문 국민학교를 찾아 여러 번 전학을 한 것도 내 고립감에 일조를 했다. 아프면 자리에 누워 창 밖을 바라보는 일이 고작이 었다. 네모난 큰 유리창에 담긴 풍경은 늘 그대로 고정되어 있는 것 같았다. 그때 시간은 그 자리, 네모난 유리창에 갇혀 손에 쥐 면 한줌 뜰 수 있을 것같이 한없이 고여 있었다.

입원한 지 사흘이 되어 열이 떨어지자 아이는 왼 손등에 주사 바늘을 꽂은 채 침대에 갇혀 지내는 병원 생활에 발버둥치기 시 작했다. 참아야 해. 아이를 무수히 달래며 나는 창가에 의자를 가져와 그 위에 아이를 세우고 밖을 가리켰다. 저기 차 많이 가 는 데가 올림픽대로야. 다 나으면 저 길로 집에 갈 거다. 아이는 낮에는 움직이는 차들을 보며 저건 트럭, 프라이드, 티코야 하였 다. 밤이면 어둠 속에 황홀하게 빛나는 자동차 헤드라이트를 보 며 와, 멋있다 소리쳤다. 내일, 또 내일이면 아이는 나가 저 도로 를 달려 집으로 돌아갈 것이었다. 아이는 밝은 불빛을 지켜 보다 가 다시 침대로 올라갔다.

병원 안 소아병동에는 놀이방이 있어 퇴원 전날 아이는 그 방 에서 놀기도 했다. 거기서 나는 장기간 입원 생활에 익숙해진, 지친 어린 환자들을 몇 보았다. 웃음이 가신 아이, 지나치게 공 격적인 아이, 허리에 고무줄을 차고 있는 아이, 안색이 백랍 빛 인 아이. 그들의 얼굴에서 나는 무엇을 보았던 것일까. 인내, 또 인내의 끝없는 시간이었다. 그들을 보기가 괴로워 아이를 데리 고 방으로 돌아왔다. 옆방에 입원한 아이는 천식이었다. 방에 내 내 가습기를 틀어 놓았다. 폐렴만이라도 훨씬 나은 병인가, 위급

할 때는 어느 것이나 마찬가지지만 회복하여 퇴원 수속을 하는 동안 하늘을 날 것만 같은 해방감과 다시는 병원 신세를 지고 싶지 않다는 오기까지 겹쳐 아직 병원에서 기약 없는 투병 생활을 해야 하는 사람을 측은해 했다.

그러나 누가 누구를 측은해 할 것은 무엇인가. 언젠가 나도 누구도 병원을 통해 이 세상의 마지막 과정을 겪어야 하는 것은 마찬가지인데. 병원에 분만실과 신생아실이 있는 동시에 중환자실과 영안실도 있음을 매일 병원을 다니면서 보고 있지만 어쩜 보통 때는 아무 종말도 없을 것인 양 스스로를 미래의 엄연한 사실로부터 철저히 차단하고 지내는 것일까.

퇴원을 하여 아이를 집에다 데려다 놓았다. 내가 집을 비운 사이 큰아이도 독감에 옮았는지 배가 아파 학교를 가지 않고 제 방에서 기어 나온다. 안방엔 출근한 사람의 황급히 떠난 자국이 어지러웠고 냉장고는 텅 비어 있었다. 병원에서 보낸 일주일간 내가 돌보아야 하는 또 하나의 세계는 이토록 황폐해져 있었다.

장 보러 수퍼마켓에 갔다. 나는 또 살아야 했다. 매장을 돌며 김칫거리, 비누와 휴지, 쌀부터 샀다. 시끌벅적한 시장의 활기가 날 어릿어릿하게 몰고 갔다. 하늘은 푸르고 높고, 길가 은행나무는 노란 잎이 반쯤 떨어져 포도에 한 겹 쌓여 있었다. 여기, 다시 시간이 흐르고 있었다.

어둠 속에 넘는 고개

오랫동안 독감을 앓고 난 어느 새벽, 창 밖으로 훤히 밝아 오는 아침을 맞으며 이젠 몸이 다 나았음을 알았다. 나는 천천히 팔다리를 움직여 보았다. 아직 목은 쉰 채여서 입을 열면 짐승 같은 소리가 났지만 몸은 가뿐했다.

벽에 걸린 달력이 아직 십일 월에 머물러 있었다. 한 장을 찢어낸다.

아픈 동안 시간은 훌쩍 건너뛰어 십이 월하고도 십사 일이었다. 나는 한 장 남은 달력을 물끄러미 쳐다보았다. 날은 밝아 또 하루가 시작되었는데, 갑자기 진저리를 치며 몸이 떨려왔다. 부엌의 냉기 때문만은 아니었다. 보름밖에 남지 않은 삼십대, 어김없이 코앞에 닿아 있는 사십이라는 숫자를 떠올리고 그만 입가에서 새어 나오는 한숨을 어쩔 수 없었다.

금속성을 내는 현관문을 열고 조간신문을 집어든다. 간밤에도 지구는 격동의 한 해를 마감하느라 몸부림을 쳤고, 소련은, 핵사찰은, 우루과이라운드는, 국회는, 세밑 살인강도는, 주가(株價)는, 시장바구니 물가는, 이웃돕기 성금은, 여전히 나를 어지럽게 했다. 올해도 막바지까지 버둥거렸다. 기침을 하면서도 김장은 해야 했고 가래를 뱉으면서도 모임에는 나갔다. 나는, 쉬고 싶지 않았다. 마음 한가운데 꼭 달라붙은 거머리가 있어 절박한 상황을 일부러 만들어내며 자신을 채찍질하던 한 해였다. 바삐 움직여 내일이 오는 것을 막을 수 있기나 한 것처럼. 그러다가, 십이월을 맞아 마치 쇠로 만든 벽 앞에 선 것 마냥, 다가오는 시간을 거부하지 못하고 앓아 눕고 말았다.

아침의 적막 속에 거울 앞에 앉는다. 이 겨울에도 친구들의 카드가 날아오기 시작했다. 외국이고 국내고 단 한 장도 연하장을 보내지 못한 자신이 거울 안 저만치에서 날 응시한다. 아니, 올해엔 보내지 않겠다고 마음먹는다. 손을 들어 길어진 머리칼을 쓰다듬는다. 나는 지금의 내 얼굴을 책임질 수 있는가. 얼굴이 왜 윤기가 없어졌으며 이마엔 가는 금이 또렷이 보이는지 자신에게 설명할 수 있을까.

전화가 온다. 한 친구 남편의 급작스런 죽음이 날 뒤흔든다. 마음의 준비가 전혀 되어 있지 않은 비보에 머릿속이 혼돈으로 꽉 차오기 시작한다. 아무도 대신해 줄 수 없는 삶의 항로를 생각하며 영전 앞에 섰을 두 소년이 내내 눈에 밟혔다. 인생의 다음 갈피에 어떤 일이 씌어 있을지 아무도 모른다. 천국이 약속되어 있다고 해도 삶은 늘 혼자 걷는 어둠의 길이기만 하다. 어둠 속에 내딛는 발걸음이 조심스럽고 두렵다.

과천 현대미술관으로 향한다. 가는 도중 청동제 말이 앞발을 쳐들고 있는 마사회 앞을 지났다. 경마장 가는 길과 미술관 가는 길이 한 길이었다. 나는 잠시 하일지가 이곳을 지난 적이 있을까 자문했다. 그러면서 그의 경마장이나 나의 미술관이 어쩌면 같은 것일지도 모른다고 생각했다.

나는 무엇으로부터 벗어나려 하며 무엇을 얻으려는 것일까. 해내지 못한 공부에 대한 미련이 전시회가 열리는 화랑을 기웃거리게 하고, 때로 아무도 날 알아보지 못하고 날 거절하지 않는 곳을 향해 휙 나서곤 했다. 하루하루를 앓으며 지낸 지 벌써 오륙 년이 된다.

사십 고개에 이른 남자가 한동안 흰 바지를 입겠다고 부인에게 사달라고 조르는 것을 보았다. 한 텔레비전 드라마에서 어떤 남자가 스포츠카 페라리를 빌려 타고 고속도로를 신나게 달리며 애정 행각을 벌이던 것도 기억난다. 고개를 넘으며 우리가 연출하는 허무의 몸짓은 아마도 변화하는 호르몬 탓인지도 모른다. 사십이라는 나이는 이미 세상에 일어날 수 있는 거의 모든 것을 체험한 시기이다. 도무지 새로울 것이 어디에고 없는, 그러면서도 아직 어딘가에 붙잡을 꿈이 있을지도 모른다고 믿고 싶은, 그래서 밤 깊은 길을 방황하기도 하고 남모르는 비밀을 키우기도 하는 것일까. 지금까지의 삶이 오르막 길 뿐이었으되 내리막은 더욱 원치 않는, 어쩌면 차라리 영원한 오르막이기를 바라는 염원이 감추어져 있는지도 모를 일이다.

굽이굽이 감긴 도로 끝에 미술관 건물이 튀어나오듯 모습을 드러낸다. 분홍빛 화강암의 성채 ─ 그 소담한 웅자(雄姿)에 감탄한다. 건물로 걸어 들어간다. 열람객은 나뿐인 도서실에서 옛날 공부할 때 보던 미술잡지를 찾아 읽는다. 손을 뗀 지 십 년, 절대의 세계는 거기 그대로 있었고 나는 비로소 어디에서고 맛보지 못하던 평온을 얻는다. 어느 도서실이건 책이 있는 곳은 신성한 피난소였다. 이 피난소에 이루지 못한 학위에의 꿈이 어리어 있었다. 내 인생은 왜 가지 못한 길, 중단된 여로들로 점철되어 있을까. 나는 알고 싶었다. 그것이 결국은 내 자신일진대 늘 어떤 거역할 수 없는 숙명이라고 여겨온 것은 무엇 때문일까.

커피를 마시러 휴게실에 들어선다. 휴게실 창에서 보니 가까이는 서울랜드의 둥글고 네모난 놀이기구들이 하늘을 향해 솟아 있고, 멀리는 청계산이 안개 속에 엷은 실루엣을 드러내며 병풍처럼 둘러서 있다. 희부연 하늘 아래 산은 언제나처럼 욕망과 좌절로 들끓는 대지를 보듬고 있다.

스스로 묻는다. 무얼 찾으려 하는가. 무엇에서 도피하려는가. 아무 말도 떠오르지 않았다. 나는 아무것도 하고 싶지 않고 아무것도 원하지 않는다. 사실은 너무도 많은 것을 원했기 때문에 이루지 못한 꿈을 서러워하고 있음이다. 푸르른 젊음이 곧 나이던 시절, 진정 무엇을 원하는지조차 잘 알지 못한 채 내게 닥쳐 오는 힘겨운 문제들을 막아내고 피하려 하다가 스스로 기진하지 않았던가. 그러면 지금은 내가 바라는 것이 무엇인지 아는가. 아는가…… 가슴으로 대답 없는 물음만 메아리쳤다. 윙 하며 귀가 울린다. 눈으로 먼 안개 속을 더듬는다. 옅은 무채색이 사위를 꽉 채우고 있었다.

나는 이제 그만 내 자신을 놓아 주어야 하지 않을까. 자학의 연속이 아니었던가, 지난 몇 해는. 부족한 능력과 불가피한 상황을 인정하고 뜻한 대로 되지 않는 일을 그대로 받아들이기란 이토록 힘든 것인가.

집으로 돌아오는 차 안에서 며칠 전 한 친구가 들으라고 준 어느 목사의 설교 테이프를 틀어 본다. 구원을 확신하라, 믿으라. 다른 한 친구는 불교책을 주었다. 어떤 이는 휴거에 대해 역설한다. 신비주의와 이단이 창궐하는 시대에 나는 아직도 찾기를 그치지 않는다. 다만 나는 구태여 고통에서 벗어나려 하지 않고 구원이 무엇인지 알고 싶지 않다. 이제껏 내가 깨달은 진리가 있다면 인간은 늘 스스로가 질 수 있는 만큼의 고통을 감당하며 산다는 것일 뿐, 하나의 짐에서 벗어나면 그 다음의 멍에가 기다리고 있는 것이 아닐까. 한 가지 고난 뒤에 오는 깨달음이 있으면 다음의 시련이 가져다 주는 보람도 있을 것이다. 나는 더 이상 피하려 하지 않는다. 철이 든 이래로 나는 허무와 좌절을 극복하는 연습을 끊임없이 해왔다. 나이 들어가는 여자의 떨림이란 내겐 '무(無)'를 경험한 후 다시 맞는 삶에의 기대가 아닐까.

한 친구는 오래 기다리던 임신을 했다. 다른 친구는 며칠 후에 있을 결혼식에 날 초대했다. 가을부터 친구들은 모친상, 부친상을 당하고 남편이 가고, 생명을 잉태하고 결혼을 한다. 무엇이건 끝나기도 하고 시작하기도 하는 지금, 그러나 아직도 막막한 어둠 속에서 나는 떨고 있다.

극장에 들어간다. 빌리 크리스탈이 주연하는 영화였다. 뉴욕에 사는 그는 지금의 나와 같은 혼란에 처해 있는 서른여덟 살의 방송국 직원으로, 살아야 하는 이유를 찾아 2주일간의 모험을 위해 카우보이가 되어 떠난다. 친구 둘과 소떼를 몰며 각자 일생 중 최고의 날과 최악의 날이 언제였나 이야기하는 장면이 나를 붙잡고 늘어졌다.

영화가 끝날 때까지 내 생애 최고와 최악의 날에 대해 곰곰 생각해 보았다. 가슴이 차츰 저려 왔다. 난 똑똑히 기억하고 있다. 내 삶이 끝난 것 같던 벼랑 위의 날들을. 화면에선 급류에 휘말린 아기소를 구하려다 자신의 목숨마저 잃을 뻔한 장면이 격렬하게 전개되고 있었다. 숨이 멎을 듯한 아픔이 다가왔다. 생명, 사랑, 성취, 이들 단어가 입 안에서 맴돌았다. 그러나 가장 좋았던 날이라…… 없었다. 아직 그날을 맞지 못했다. 아, 그 순간 가슴 저 깊은 곳에서부터 나는 아직도 무엇엔가 목말라 하는 슬픈 영혼임을 알았다. 내게 가야 할 길이 더 있음을, 어둠이 짙어지기 전에 넘어야 하는 고개가 있음을 알았다.

캐롤이 세상을 훈훈하게 채우고 있는 밤이다. 산타 할아버지는 며칠 전 망년회에서는 안경을 끼고, 그 며칠 전 영재학습 시간에는 가냘픈 몸집의 동안(童顔)으로, 아이들에게 선물을 주고 가셨다. 그러나 큰아이는 이 밤, 긴가민가 하는 의혹 속에 다시 산타를 기다린다. 어릴 적부터 결코 한 번도 이 세상에 산타가 존재할 것이라고 믿어 본 적이 없으며, 그러한 선물을 받아 본 적도 없는 그 아이의 산타는 깊은 밤, 조그마한 선물을 두 주머니에 나눠 담는다. 밤은 끝없이 검고 고요하며, 나는 과거도 미래도 사라진 절대의 고독에 잠긴다. 태어났으니까 사는 것일까. 일 년 중 밤이 가장 긴 이때, 났다가 스러진 수많은 영혼들이 조우하는, 정적 속의 부산한 움직임을 온몸으로 받아들인다. 나는 아직 삶을 포기하지 않았으며 연말까지는 아직 일주일이나 남았다.

아줌마의 길

몸이 전 같지 않다는 느낌으로부터 시작했다.

찬바람이 부는데 어느 날 아침 무릎이 몹시 시리다거나 잇몸이 점점 후퇴해 이가 아프다거나 볕에만 나서면 눈이 부셔서 눈을 잘 뜰 수 있으며 시도 때도 없이 눈물이 지분거린다거나 잘 보던 책을 손을 뻗어 조금 멀리 들어야 글자가 또렷이 보인다거나…… 기분이 좋을 리 없다. 고기만 먹으면 속이 거북해 소화제를 며칠 계속 먹는다. 뒷목이 뻣뻣해 온다. 부엌에서 뭘 들다가 잠깐 삐끗했는데 허리가 아파 며칠 눕는다. 심한 피로감에 하루 나가면 하루 쉬어야 한다…… 절망감이 찾아든다. 운동을 한다고 등산화를 사서 친구들과 무리지어 청계산, 대모산에 오르고 북한산도 가본다. 산에 올라 기(氣)를 받으면 좋다고 하고 단전호흡이 좋다고 하고 물 속에서 걸으면 관절에 좋다고 하고 커피는 해롭고 녹차가 피를 맑게 해준다고 하고…… 건강을 지켜야 겠다고 다짐한다.

이러한 현상들을 어느 집 중학생 아들이 한마디로 쉽게 풀었 다.

"엄마도 드디어 아줌마의 길로 들어섰다니까."

'아줌마의 길이란 무엇일까. 나이 들어 간다는 것일까. 점심 시간에 계모임을 하거나 커피숍에 삼삼오오 모여 무슨 얘기를 그리 하며 갑자기 자지러지게 웃어대는 것일까. 주중에 가까운 낮은 산을 전세 내듯 점령해 올라서 김밥을 꺼내 먹으며 그들은 무엇을 하는 것일까. 아줌마의 길이 무엇이기에 예쁘던 엄마들 이 줄줄이 아줌마가 되는 것일까.

오늘날 대한민국 서울에서는 단지 허리가 굵어진다고 한결같 이 퍼머넌트 머리를 했다고, 손에 금(金)이든 뭐든 반지 하나 끼 었다고 절로 아줌마가 되는 것은 아니다. 적어도 나이가 사십은 넘을 것. 실패의 경험이나 위험과 불안을 안고 살 것. 은행 문을 드나들며 이자가 높은 예금이 무엇인지 곰곰 따져 볼 것. 집안 식구의 병고와 죽음을 겪었을 것. 자녀가 있거나 어린애와 다름 없는 남편이 있을 것. 종교가 하나쯤 또는 어딘가 간절히 기도하 는 버릇이 있을 것. 내일은 오늘보다 나으리라 믿으며 헬스클럽 이나 문화센터의 문을 두드리는 사람일 것. 그리고 무엇보다도 함께 늙어 갈 친구들을 갈구하는 사람을 말한다.

어릴 때 집에서 어머니의 계모임이 있을라치면 닫힌 안방 문 밖으로 갑자기 와그르르 쏟아지는 거침없는 웃음소리가 마구 들렸었다. 부끄럼도 없이 아무의 눈치도 보지 않고 내뱉는 중년 여인들의 거센 음성이 듣기 민망했다. 그 해방감과 자유로움을 이상하게만 여겼었다. 더 이상 부끄러워하지 않는, 여자다움이 사라진 여자들을 혐오했다. 그들의 자신감, 여유, 너그러움, 강력한 실행력에 두려움도 느꼈다. 그러나 그들의 호탕한 웃음 뒤에 숨어 있는 가 버린 젊은 날에 대한 회한이나 점점 약해지는 체력, 한 세상을 여자로 살아와야 했던 대상 모를 분노, 무너지는 건강과 점점 줄어드는 남은 나날에 대한 두려움을 알아채지는 못했다. 울음을 자조(自嘲)의 웃음으로 가리고 두려움을 허세로 지우는 안간힘을 보지 못했다.

그들에게 삶은 멈추어 설 수 없는 기관차일 뿐이다. 그들은 바쁜 일상에서 겨우 한두 시간의 틈을 내어 서로의 존재를 확인하고 생활의 정보를 얻고 시대의 흐름에 뒤처지기를 거부하며 구르는 바퀴에서 떨어지지 않으려 할 따름이다. 이 소중한 틈새 시간에 웃음소리가 좀 커진들, 모르는 사람들이 교양 없다고 여자답지 못하다고 흉을 본들 그다지 중요한 것이 아니다. 그 짧은 시간 그들이 웃는 웃음이야말로 가장 값지고 보람된 것이다. 그만큼 열심히 살고 있는 아줌마의 길이기에.

'아줌마의 길'엔 기쁨이 있다. 그리움과 궁금함 끝에 얻게 되는 반가움이 있다. 우리의 삶이란 결국은 우리가 자주 만나는 사람들이 아니면 아무 의미가 없다는 것을 누구보다도 절실히 알고 있기 때문이다. 슬픈 일을 당하면 서로 위로하고 기쁜 일이 생기면 서로 격려할 친구들이 있다는 것은 정말 행운이다. 그것도 하나둘이 아닌 대여섯, 여남은 정도의 친구가 있다는 것은. 하나로서는 너무 외롭고 힘이 없기에, 하나같이 서로가 모자라는 존재임을 알기에 이들은 여럿이서 함께 움직이는 것이다. '아줌마의 길'이란 살아가는 한 단편일 뿐이다. 조롱과 시비의 대상이 아닌 잘 지켜 보고 격려해 주어야 할 소중한 길이다. 여자가 아니면 도무지 갈 수 없는 특권의 길인지도 모른다. 찬바람이 불어 오고 한 해가 바삐 저물고 있으면 더욱더 절실한 '아줌마의 길'이다.

낭인浪人의 사계四季

　　중학교 1학년과 2학년 사이의 겨울이었다. 새해를 맞이한 날 아침, 나는 집 근처 버스 종점으로 천천히 걸어 내려갔다. 9시쯤이었으니 대기는 아직 얼어 있어 입에서는 숨을 내쉴 때마다 하얀 김이 서렸고 가게들은 새해 첫날 느지막이 문을 하나둘 열기 시작하고 있었다. 문구점에 들어가 푸른색 표지의 일기장을 한 권 사 안고 돌아왔다. 그날이 내가 글을 쓰기 시작한 날이었다. 그후로 몇 년씩 중단되긴 했지만 글쓰기는 지금까지 계속되는 셈이다. 글을 쓰는 일이 밥 먹고 사는 일말고 내가 끊임없이 하는 일 중 가장 중요한 일이 되고 말았다.

　　혼자 쓰던 글을 어디다 발표할 생각을 한 것은 중학교 3학년 때 숙제로 낸 글이 교지에 실렸을 때였다. 고등학교 때도 3학년 때 입시 준비가 막바지에 다다를 11월, 국어 담당 선생님에게 원고지 뭉치를 내밀었다. 대학 다닐 때엔 대학신문에 한 번 투고를 했는데 글이 실리고 난 한참 뒤에 신문사에 가서 생전 처음으로 원고료 사천 원을 받았다. 결혼을 하고 외국에 살 때도 글을 써서 남편 몰래 서랍장 속 깊숙이 넣어 두는 짓을 계속했다. 서울에 돌아와서도 장롱 속의 원고 뭉치는 조금씩 늘어났다.

밤마다 글을 끄적이다가 남편이 들어오는 소리가 나면 얼른 치웠다. 식구들 몰래 글을 쓰지 않으면 안 되는 심정을 아는가. 그건 갇힌 자가 창에 난 틈새로 내쉬는 생명의 숨이고 매일 제 정신을 잃지 않기 위한 안간힘이라는 것을. 아이들이 태어나 건강하게 자라 가고 남편은 직장에 잘 다녀도 나는 점점 가라앉고 있었다. 수면 위에 간신히 떠 있기 위해, 점점 가라앉는 자신을 자해하지 않기 위해 원고지를 펼쳤다.

처음 글을 쓸 때 십대의 어린아이였던 내가 글을 써가며 글 속에 지나는 세월을, 쌓여 가는 나이테를 담아 간다. 새싹이 움터 오는 봄, 신록이 짙어 가는 여름, 나뭇잎이 물드는 가을, 조락의 겨울이 번갈아 나의 무대에 오르는 것을 지켜 보며 글을 써왔다. 수없이 반복되는 사계절을 길 가는 나그네가 이 마을 저 마을 지나치며 먼 발치에서 바라보듯, 그렇게 남이 보는 것처럼 작은 한숨을 쉬며 지났다. 언젠가 이 변하는 계절을 보지 못할 때까지 한정된 시간 속을 오가는 나그네인 채 오직 방랑의 기억만을 붙잡으며 글을 써왔다.

삶이 극히 고통스러울 때 글을 붙잡으려 하면 글은 달아나 버렸다. 컴퓨터를 켜놓고 멍하니 앉아 있으면 십 분 이십 분 시간은 그저 흘러만 갔다. 글이 내 도피처였으되 글 자체는 내게 잡히지 않았다. 터널 안에서는 터널이 얼마나 긴 것인지 어떻게 생겼는지 알 수 없다. 터널에서 탈출하기 위해서는 끝이 있으리라 믿으며 그저 가던 길을 계속 달릴 뿐이다. 어두운 터널의 끝이 보이고 마침내 터널에서 벗어나고 나서야 글이 다시 잡혔다.

글을 쓰면 통제할 수 없는 혼란스러운 삶의 갈피를 잡을 수 있다. 머릿속에 온갖 잡동사니가 실타래 마냥 엉켜 있어도 글을 써야 생각이 정리되었다. 산문(散文)이 내게 요구하는 내적 논리의 틀이 삶의 방향을 다잡을 수 있게 해주었다.

글을 계속 쓰는 것은 누구의 것도 아닌 오직 나만이 쓸 수 있는 언어를 찾을 수 있기 때문이다. 창작의 기쁨이, 무에서 유를 만들어 싹을 틔워 그것이 자라 열매를 맺을 때까지 지켜 보며 끝을 맺는 창조의 한 과정을 경험하는 기쁨이 있기 때문이다. 글의 질이 어떠하건 나의 글은 나 아닌 다른 어떤 이도 쓰지 못한다는 자신감과 의무감에 간신히 지탱한다.

글을 쓰며 나는 먼 산 너머의 무지개에 눈을 고정시켰다. 항상 지금보다 나은 상태의 나를 이상으로 삼았다. 고지(高地)는 바로 저긴데, 조금만 더 힘쓰면 다다를 것 같은 내 삶의 목표가 있었다. 그래서 삶은 늘 나를 배반하는 듯 보였고 항상 절망과 더불어 살았다. 글을 쓰는 동안만은 누가 뭐라 하든 좌절하지 않으려 애썼다. 글을 쓰다가 나의 소중한 반생이 지나고 있는 지금, 아마도 내가 진정 원하던 것은 글을 쓰는 나 자신의 확인 그것이었나 깨닫는다.

그렇다. 나는 글쓰는 일이 좋아서 늘 버리지 못하고 붙들고 있었다. 글은 오만했던 나를 부끄럽게 만들었고, 남에게 들키고 싶지 않은 가장 비열한 나를 직시하게 해주었으며, 더 떨어질 데가 없이 낮은 곳에서 헤매던 자괴감을 떨쳐 버리는 법을 보여주었다. 이제 나는 부끄럼없이 감히 말한다. 나는 글을 쓴다고. 산문을 써내는 문인이라고.

글쓰는 사람에 대한 고정관념이 있다. 글쓰는 여자라 해서 늘 검은 모자에 긴치마를 치렁치렁 입고 긴 머리를 늘어뜨리고 다니지는 않는다. 누구에게나 남들이 고개를 갸우뚱할 별난 점이 하나둘 늘 있기 마련이다. 겉모습보다는 오히려 고집스러움, 타협하지 않는 자존심, 글을 대하는 엄격한 기준에서 글쓰는 사람의 특질을 찾아야 할 것이다. 그러나 자연에 대한 외경심과 인간과 인간사에 대한 한없이 따스한 눈길이 없이는 글쓰는 이라고 말할 수 없다. 우리가 살아가는 이 세상을 조금이라도 나은 곳으로 만들기 위해 작은 글에서나마 자신만의 세계를 만들어 보는 것이다.

글을 쓰며 한정된 시간이 너무나 빨리 흐르고 있음을 안타까워한다. 할 말은 많은데 표현할 재능은 모자라고 시간은 늘 저만치 달아난다. 내가 가고 나면 또 다른 나그네가 있어 재빨리 회전하는 사계를 지켜 보며 그만의 언어로 글을 쓸 것이다. 그러나 그 나그네가 겪고 보는 사계는 결코 내가 보는 사계와 같지 않다. 오직 나만이 웃고 울며 고뇌한 시간을 나만이 쓸 수 있는 글로 기록할 따름이다. 오랫동안 나의 글을 누군가 읽어 주었으면

했다. 가장 충실한 독자, 가장 엄격한 평자는 글쓰는 나뿐임을
잘 안다. 오늘도 나는 글을 쓰고 한없이 부끄럽고 떨리는 마음으
로 책을 펴낸다.

숨어서 나를 찾아가기

하응백

(문학평론가, 국민대 문예창작대학원 교수)

1

염혜정 씨를 처음 만난 것은 1994년 초 문인 20여 명이 함께 간 중국 여행에서였다. 박완서, 신봉승, 김윤식, 김화영 등 쟁쟁한 문인들이 일행들이어서 염혜정 씨는 그렇게 눈에 띄지 않았다. 함께 간 일행 중 남자로서는 내가 나이가 가장 어려, 총무 역할을 하면서―총무라는 것이 심부름꾼이다―나는 일행들의 진면목을 조금이나마 들여다볼 수 있었다. 염혜정 씨의 첫인상은 부유한 집안의 맏며느리같이 후덕했다. 열흘간의 여행중에, 이 수필집에 실린 「삼채의 꿈」에 나오는 것처럼, 염혜정 씨는 한 여성 시인과 룸메이트가 되어 꽤 고생을 했다. 그 여성 시인은 당시 심리적으로 불안정하여 일행들을 불편하게 하는 행동을 했고―지나고 나면 그런 행동들은 다 추억의 모자이크로 남지만―

그때 염혜정 씨는 그녀를 마치 언니처럼 잘 보살펴 주었다.

여행을 잘 한다는 것은 시간을 잘 지키고, 눈에 드러나는 행동을 안 한다는 거다. 염혜정 씨는 그런 면에서 여행을 잘 했다. 단 한 번 상해의 어느 박물관에서 염혜정 씨는 일행들을 기다리게 했다. 뒤늦게 박물관에서 나온 염혜정 씨가 유물들을 그렇게 주마간산으로 빨리 보고 나오느냐고 투덜거렸던 기억이 난다. 그때까지만 해도 나는 그녀가 그저 취미로 문학을 하는, 부유한 집안의 시간 많은 여자로밖에 생각하지 않았다. 그녀가 큐레이터로 한때 동양 미술을 전공했고, 미술의 전문가라는 것은 여행 후에, 그리고 이 수필집을 읽으면서 알게 된 사실이다. 만약 그때 그 사실을 알았더라면 염혜정 씨에게 설명도 듣고, 그녀를 위한 더 많은 시간을 배려했을 텐데 하는 아쉬움이 남는다.

그후 간간이 염혜정 씨는 나에게 전시회 초대장을 보내왔지만, 워낙 그림에 무지하고 미술관에 가는 것을 문화적 사치로 여기는 나의 문화적 후진성 때문에, 나는 한 번도 그녀의 부담 없는 초대에 응해 본 적이 없다. 그것이 아마도 그녀에 대한 마음의 빚이 되었을 것이다.

2

이 수필집을 읽으면서 나는 염혜정 씨를 달리 보게 되었다. 문인들에게는 피천득이나 이양하나 김태길 정도의 수필이 아니면,

수필이란 그냥 시간 나는 사람들이 문학에 대한 그 영원한 갈망을 조금이라도 충족시키기 위해 그 흔한 문화센터나 다니면서 끄적거리는 것이 아니냐, 혹은 갑자기 유명해진 사람이나 유명 연예인이 급작스럽게 대필자를 구하거나 윤문해서 장삿속으로 내는 것이 아니냐, 혹은 종교인들이 '마음을 비우라'는 식의 대책 없는 '무심(無心)을 표리부동하게 내세워 혹세무민하는 것이 아니냐' 하는 식의 의심이 팽배해 있다. 그것은 대개 사실이기도 하거니와, 한편으로는 수필을 시나 소설에 비해 하위 장르로 치부하는 선입관이 작용하고 있기 때문이기도 하다.

흔히 수필은 무형식의 형식이라고 말한다. 붓 가는 대로 쓰는 것이라고도 한다. 하지만 이 말들은 천의무봉의 솜씨에 이른 사람들의 말이지 범인들에게 해당하는 것은 아니다. 짧은 수필이라도 기승전결이 있어야 하고 맺음과 풀림이 있어야 한다. 흔히 수필을 관조의 형식이라고 하듯이 자기 삶의 내부를 깊숙이 들여다보아야 한다. 쓰는 사람의 아픔이나 진실이 전해지지 않으면 수필은 읽는 맛이 없다. 자화자찬이나 자기 현시는 읽는 이의 이맛살을 찌푸리게 한다. 타인에 대한 배려 없는 자기만의 독백도 공허하게 읽히기는 마찬가지다. 보편성에 기반을 둔 진정한 자기 반성이나 통찰이 있어야 한다는 뜻이다. 염혜정의 수필이 이 모든 것을 다 갖추었다고 말하기는 어렵지만, 그녀는 그러한 수필의 기본적인 룰을 알고 수필을 쓰고 있다.

가령 염혜정은 미국 유학 시절부터 남편 몰래, 글을 써 집 안 구석구석 숨겨 놓고, 귀국해서도 글을 쓰다가도 남편이 귀가하면 후닥닥 글을 치우고, 식구들이 모두 잠들면 다시 글을 쓴다는 수필이 있다(「구름 위의 방」). 왜 자신 있게 내놓고 글을 쓰지 못하는가? 성격이 소심해서일까? 나는 바로 여기에 염혜정 수필의 비밀 혹은 묘미가 있다고 생각한다. 그 점을 좀더 생각해 보자.

수필은 일인칭의 독백체 문학이다. 주인공은 저자 자신이며 수필의 재료는 저자의 지나간 삶이나 현재일 수가 많다. 때문에 한 권의 수필집에는 저자의 삶에 대한 많은 정보를 얻을 수 있다. 열흘 동안의 중국 여행에서 얻은 염혜정 씨에 대한 정보가 참을성 있는 후덕한 맏언니 같은 여인이라는 단순한 정보였다면, 이 수필집을 읽으면서 내가 얻은 염혜정 씨의 개인적인 정보는 다음과 같다.

육남매 중에 셋째딸, 지방의 도시에서 태어나 어릴 때 서울로 이주, 어릴 때는 병약해서 자주 병원에 다니고 자주 결석했고, 아버지는 중소기업을 운영해서 집안은 상당히 부유했고(나중에 아버지의 회사가 부도가 나서 가세는 기울었음), 중구 정동에 있는 명문여고를 졸업했고, 서울대 영문과에 입학해서 홍일점으로 학교를 다녔고, 졸업하고 비슷한 나이의 비슷한 환경의 남자를 만나 결혼해, 남편의 유학길에 같이 가서 미국 북동부로 가서 7년을 살았고, 그곳에서 큰아이를 낳고, 동양미술사를 전공했지만 학위를 따는 등의 결실은 보지 못하였고, 귀국하여 다시 아이를 낳고, 부유층이 산다고 하는 압구정동의 아파트에 살며 ―그렇다고 르망이라는 차를 타고 다닌 것으로 보아 큰 부자는 아닌 듯하며—남편은 안정된 직장에 다니고 귀가하면 텔레비전과 무협지를 즐겨 보는 보통 남자이고, 본인의 미술에 대한 관심은 취미를 넘어 큐레이터 활동을 하고 있고 수필을 쓰고 있다. 이렇게 객관적인 정보를 빼내 본다면, 염혜정 씨는 대한민국에서 거의 부러울 것 없는 혜택받은 여자 중의 한 명임에 틀림없다. 부잣집 딸, 최고의 대학 영문과 졸업, 같은 계층의 엘리트와 결혼, 유학, 딱 알맞은 두 자녀, 경제적 안정, 무난한 결혼 생활—외관상으로 볼 때 이 정도의 삶은 사실 누구나 바라는 삶 중의 하나이며, 이런 생활 환경 속에 있는 사람이 무엇이 불만족스럽다고 외친다면, 대다수의 사람들은 '배부른 소리'라고 그녀를 비난할 수밖에 없다.

그러나 사람의 내면으로 들어가면 객관적 조건과는 상관없이 내부의 갈증으로 허덕이고 있는 경우가 있다. 염혜정 씨의 경우 성취에 대한 지적 욕구와 자기만의 자기 찾기가 바로 그것으로 보인다.

대학을 졸업할 무렵부터 나는 문학으로부터의 이탈을 끊임없이 시도해 왔다. 신문방송학인가 생각도 하였다. 외국에 가서는 '나'에 대한 물음의 한 방법으로 동양미술사를 공부하기도 하였다.

서울에 돌아와서는 저축을 하고 집을 늘리고 아이를 낳고 키우며 장차 잘 사는 사람이 될 꿈도 꾸었다. 허무와 절망이 아파트 층수만큼 쌓여 가는 것을 나는 잠자코 지켜 보았다. 무너지고 있었다, 안팎으로. 나는 보석이나 모으며 늙어 가기 싫었다. 나도 모르게 다시 원고지를 펴기 시작했다. 인내하기 힘들어 포기하려고 하면 이상한 일이 생겨 다시 글 앞에 앉게 되곤 했다. 더 이상 도망치려 하지 않는다. 마주 서서 나의 무능과, 나의 패배주의와 처절하게 싸울 것이다. (「봄밤」에서)

이런 결기에도 불구하고 염혜정 씨는 평범한 주부다. 한국에서 주부라 할 때, 그 말에는 여러 가지 의미가 담겨 있다. 우선 그 말에는 현모양처에의 강한 지향이 들어 있다. 「강남역에서」라는 수필을 보면, 대학을 졸업하고 거의 20년 만에 동창생들을 만나고 밤 열두 시쯤 귀가한다. 그랬더니 집에는 "오랜만에 일찍 들어와 평생 처음 열두 시나 되어 들어온 나를 잔뜩 책망할 남편이 기다리고 있"는 것이다. 주부가 열두 시에 귀가하는 것은 상식에 어긋난다는 상식에 염혜정 씨와 그의 남편은 젖어 있고, 또 그것은 보편적이기도 하다. 「대춘부(待春賦)」라는 수필을 보면, 연로하신 어머니와 롯데월드에 갔을 때 화장실에서 딸에게 반지를 전해 주는 장면이 나온다. 이때 딸은 "가슴에서 무언가 울컥 치"미는 것을 느낀다. 그날 밤 딸은 잠 못 이루며, "아직 장 담글 줄도 모르는데, 어머니는 내 손에 뭔가 쥐어 주려 하신다"라고 생각한다. 어머니에 대한 사랑이나 혈육에 대한 애정이 절실한 장면이지만 그것보다 내가 주목하고 싶은 것은 "장 담글 줄도 모르는데" 하는 대목이다. 장 담그는 것이 그렇게도 중요

한가. 남자들, 혹은 신세대 주부들은 그렇게 생각하지 않을 것이
다. 무의식 중에 염혜정 씨는 철저한 주부가, 혹은 아줌마가 되
어 있는 것이다. 염혜정 씨는 주부 혹은 아줌마의 역할을 부정하
지 않는다. 오히려 긍정적이기까지 하다.

'아줌마의 길'엔 기쁨이 있다. 그리움과 궁금함 끝에 얻게 되
는 반가움이 있다. 우리의 삶이란 결국은 우리가 자주 만나는
사람들이 아니면 아무 의미가 없다는 것을 누구보다도 절실히
알고 있기 때문이다.

이렇게 주부, 혹은 아줌마의 길에 염혜정 씨가 전적으로 만족
하는가? 그 답은 '아니다'다.

나는 좌충우돌하며 살아왔다. 자유롭고 싶었다. 진실을 찾아
헤매었다. 그러나 자유와 진실을 찾아 나는 무엇을 쏟아 부었
던가. [⋯중략⋯] 나는 두 마리의 토끼를 붙잡으려 했나. 왜 배
수진을 칠 용기가 없었을까. 차선을 선택하여 얻은 것은 고독
으로부터의 해방이 아니었고 잃은 것은 나의 이름이었다. [⋯
중략⋯] 어둠을 털고 나가야 한다. 나의 이름을 되찾아야 한다.
나는 누구인가. '나'를 알고자 했다. 여자의 존재는 타인과의
관계로 설정되는 위상이다. 누구의 딸, 아내, 그리고 어미, 나
는 못 견뎌 했다. 부모가 주신 생명으로, 귀한 세 글자 이름으
로 살고 싶었다. 그 이름은 낡은 동창회 명부와 주민등록증에

서 바래 가야 하는가. 내 이름 석 자로 인식되고 기억되는 일을 하고 싶었다. 〔…중략…〕 반항 없는 소리가 되어 흩어지는 나의 이름, 나는 이름을 되찾고 싶다. 후세에 남지 않아도 좋다. 내 이름으로 잠시나마 나 자신의 삶을 살고 싶다. (「설국에서」에서)

바로 이것이다. 형태 엄마가 아니라, 누구의 아내가 아니라 '염혜정'으로 불리워지고 싶은 것이다. 그러기 위해선 자기만의 무엇을 해야 한다. 그것이 동양 미술도 되었다가 신문방송학도 되었다가 결국은 글쓰기로 자리잡은 것이다. 한편 염혜정 씨는 이른바 서울대학교 영문과를 졸업했다. 일반인들이 생각하기에 그것은 대단한 학교고 대단한 학과다. 이른바 날고 긴다 하는 수재만이 갈 수 있는 학과라는 인식이 깔려 있는 것이다. 이 말은 기실은 평범한 아줌마에 불과한 염혜정 씨가, 무엇을 해도 매우 잘 하지 않으면 주위의 기대치를 충족시키지 못한다는 뜻이 된다. 수필을 써도 서울대학교 영문과 출신답게 잘 써야 그나마 욕을 얻어먹지 않게 되어 있다. 그러나 문학이란 것이 학벌과 엄밀한 상동관계에 있는 것은 아니라는 사실은 문학하는 사람이나 염혜정 씨 정도가 알고 있는 사실이다. 문학의 성취는 오랜 수련 끝에 얻어지는 것이며, 한편으로 학습 능력과는 또 다른 재능에 의한 것이다.

이제 위에서 제기한 문제에 대해 답이 거의 나왔다고 믿는다. 염혜정 씨가 무엇에 쫓기듯이 집 안 여러 곳을 전전하며 원고지를 펼쳐 놓고, 가족에게조차도 자신의 글쓰는 모습을 보이기 싫어하며, 자기만의 글쓰는 조그만 공간을 갖고 싶어한 이유는 자기 찾기 혹은 정체성(Identity)찾기로 글쓰기를 선택했지만, 그것에 대한 성취의 확신이 없는 경우라고 볼 수 있다. 그러나 성취 여부를 떠나 염혜정 씨의 글쓰기는 마치 마약과도 같이 그녀에게 들러붙어 있다. 염혜정 씨도 이제 그 사실을 알고 있다. 바로 그 깨달음이야말로 이 수필집을 통해 얻은 염혜정 씨 자신의 최대의 성과라 해도 지나친 말은 아니다.

수필이 다른 장르에 비해 대접받지 못하는 풍토에서, 수많은 수필가가 이런 저런 지면을 통해 양산되는 풍토에서, 염혜정 씨는 나름대로 분투해 왔다. 그 분투는 지금까지가 남편, 친구, 친지, 자녀 등 주변 사람들에 대한 자기 인정의 노력이었는지도 모른다. 하지만 진정 좋은 수필가라면 그것을 넘어서 진정 자기 내면으로 들어가 내면의 소리를 들어야 할 것이다. 자신의 치부와 부끄러움조차도 갱신의 마음으로 들여다보아야 할 것이다. 그렇게 되어야 염혜정 씨는 오랜 세월 시달려 온 문학에 대한 콤플렉스를 치유할 수 있을 것이다.

3

염혜정 씨 수필은 자기 기만이 없고 솔직하며 보편적인 애정에 기반을 두고 있다. 무엇인가 엄청난 압박감이 있었거나 심리

적으로 불안했을 때 떠난 일본 여행기 「침묵의 소리」 한 편을 제
외하면, 대개는 안정적인 심리 상태에서 글을 쓰고 있다. 이것은
반대로 염혜정 씨가 글을 쓰면서 심리적인 안정감을 혹은 균형
감각을 얻고 있다고 해도 좋을 것이다. 하지만 지금까지 말해 온
것처럼, 염혜정 씨가 자기 자신을 인정받고 자신의 정체성을 찾
고, 심리적인 안정을 위해서, 그냥 생각나는 대로 쉽게 피아노
의자 위나 베란다에서나 식탁에서나 글을 써 온 것은 아니다. 가
령 "유리알 같은 결빙의 고요한 외피를 들치면 누구에게나 안타
까운 가슴앓이, 질병, 퇴락, 향수, 사랑, 이 모든 것이 점점 도를
더해 가는 것이 겨울이다"라는 문장을 보면, 그녀의 문장 수련
이 쉽지 않았다는 것을 잘 알 수 있다. '유리알 같은 결빙의 고
요한 외피'와 같은 표현은 은유와 직유가 적절히 직조되어 겨울
의 분위기를 풍기면서 의미를 솜씨 있게 살려내는 것이다. 물론
이런 문장은 나이가 들어 대가급이 되면 현란하다 해서 피해 갈
지 모른다. 그러나 이런 과정 없이 문장의 맛을 알기는 힘들 것
이다. 이밖에도 염혜정 씨의 수필을 보면 이런 멋진 표현들이 자
주 눈에 띈다. 흔히 절차탁마, 혹은 언어의 조탁이라 하지만 이
런 문장들을 통해서 염혜정 씨가 그 동안 '숨어서', 좋은 글을
쓰기 위해 나를 찾기 위해 얼마나 많은 노력을 기울였는가를 잘
알 수 있다.

　이 수필집에 들어 있는 40여 편의 수필은 크게 과거의 나를
들여다보는 글과 신변잡기류의 글과 큐레이터로서의 전문가적
인 글로 나누어 볼 수 있다. 이 중 특히 후자의 글들은 신변잡기

류 글들의 강점인 자기 성찰이나 관조와 만난다면 한국 수필의 한 영역을 개척할 수 있다는 생각을 해본다. 물론 그러기에는 또 다른 숨어서의 노력이 절실할 것이다. 폭로성의 글이나, 자기 현시와 자기 치장으로 가득한 한국 수필문학의 현 상황에서 염혜정 씨의 수필과 같이 진솔한 글들이 더욱 생활 속으로 스며들 때 우리의 마음은 조금은 위로받고 편안해지지 않을까 하는 생각을 해본다.

글을 쓰지 않고도 살 수 있지만, 글을 쓰지 않으면 살 수 없는 절박함으로, 그 위대한 불행으로 나아가려는 평범한 아줌마에게 우리는 박수를 해야 할까.